アカデミー・フランセーズ

ダニー・ラフェリエール

書くこと生きること

ベルナール・マニエとの対話

小倉和子◉訳

藤原書店

Dany LAFERRIÈRE

J'ÉCRIS COMME JE VIS

Entretien avec Bernard Magnier

芭蕉のくにで——日本の読者へ

わたしはなぜ自分が最初の本を書いたときから身近な世界を描くことに決めたのか分からない。場所というものがわたしたちの気質に大きな影響をおよぼすことは承知しつつも、風景より、まず人々の顔なのだ。かつて、目の前に熱帯樹が一本生えている狭い部屋で書いていたことがあった。モンレアルの冬を避けてマイアミに避難していた頃のことだ。この部屋を選んだのは、ポルトープランスにいるような気分になれるからだった。きわめて現実的な世界に想像上のさまざまな場所が入り混じっていた。ある場所の描写を読むと、読者は強い印象を受ける。細部というのはわたしたちの感覚を呼び覚ますからだ。潮騒をとらえるだけで海藻の匂いを嗅ぐことができるし、雨の音を聞くだけで濡れはじめた土の匂いを感じることもできる。

しかし、わたしの想像力の中では人物が占める位置のほうが支配的だ。というのも、顔はときとして風景の隠喩になると今なお信じているのだから。ときおりわたしたちは自分たちが見るものそれ自体になる。一章を書き終え、次の章を書き始めるまでのあいだ、自室の窓の前を散策する人たちを眺めて過ごす時期があった。人々の顔を染める感動は、季節ごとに色を変える風景からそう遠いわけではない。わたしは都会人だが、自然が引き起こす感覚には今でも敏感だ。だから芭蕉との絆が生まれたのだ。当時わたしはもっともみずみずしい瞬間に到達したいと願っていた。現在の時間。日本の詩歌がわたしに棲みつくようになって久しい。不思議なことに、わたしは芭蕉より先に一茶を知った。そして芭蕉のあとは啄木だ。ある日、わたしは自分の小説の翻訳の打診を受けた。そして本が出版されたとき、発行人がわたしを日本に招待してくれた。文学が約束してくれることの一つは、わたしたちに少なくとも二度越境させてくれるということだ。一度目は、「日本」という語が内包している遠さのすべてとともにこの語を書き記すことによって。二度目は、そこに行くことによって。

ある晩、わたしは東京に到着し、発行人の藤原良雄氏とその協力者たちからじつに心温まる歓待を受けた。すでにわたしはこの出版社との関係が並々ならぬものになるだろうと感じていた。料理がつぎつぎと運ばれてくる。突如わたしは、この波を止めねば、と思った。すると、発行人のよく響く笑い声。なんという誤解だろう！　わたしはメニューにあるすべての料理を味わいたがっていると思われていたのだ。この出来事により、自分が小説の登場人物のように行動する発行人を相手にしていることを悟った。その後じっさい、彼が十九世紀フランスの偉大な小説家たちの作品を多数翻訳させていることを知ることになる。それは、悲惨な人々を文学の表舞台に配置した作家たちから日本の若者が大いなる息吹を受け取るためだった。バルザックやゾラがわたしと同じくらいこの発行人の心にも宿っていることを知ったのは快い驚きだった。

しかし、話はそれでおしまいではない。わたしはスーツケースから啄木の全集を取り出す。フランス語と日本語の対訳版だ。同席していたわたしの翻訳者の一人である立花英裕氏は一瞬沈黙する。啄木は彼と同郷だったからだ。その晩わたしたちは、岩手県盛岡の近くの村、日戸《ひのと》出身の歌人のあまりに悲しい人生について語った。陽気であることを世の中でもっとも重要なものと見做すわたしのような人間にたいして、これほど悲しい人が生じさせる感情というのは、奇妙なものだ。「煙」*の作者は、けっして暗いわけではなかったわたしの子ども時代を懐かしく思い出させてくれた。

とはいえ、わたしがとくに気に入っているのは、芭蕉だ。そしてわたしが日本に来たのは芭蕉のためだった。彼の足跡を辿る巡礼の旅をさせてもらえることになっていた。芭蕉の奥の細道への長旅の出発点になった場所を、この足で踏みしめたかった。彼の旅日記を何度読んだか知れない。そこにはこう記されている。「千住といふ所にて舟を上がれば、前途三千里の思ひ胸にふさがりて……。」わたしはできることなら曽良になって、芭蕉と旅がしたかった。

---

*「煙」　石川啄木『一握の砂』第二部

今日よりや
書付消さん
笠の露

もしわたしが芭蕉の旅の道連れだったら？　ともかくわたしは一篇の小説を書いた。そのタイトルは『吾輩は日本作家である』。

ダニー・ラフェリエール

書くこと　生きること

目次

書くこと　生きること

ベルナール・マニエとの対話

〈関連地図〉

ハイチ共和国

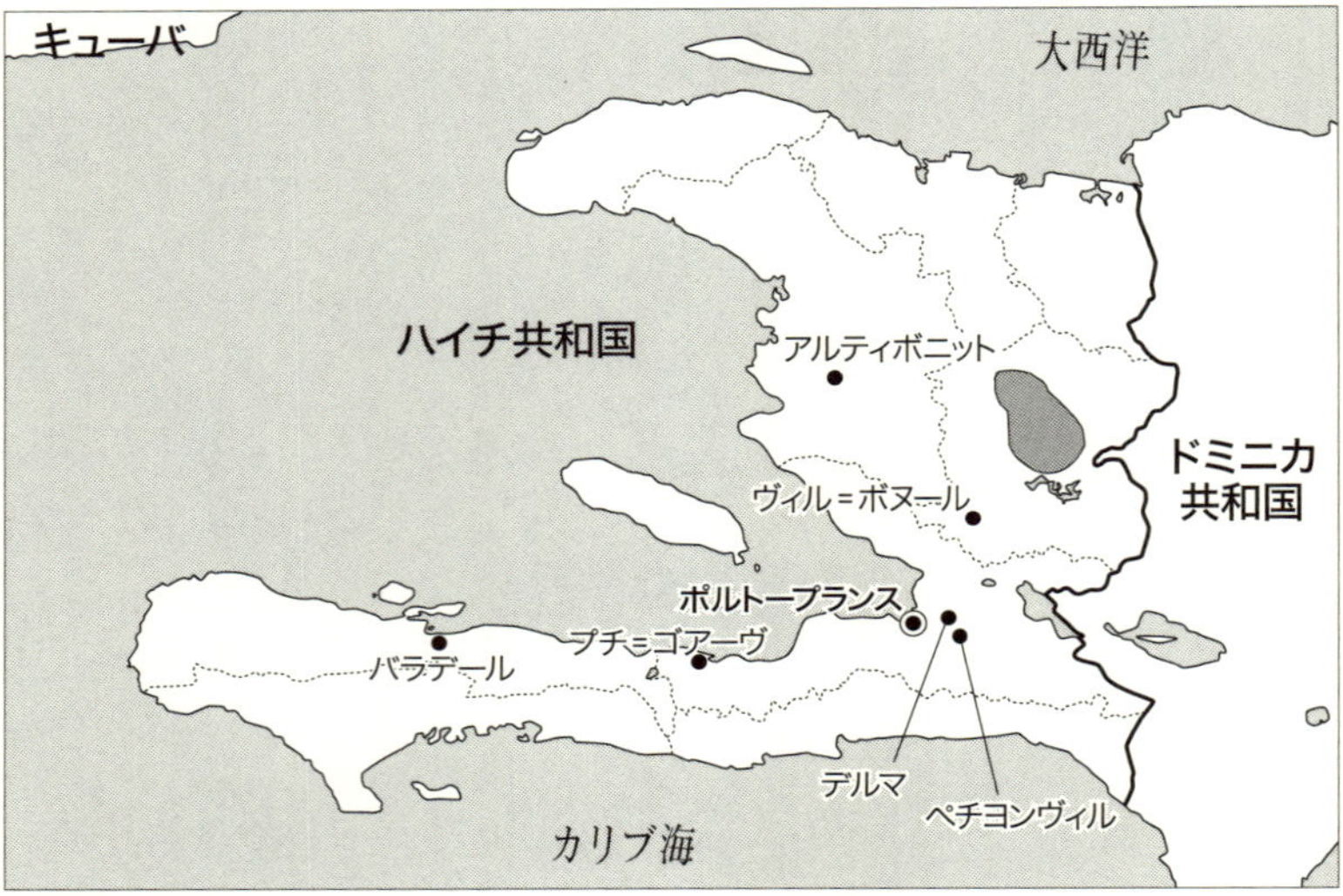

ハイチとその周辺

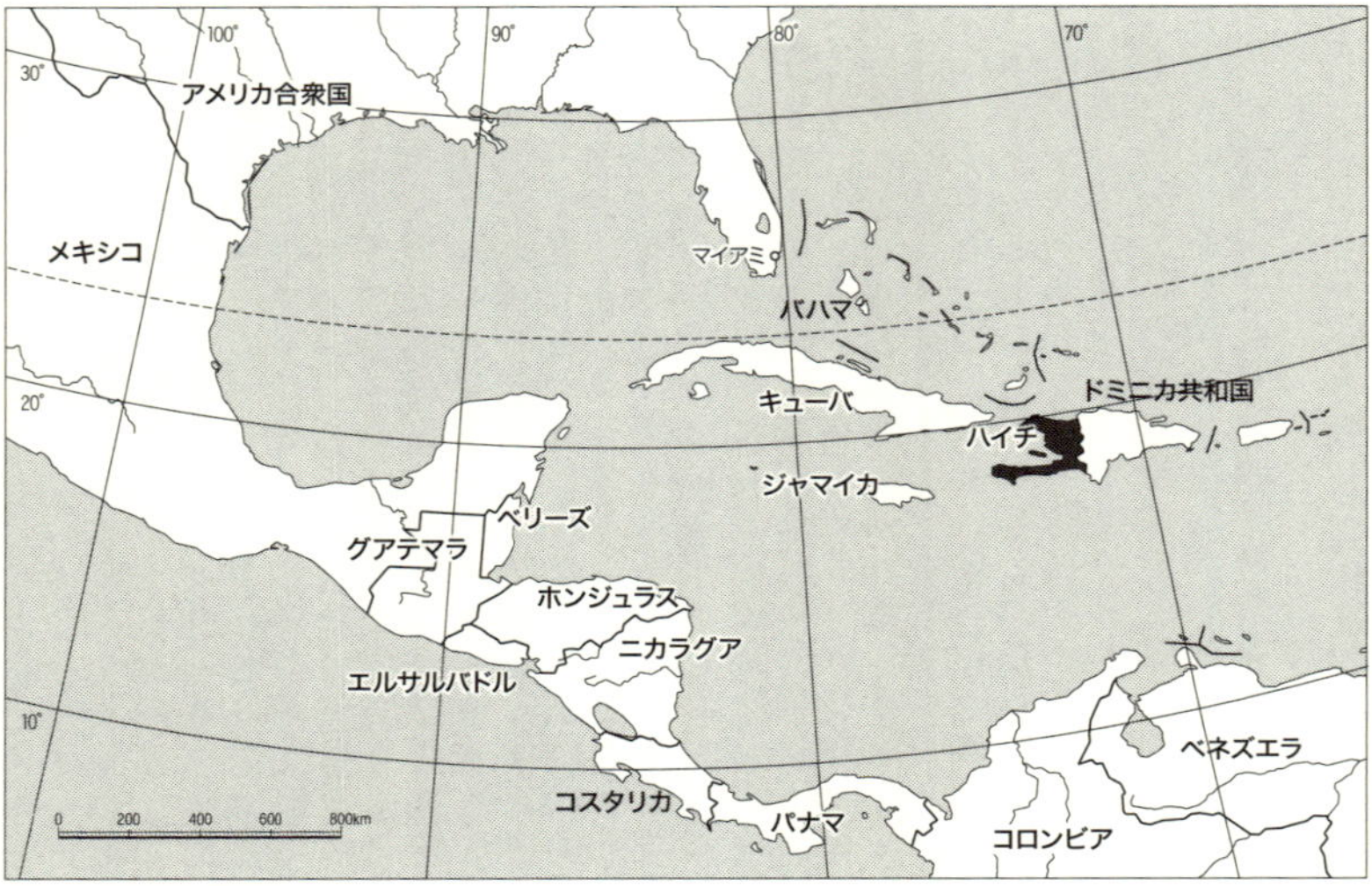

「わたしの最も重要な証人」マギーに

一九九九年の春から夏にかけての数カ月間、ダニー・ラフェリエールはフランス、ローヌ河のほとり、グリニーにある「作家の家」のゲストとなった。この本はそのとき構想されたものである。

ベルナール・マニエ　ねえ、ダニー・ラフェリエール、きみはハイチの作家かな？　それともケベック、カナダ、カリブ海、アメリカ、はたまたフランスの作家かな？

ダニー・ラフェリエール　ぼくは読者の国の出身だよ。日本人がぼくの本を読んでくれれば、日本の作家になるんだ。

本題に入る前の即興的な対話（しかしこれこそが本題）

ベルナール・マニエは今、ぼくが四カ月近く前から寝たり、食事をしたり、執筆したりしている陽当たりのよいアパルトマンに到着したところだ。小さなコンロと冷蔵庫、テレビ、タイプライターがある。ソファーベッドは窓の下にある。窓からは、小さな池でカモたちがはしゃぎ回り、庭師がぶつぶつ言いながら大股で公園を横切るのが見える。ベルナールはぼくに会うためにパリからグリニーにやってきた。ここ、リヨン郊外にある「作家の家」でのぼくの滞在はまもなく終わろうとしている。

ぼくは小さな本箱の中に何冊かの対談集を見つけた。それらはまるでぼくを危険な仕事に巻き込もうとでもするかのように、そこに不思議な置かれ方をしていた。他人の家をのぞき見するなんて、ぼくの趣味ではない。そんなことは想像するだけで十分だ。

――コーヒーでもどう？

――いいね。

ぼくがぼんやりと本をめくっているあいだ（何があるか分からないからね）、ベルナールはゆっくりとコーヒーを飲む。ボルヘス[*1]は対談より会話のほうが好きだと言っている。何が違うんだろう。目的は同じではないかと思えるけれど。つまり、第三者（読者）に気晴らしさせることを期待して誰かと対話することだ。ボルヘスはきっと読者なんて無視できるほどうんざりしているのだろう。でも、ぼくにはそんなことできない。ぼくは彼が部屋の隅で黙っていてくれるのを受け入れることにする。

——前置きから始まる対談集に出くわすと、いつも不安になるんだ、とぼくはベルナール・マニエに伝える。人生を丸ごと背負い込まなければならないような気がして、最後まで辿り着く力があるだろうか、と考えてしまうんだ。ぼくなら、ある人間の人生に単刀直入に入るほうが好きだな。そこに、直接、現在形で。彼の話を聞く準備ができているから。しかし、まず、彼が元気かどうか、自分の話をぼくたちにしているまさにそのとき何を制作しているか知りたいな。彼は疲れているのか、退屈しているのか、興奮しているのか、幸せなのか、それとも自殺寸前なのか？　彼はぼくの目の前で自分の人生を繰り広げる。ぼくはもっと単純で日常的なことを聞きたがっているんだけど。

——分かった、とベルナールは少しばかり疑わしげな彼特有の仏頂面で言う……。じゃあ、元気？

——ああ。不思議なほど落ち着いている。

——どうして「不思議なほど」なんだい？

——だって、人生を語らなければならないというのは、やはり多少は不安なものだからね。友人のソール・ベロー[*2]（一九七六年にノーベル賞を受賞したのは、ぼくがモンレアルに来た年だから知っているんだけど）も言うだろうけれど、自分の葬式に呼ばれたような気持ちだ。

——これはうまい出だしだ。きみが作家の引用をするのが好きで、少なくとも日付に関してはいささか迷信家だっていうことが分かった。

——たしかにぼくは自分の私生活と関係があるときだけ日付を覚えている。

——よし、これは話が早そうだ。わたしにとっては簡単なことだ。きみの作品と人生のあいだにあるように見える一致について、すべてを知りたいだけなんだから。

——そりゃ人生に関わる問題だ……。じゃ、「きみ」[*3]のままで行くとしよう。「あなた」のほうがプロっぽくなるけれど、ぼくはプロの反対だから。

ぼくはどっと吹き出す。

ベルナールの顔に薄笑いが浮かぶ。

——一五年で一〇冊の本を書くには、やはり相当厳しい節制が必要だっただろうね。

＊1　**ボルヘス**　一八九九—一九八六、アルゼンチンの作家
＊2　**ソール・ベロー**　一九一五—二〇〇五、ケベック生まれ、米国の作家
＊3　**きみ**　くだけた会話の中で相手に呼びかけるときに用いる

――ああ、でもそれはプロの作家になるためではなかった。

――じゃあ、何のためだったのかな？

――自分が書いたものを読みたかったんだ……。奇妙に聞こえるかもしれないけれど、ぼくは自分の人生において自分が何をしているか、本当に知りたくて本を書いたんだ。

――わたしがこの対談のためにきみに会いたいと思ったのは、まさしくきみの人生と作品のあいだにあるらしいこの深い関係のせいだ。

――言っておかなければならないけど、きみが到着する前、ぼくはずいぶん考えた。この対談のことを考えて、ちょっとしたパニックにさえ陥った。もうそこまで来ているだなんて、考えづらいからね。

――そこまでって、どこまで？

――自分の人生を語るところまで、ってことさ。ぼくがものを書きはじめたのはかろうじて二〇年前だけど、それって、昨日のことだよね。人生を語るように頼まれるってことは、ある意味、自分がもう向こう岸にいるってことだから。

――でもそれは、いつもきみが本の中でしてきたことだろう？

――本の中では、ぼくは本当の人生と夢見られた人生を同時に語るんだ……。人生を生きながら、それと並行して人生を創造するのさ。

――具体的に言うと？

――本の中では、人生はいつだってより刺激的に見える。だから日常生活にもその強度を取り入れようとするんだ。

――となると、きみの中で、現実の部分と夢想の部分を切り離すのはむずかしいだろうね。

――その通り。

――少なくとも、きみの人生の現実の部分を知ることは可能だと思う？

――分からないな。ぼくが知っているのは、自分にとって書くことと生きることは一体をなしている、っていうことだけだ。

――じゃあ、きみは書くために生きているのかな？

――ちっとも。ぼくが言いたいのは、それがぼくの人生の一部になっている、っていうことさ。ほかのあらゆることと同様にね。距離がないんだ。人格形成のために書いているわけじゃない。ほかの人たちが泳ぐように、ぼくは書いているのさ。ぼくは泳げるけれど、海に行かずに何年だって過ごせる。残りの生涯、ずっと泳がずに過ごすことだってできる。だからといって泳げないわけじゃない。分かるよね……。

――きみは書かずに済ませることもできる？

本の中では、ぼくは本当の人生と夢見られた人生を同時に語るんだ……。人生を生きながら、それと並行して人生を創造するのさ。

――そうだ、完全に。簡単にほかのことだってできる。

――さっききみが対談集をめくっているのを見た。そういう本は好き？

――それほどでもないね。ただし、ぼくが本当に興味をもっている人のだったら別だけど。

――たとえば誰？

――ぼくにとってはいつも同じだ。ボルヘス、ゴンブロヴィッチ、[*4]ボールドウィン、[*5]モンテーニュ。[*6]

――モンテーニュは対談集を出版しなかったね。

――たしかに。でもそれに近いことをした。こんなふうに裸になろうとした最初の人だ。

――きみは知らない人の対談集を読んだことはある？

――稀だね。

――きみの場合は、読者がもっと興味をもってくれるといいね。

――いや、読者は好きなことをするだけさ。

――きみが知らない人の本を読むときは、どんなふうに取りかかるのかな？

――まず本の真ん中あたりを開けて、そこで語られていることが何らかのかたちでぼくを引き付けるかどうか見るために数ページ読んでみる。それからすぐ最後を読む。作家が死んでいるとどこかに記されているかどうか知るのが好きだから。

――なぜ？

——死んでいる作家のほうが、気持ちが楽だからさ。生きてる作家が自分の人生を語るっていうのは、いつだってとても不安なものだ。死者は生者より慎みがある。

——読者は好きなところから読みはじめていいけれど、本には出だしがなければならないことは分かってくれるよね。

——残念だけど、仕方ないね。出だしを真ん中に置いて、最後から始めたらどうかな。

——とことん出だしが嫌いなんだね。

——それがぼくの人生の強迫観念になっているんだ。始まりも終わりもないのが好きだな。実際にぼくが好きなのは直説法現在の熱さだけど。

——でも過去は……。

——ぼくの現在は、過去と未来が凝縮したものなんだ。ぼくは常に自分自身だ。生きているんだ。旧友のウォルター・ホイットマン[*7]が自作の『草の葉』について言っているんだけど、この本に触れた人は一人の人間に触れるんだって。ぼくはそんなふうに書くんだ。そんなふうに生きるんだ。生きるように書くんだ。

＊4　**ゴンブロヴィッチ**　一九〇四―六九、ポーランド出身の作家
＊5　**ボールドウィン**　一九二四―八七、米国の作家、公民権運動家
＊6　**モンテーニュ**　一五三三―九二、フランスの哲学者、人文主義者
＊7　**ウォルター・ホイットマン**　一八一九―九二、合衆国の詩人

執筆前

●ベルナール・マニエ　手始めに、執筆に先立ったことについて話してもいい?

ダニー・ラフェリエール　でも、ぼくは常に書いていた。とくに、書くようになる前はね。ぼくの考えでは、人は書く前のほうが作家なんだ。書きはじめたときには、もう終わっている。書くという行為は、他人と自分自身を見る一つの方法なんだ。

●で、書くという行為そのものは?

人は他人を見ている自分を見るんだ。書くずっと前に文体を手に入れているのさ。

●それって、そんなに確かなことだろうか?　それに、文体は練り上げなければならない。

文体をもっていなければ、練ってもあまり役に立たないな。よい本を書くにも、悪い本を書くにも同じくらいエネルギーを使うからね。

●その話はまたあとにしよう。アイデンティティの問題の核心に触れたいんだけど。きみの本の中ではよく、語り手の名前について、延々と述べられているよね。その隠された名前だとか、危険な目に遭いたくなければ明るみに出してはいけない名前だとか……。『コーヒーの香り』では神秘的な次元での話だけど、『狂い鳥《カツオドリ》の叫び』ではもっと政治的な次元での危険だ……。

ダニー・ラフェリエールっていうのは、じつはぼくの本名じゃないんだ。ぼくの正確な名前はウィンザー・クレベール・ラフェリエール。父の名前も同じだ。ぼくにダニーという名前がつけられたのは、ぼくを守るためだったんだ。父はジャーナリストで、かなり過激な政治家でもあった。何も恐れなかった。フランソワ・デュヴァリエ[*8]の統治下のごく初期のハイチのことなんだけどね。父はかなり早い時期からデュヴァリエと対立していた。熱帯の独裁体制(「熱帯」という言葉は緑の木々や果汁たっぷりの果物だけを指すわけではないよ)は反逆者の息子も容赦しない。父親はしばしば地下に潜るけれど、父親が見つからなければ、一味は息子を引っ張っていくのさ。デュヴァリエにとって、息子は(彼が政権についた当時、ぼくは四歳の子どもに

＊8　**フランソワ・デュヴァリエ**　一九〇七―七一、ハイチの政治家、一九五七―七一年、第四〇代大統領

ぼくの場合、悲劇的な類似性があった。フランソワ・デュヴァリエが父を追放し、二〇年後にはジャン＝クロード・デュヴァリエがぼくを追放するんだから。

過ぎなかったけれど）父親と同じなんだ。子どもはのちに父親と同じ役割を演じるようになるからね。ぼくの場合、悲劇的な類似性があった。フランソワ・デュヴァリエが父を追放し、二〇年後にはジャン＝クロード・デュヴァリエ[*9]がぼくを追放するんだから。大統領の親子と亡命者の親子。つまり、ぼくはあまりに危険な名前をもっていたわけだ。おまけに父の名前とそっくりだったからね。すべてはぼくの知らないところで行われた。ぼくがなぜ公式証書に記載されているのとは違うダニーという名前で呼ばれているのか知るようになったのは、ずっとあとになってからだ。当然のことながら、この出来事はぼくの作家としての仕事に何らかの影響を及ぼしたね。ぼくの本の中では、語り手はけっして固有のアイデンティティを持つことがない。彼には名前がないか、明らかに偽名と見える名前を持っているかだ。

●ヴューゾのように。

ぼくのことをヴューゾ[*10]と呼んでいたのは祖母だ。これはハイチの古い表現にあるもので、雌鶏と一緒に寝るつもりがないという意味だ。祖母とぼくは星を眺めながらヴェランダで夜更かししたものだ。祖母はどちらかというと星座に興味があったけれど、ぼくは流れ星のとりこになっていた。今でも、流れ星を見ると心臓の鼓動が速くなる。ぼくがこの時間が大好きなことを祖母は知っていたよ。

●きみの「アメリカ的自伝」[*11]を形成する一〇冊の本の中で二度ほど、語り手はラフェリエールという名前だね。二十三歳の若い語り手がハイチを出発する最後の夜のことを語った『狂い鳥の叫び』と、外国暮らしをして二〇年近く経ってからハイチに戻ったときのことを語った『帽子のない国』の中で……。

そうだね。彼は決定的な瞬間に自分の名前を取り戻すんだ。ぼくの考えでは、旅人――人間誰しも、ある意味、旅人だよね――にとって二つの重要な瞬間がある。出発の瞬間と帰還の瞬間だ。

●すぐにきみの作品の話題には入らずに、執筆前の時間に留まっていたいんだけど。

ぼくの中ではすべてが錯綜しているってことを忘れないでよ。

*9　**ジャン＝クロード・デュヴァリエ**　一九五一―二〇一四、父親から独裁体制を受け継ぎ、一九七一―八六年、ハイチの第四一代大統領

*10　**ヴューゾ**　直訳すると「古い骨」の意

*11　**「アメリカ的自伝」**　この十作については、本書「訳者解説」三八四―三八五頁を参照。

生いたち

ダニー、きみはどこから来たの？

●では、その縺《もつ》れた糸をほぐしてみようじゃないか。きみはどこの出身？　生まれたのはポルトープランス？　それともプチ＝ゴアーヴ？　きみの本を読んでもはっきりとは分からないね。

生まれたのはポルトープランスだけど、幼年期を過ごしたのはプチ＝ゴアーヴだ。かなり木が伐採されてしまった山（ぼくは小山の斜面で火を焚いている農民たちを見ながら、何度も午後を過ごしたものだ）とカリブ海のターコイズブルーの海のあいだに挟まれた、きれいで小さな田舎町だ。デュヴァリエが到着するまで、プチ＝ゴアーヴは静かで経済的に自立した場所だった。母方の祖父母がそこに住んでいた。ぼくの母と叔母たちと一緒に。この家はほとんど男っ気がなかった。ぼくの祖父とイヴ叔父さんを除いて。父方の家族のことはほとんど知らない。父がバラデール[*1]出身だということは知っていたけれど、ぼくは父の本当の母親の名前も知らないんだ。かつてバラデールはまるでハイチのヴェネチアのように語られていて、ぼくを夢見させてくれたものだ。そこでは人びとは丸木舟で行き来するらしい。よく暴風雨《サイクロン》に襲われるこの小さな沿岸町では、家は高床式になっている。父のことを思い出すときはいつも、裸で丸木舟に乗っている少年のことを想像するんだ。そのイメージはぼくが子供のころに見た絵葉書から来ているのだけど。父はペティヨンの高校で勉強を続けるために、かなり若いときに養母と一緒にポルトープランスにやってきて、その後、そこで歴史を教えるようになるんだ。

●で、お母さんは？

田舎の娘だよ。一九五〇年代のプチ＝ゴアーヴの娘を想像してみなくてはならない。母はあまりに恥ずかしがり屋で慎み深いので、ぼくは今でも正確な生年を知らないほどだ。訊ねてみようと思うことは、これからも絶対にないだろうね。どんな些細なことだって、母に不躾な質問をしたことはない。ぼくが母について知っていることはすべて、母が生活するのを見て知ったことだ。母についての秘話は何も知らない。しかし、母の隠された喜びや深い苦悩は容易に

＊1　**バラデール**　ハイチ西部。『帰還の謎』参照

感じ取れる。それに母の身体の香水の匂いは、どこにいても分かる。

●で、きみの家族は？

母はネルソン家の人間だ。プチ゠ゴアーヴでは重要な名前の一つだよ。祖父はプチ゠ゴアーヴの市長をつとめ、その後、身分吏になった。公的証書の登録簿を管理する仕事さ。ぼくは祖父が仕事をしているのを見ながら何時間も過ごしたものだ。着飾った農民たちが、子どもを合法的に登録してもらおうと朝早くからやってきていた。彼らはよく、生まれたての赤ん坊に聖書とか、歴史や地理の教科書とかから引っ張ってきたおかしな名前をつけていた。ぼくは祖父がたいそう重々しい表情でこの儀式を執り行うのを、役所の隅っこで丸くなってじっと見ていた。祖父の父親のシャルル・ネルソンは、食料品の大投機家で、コーヒーで財を成した人だ。この苗字は英国かジャマイカから来たものに違いない。ぼくの曾祖父にあたるこのシャルル・ネルソンという人は、土地の数えきれないほどの農夫の娘たちとのあいだに六〇人もの子どもをつくったんだ。投機家としてコーヒーの栽培家たちに会うために、彼はプチ゠ゴアーヴ周辺の村々をたくさん旅しなくてはならなかった。働き盛りで、大金をもって一人で旅行する男というのは、すぐに女たちの注目の的になるよね。それに、子孫が多いことを説明するのに、もう一つ、もっと月並みな理由もある。こういう状況では、山賊や人殺しに狙われることもあるけれど、背後を見張ってくれる者がいない。うまく手筈を整えて近くに女や子どもがいれば、同じ親族集団に属することになるから、ある意味、攻撃するのがむずかしくなるわけだ。それに、その子たちが大きくなれば、その場で利益を守ってくれることもできるしね。こういうのを、この凄腕の投機家の言葉では、一石二鳥っていうわけだ。

●その兄弟姉妹たちは互いを知っていたのかな？

そこが問題なんだ。祖母がよく家の男たちに注意しているのを聞いたことがある。この地方、とくにパルム一帯を頻繁に旅行する者たちに、姉妹の一人と結婚することにならないように、ってね。ぼくのおじやいとこ違いたちがどんなにそれを恐れていたことか。だから、若い娘に会うたびに、シャルル・ネルソンという人が付近を通らなかったかどうか知るために、家系図を念入りに調べ直さなければならなかったんだ。「結局のところ、おれたちはヤギじゃないからな」とボルノ叔父さんは言ってたよ。ヤギなら性的に無分別だから、近親との交尾もためらわないけれどね。それでもなお、間違いはあったらしい。ぼくたちのいとこの一人が腹違いの妹と夫婦になってしまったんだ。奥さんはあまりに美しくて気立てがよかったので、状況を説明されたあとも、一緒に生活を続けることに決めたそうだ。家族はいっとき二人を引き離したが、二

ぼくの曾祖父にあたるこのシャルル・ネルソンという人は、土地の数えきれないほどの農夫の娘たちとのあいだに六〇人もの子どもをつくったんだ。

人の意志が固かったので、譲歩せざるをえなかった。ぼくはいつもひそかに二人の味方だった。とても夢見がちな少年だったから、自分の家族の中に一度だけデュマ[*2]やゼヴァコ[*3]の恋物語に匹敵するものがあったような気がしたのさ。夜中にシーツをかぶって懐中電灯をつけて、よくそういう小説をむさぼり読んでいた。

●で、きみのお祖父さんは?

祖父はすごく働き者だった。曾祖父にはあまりにたくさんの子どもがいたので、一人一人に十分な財産を残すことができなかった。そこで彼は自分なりのやり方で問題を解決したんだ。つまり、娘たちだけが家のわずかな財産の中から何がしかのものを得られるようにしたのさ。息子たちはほんのわずかな土地すら受け取れなかった。当時の言い方をすれば、黒い雌鶏[*4]一羽すらね。結局、娘たちが相続した。「息子たちは働きさえすりゃいいんだろう」とぼくの先祖たちは大地に唾を吐きながら言い放ったものだ。祖父は、かあさんと結婚したとき何ももっていなかった、と繰り返すのが好きだったね。祖母はプチ゠ゴアーヴの農村の一区画であるザボの近郊の娘だったんだけど。

●それがきみの何冊かの本で中心的な人物になっているダーという女性だね。

そう。祖母はしょっちゅうぼくの本に登場する。それに、ぼくの二冊の物語(『コーヒーの香り』と『限りなき午後の魅惑』）の中では中心的人物として鎮座ましましている。それら二冊はぼくの幼年期、つまりぼくが祖母の大きなスカートの下で暮らしていた人生の幸福な時期について語った本だ。その上、祖母はぼくのほかの本の中にもほとんど常に登場する。祖母は間違いなく、ぼくの人生にもっとも強い影響力を与えている。背が低くて、物腰は尊大で（すぐ仁王立ちするんだ）、顔は愛想がよく、いつもくったくのない笑みで輝いていて、断固たる勇気をもった女性だ。町が秘密警察員《トントンマクート》に占拠された日のことを覚えている。人びとは恐怖政治下で暮らしていた。みんなはドアの後ろに隠れていた。袋の中に一人の男を閉じ込めて秘密警察員たちが道を通りかかった。彼らはその男を容赦なく叩いているんだ。祖母がいっさいの危険をものともせずにドアを開けて、悪党――と彼女は彼らのことを呼んでいた――と向き合ったんだ。結局、彼らは男ごとその袋をうちのヴェランダに放り出していった。祖母は男を家の中に引っ張っていって、一晩中介抱した。明け方近くに、その男の兄弟たちが彼を迎えにやってきた。

●お祖母さんはずいぶん政治的センスがある人だったんだね。

＊2　**デュマ**　一八〇二―七〇、フランスの小説家
＊3　**ゼヴァコ**　一八六〇―一九一八、フランスの大衆小説家
＊4　**黒い雌鶏**　ヴォドゥ教で、十字路を司るレグバの使い

むしろ正義感が強かったんだろう。弱い者いじめをするやつらを心底嫌っていたから。そしてそこにこそ、ハイチの問題の核心があるんだ。この国では、無一文の者でさえ、汚らしい犬を見つけて足蹴りを食らわすのさ。祖母は社会生活にずいぶん関わっていた。ラマール街八八番地の家は事実上、祖母が自分の手で建てたものだ。祖父母は結婚したてで、二人は一銭ももっていなかった。祖母はベルトをきつく締めて、唯一の食糧である一塊の岩塩を、飢餓性衰弱に陥らないように舐めていた。ぼくに話してくれたんだけど、祖母は何年も同じ黒い服を着ていた。ずっと前に亡くなった親類の喪に服しているんだと、みんなに思わせていたんだ。

●どうして黒い服なのかな?

一着あれば足りるからさ。黒い服が何着あるかなんて、誰にも分らないからね。この時期は本当に大変だった。結局、一家はこの新しい住まいに落ち着いて、子どもたちが生まれるようになる。事態はそう悪い方向には向かわなかった、ってことだね。祖父は裏庭に一〇軒ほどの小さな家を建てさせ、コーヒーの卸売りに来てその日のうちに帰宅できない農夫たちを泊めてやったものだ。プチ＝ゴアーヴ周辺の山から農家という農家が全部降りてきた。彼らはコーヒーの袋を載せたラバを先頭にしてやってきた。うちの中庭はコーヒーの収穫の季節には、常に人や動物で一杯だった(子どもたちも多かった)。ぼくはよくほかの少年たちと一緒に外で寝たものだ。かくれんぼをしたり、戦争ごっこをしたり、わけもなく笑ったりしたあと、突然ハエみたいに倒れてしまうんだ。そのあいだ、従姉妹たちのほうはかわいそうに、金で雇われた警戒怠りない付添人にピッタリ監視されていたよ。付添人の一人にジョーっていう腐ったやつがいたのを覚えている。そいつときたら、自分がちゃんと仕事をしていると信じさせるために、従姉妹たちについて聞くもおぞましい話をでっちあげるんだ。女たちは食事の支度（マランガ[*5]、山芋、青いバナナや豚の大きな塊で満たされた巨大な鍋）にかかりきりで、一方、年配の男女は、パイプ（赤土を焼いた小さなパイプ）をふかしながら、夜、旅の途中で奇妙な人間に出くわしたときの不安などを思い出していた。ぼくは長い休みのときなんかはとくに、夜じゅうずっとラバの温かい脇腹に寄りかかって、身の毛もよだつようなこの恐ろしい狼男の話を聞いていた。これがおそらくぼくの幼年期のいちばん幸福な時間だったね。

祖父にとっては、すでに暴風雨が水平線に現れはじめていた。それは国際市場でのコーヒーの価格の暴落だった。祖父はシカゴにトラクターを注文したところだったんだけど、その注文をキャンセルしなければならなかった。ぼくの子どもの頃はいつも、シカゴから来たトラクターのモデルのカタログが入った黄色い封筒を受け取っていたのを覚えている。カタログが到着するとすぐ、祖父はそれを封筒から取り出して、ぼくにモザールの店までパンを買いにやったものだ。パンを封筒に入れなければならなかったんだ。ぼくはこの黄色い巨大なトラクターたち

＊5　**マランガ**　南米産のイモの一種

にうっとりとしていた。祖父はトラクターを収納するために家のそばに倉庫までつくらせてあった。結局このトラクターが到着することはなかったけれど、小さな倉庫が壊されることもなかった。

●それで、ダーはこの困難な時期をどうやって乗り切ったんだい?

祖母は、ほとんど毎朝、どのお金で女中を市場にやろうかと考えながら起きたものだ。そして毎日、同じ苦悩の繰り返しだった。いつものように足元に大きなコーヒーメーカーを置いて、ヴェランダに座るんだ(冷たいコーヒーを飲むくらいなら、牢獄で一日を過ごすほうがましだっただろう)。祖母はこうやって、お金を貸していた誰かがたまたま通りかかるか、ポルトープランスから娘の一人がお金を送ってくれるのを待ちながら午前中を過ごしていた。ぼくはいつも、風向きが変わるのを祖母が静かに待っているのを見ていた。世界のどこにいても、ぼくは自分がいらいらしていると感じたときには、目をつぶるんだ。そうするとヴェランダに座った祖母の穏やかな面影がぼくを落ち着かせてくれる。

父の亡命

●それでは、今度は反逆者だったお父さんの話をしようか。

父はペティヨンの高校で勉強し、その後そこで教えることになる。とても若くして、十七歳から、政治にかかわるようになった。クラスメートたちと一緒に組合をつくったんだ。なめし革製造業者たちの組合だ。

●きみが生まれたとき、お父さんは何歳だった?

とても若かったな。二十代の初めだ。血気盛んで、不正にとても敏感な若いジャーナリストだった。父は二十五歳のとき、短期間だけどポルトープランスの市長もした。この市で史上最年少の市長だった。その後、商業・産業閣外大臣にもなった。のちに、一時期、外交官になり、ジェノヴァやブエノスアイレスに赴任した。しかしこうしたことすべてはごく短いあいだのことだった。三十歳になる前に亡命して、死ぬまでそうだったからね。

●その亡命の理由は何だったのかな?

父は、当時ほかの若者と一緒に設立した極小政党（主権国民党）の党首だった。彼らはとても活動的で、とても理想主義的で、かなり激しい口調で意見を主張していた。ぼくの父はその中でもたしかにいちばん攻撃的だった。彼らは集団で古いぽんこつ自動車に乗って走り回っていた。若かったけれど、その熱狂ぶりが畏怖の念を抱かせていた。マグロワール大統領の任期の最後の頃だったな。その後、かなり不安定な時期が訪れる。体制は、軍人たちの猛烈な権力欲を前にして弱々しそうに見えた。軍隊が内閣を組織しては解散させていた。のちに聞かされたことだけど、父は向こう見ずな若者のグループと組んで省庁に乗り込む可能性もあったようだ。そこの何人かの職員を小役人呼ばわりして、彼らの椅子に即刻自分の仲間を座らせてね。だけど、汚職が最初から根づいてしまっている国では、そうやって友だちをつくれるわけではない。しかし、父が国を離れなればならなかったのは、別の理由によるんだ。金持ちの商人たちは、政府を打倒するために、ポルトープランスの中心街の店を閉める前に商品（小麦、米、油）を地方の秘密の保管所に貯蔵しておく習慣があった。父は商業政務次官としてラジオ局に行き、このような事態を告発したんだ。そこまではまだ正々堂々たるものだった。しかし、いつもの熱気で、父はこうつけ加えたんだ。もし商人たちが最必需品を売りに出すのを拒むなら、国民は店から略奪する権利がある、とね。父は自分が公職に就いていることを忘れてしまっていた。これは思慮分別を欠いていた。父は商人階級の強力なブルジョワジーを攻撃していたのだけど、この部門はハイチのブルジョワジーの中でもいちばん生産性が低く、密輸で生活していて、したがって当然のことながら税金を払うことも拒否していた。彼らはすぐさま父の死刑を要求した。父は大急ぎで国を離れなければならなかった。二度と帰ることなく。

●こんなに若い人にとって、そういう亡命はさぞつらいものだっただろうね。

恐ろしくつらいものだった。それは、自分が国で政治的な前途をもっていると感じていたからなおさらだった。実際にはそれは流星にすぎなかったのだけど。でも、父が残したものは、彼の同世代の人たち、とくに彼の学生たちの記憶の中には今でも鮮明に残っている。父が亡くなってから十五年も経った今でも定期的に、モンレアルでもニューヨークでも、パリでもポルトープランスでも、父のことを覚えていて、ぼくに熱っぽく話してくれるハイチ人に出会うんだ。

●で、お母さんはこの動乱の中でどうしていた?

母はハイチに残った。ぼくは『狂い鳥《カツオドリ》の叫び』で母の悲劇を描いた。その中で、ぼくがあわただしくハイチを出発したとき、母は父がその二〇年前に同じ状況で出発しなければならなかったことを思い出したに違いない。母はそこに残ったんだ。父が出発したときまだとても若かったこの女性の苦悩を、ぼくは想像することさえできない。

ついに父はわめきはじめた。デュヴァリエがすべてのハイチ人をゾンビに変えてしまったから、自分にはもう子どもはいない、ってね。

●お母さんはどうなった？　お父さんが出発してから、しつこくつけ回されたりしたんじゃない？

いや、母は非常に控えめな人だからね。しばらくのあいだは仕事も続けた（市役所の記録保管所で働いていたんだ）。ぼくの両親は正反対の性格だった。父はすぐかっとなり、忍耐心がなくて、激しやすいけれど、母のほうは優しく、恥ずかしがり屋で、慎ましい。父が部屋に入ってきたら、その途端にみんなが気づくけれど、母のほうは、隣りに何時間いても気づかれないほどだ。正反対の者どうしは互いに引き付けられるに違いない。妻とぼくも同じような夫婦だから。ぼくは光や世界に決定的に引かれるけれど、妻のほうは薄暗がりや親密な関係の中でしかくつろげないんだ。母が言うのだけど、ぼくは事実上、ほとんど父を知らなかったのに、どうして父と同じ性格をしているのか、不思議だよね。ぼくはそっくりの手をしていて、声も同じなんだ。でも、何よりも、これも母が言うことなんだけど、人生にたいして同じ態度をとるんだそうだ。生きることにたいする恐るべき貪欲さだ。

●お父さんに再会したことはなかった？

一度しかない。父の葬儀のときに。当然、すぐに手を確かめたよ。母がそのことを話していたから。まるで自分の手を見ているような不思議な印象だった。

●生きているうちには再会しなかった？

その何年か前にブルックリンで会おうとしたことがあった。そこの小さな部屋に住んでいたから。しかし、その日、父はドアを開けるのを拒んだんだ。

●お父さんはそれが自分の息子だっていうことを知っていたのかな？

ああ、身元を明かしていたからね。最初、父は何も言わなかった。しかし、ドアの向こうに誰かいると分かり、ぼくが会ってくれとしつこく頼んだので、ついに父はわめきはじめた。デュヴァリエがすべてのハイチ人をゾンビに変えてしまったから、自分にはもう子どもはいない、ってね。

●一種の否認だろうか？

ぼくは今でもあの力強くて、少ししゃがれた声を覚えている。それは自分の巣穴まで追い詰められた獣の声だった。父は死ぬために、そこに寝に来ていたんだ……。だから、どうして過去がこんなに休みなく彼を追いかけ続けるのかと考えていたに違いない。

●つまりお父さんはきみを否認したんだね？

いや、たんに正気を失っていたんだ。亡命のせいで、父は気がおかしくなっていた。

ハイチの学校

●お父さんがいなくなってから、ハイチでのきみの生活はどんなふうだった？

ぼくは幼なすぎて、状況が理解できなかった。当時四歳だったからね。母はぼくをプチ＝ゴアーヴの祖母の家にやったんだ。ぼくが母と暮らすために戻ったのは、中学に入るときになってからだ。母はとても自尊心の強い人だった。ぼくたちは物質的に厳しい状況にいたけれども、ぼくと妹はいつもきれいな身なりをしていたし、よい学校に通って存分に食べていた。当時、母が本当はどんな経済状況にいたか分かるようになった今となっては、母がどうやって窮地を脱することができたのか、驚くばかりだ。これはポルトープランスの多くの家庭の運命だったんだ。パパ・ドック[*6]によってたくさんの有能な男たちが国外追放されていたからね。女たちは、いつものことながら、わずかばかりの給料と途方もなく重い責任とともに突然取り残されてしまった。ポルトープランスには当時、ブルジョワ家庭が息子をやる名門校が二つあった（娘たちは聖心かサント＝ローズ＝ド＝リマの修道女たちの学校に通っていた)。それはサン＝ルイ＝ド＝ゴンザグとサン＝マルシアル中学だった。けれども、父はいつもぼくがフランス系カナダ人の修道者たちが教える聖心修道士の学校に行くことを望んでいた。それは三つ目の選択肢だった。最初の二つと同じくらいしっかりした学校だけど、もっと質素だった。父はサン＝ルイに、そしてサン＝マルシアにさえ漂うブルジョワ的雰囲気があまり好きじゃなかったんだ(サン＝マルシアは聖霊布教会の神父たちによって運営されていて、サン＝ルイを率いるキリスト教教育修士会よりはリベラルだったけれど)。自分の息子がこのブルジョワの教育を受けることがないように、と心に決めていた。父に言わせれば、それは民衆から遠ざける教育だからね。しかし、中流家庭では子どもたちをこうした名門校に入れていた。それは一つには、そこで行われている教育がよかったからだけど、それ以上に交友関係によるものだった。将来一緒にいい商売をすることが期待できそうな金持ちと友だちになれるように、手筈を整えることができたからね。

●当時のハイチの教育は伝統的なタイプだった？　それともフランスの教育をまねて作った、ハイチの現実からはかけ離れたものだった？

＊6　**パパ・ドック**　フランソワ＝デュヴァリエの愛称

ハイチは世界初の黒人共和国だったことを今でも誇りにしている国だ。ハイチの若者は皆そのことを知っている。

その中間だった。あまり選択の余地はなかったよ。ハイチの教科書を出版していたのはたった一つの機関だけだったから。デシャン社だ。ノートのほうは、母がラベイユの店で買っていたのだと思う。真の意味で国民の教育を行うためには、その教育を構想し、教員を養成し、教科書を出版できなければならなかっただろう。しかし、教科書はほとんどフランスから来ていた。国民にあった教育を望めたのはいくつかの科目においてだけだ。歴史や地理などだね。ハイチ文学もだ。フランス文学が幅をきかせていたよ。ラシーヌ[*7]、モリエール[*8]、ヴォルテール[*9]、ルソー[*10]、ユゴー[*11]は徹底的に勉強したけれど、伝記的側面だけだ。実際、これらの作家の作品を教室で読むことは稀だった。一般的に、学校には図書館がなかった（サン＝ルイ＝ド＝ゴンザグだけは例外）。ペティヨン高校を除いて、理科の実験室をもっている中学は稀だった。実際にどういう教育が行われているかは、ハイチ国家の興味を引かなかったようだ。すべて暗記すればいいと考えていたんだ。にもかかわらず、ぼくはハイチの学校ですばらしい教育を受けたと思っている。大学には行かなかったから、ハイチで受けたこの教育がぼくの唯一の下地になっているんだ。

●その教育がきみをハイチ人にしたと言えるだろうか？

ハイチは世界初の黒人共和国だったことを今でも誇りにしている国だ、ということを思い出さなくてはならない。ハイチの若者は皆そのことを知っているし、彼らはこの愛国的雰囲気の中で育ったんだ。国旗の祝日、独立記念日、ヴェルチエールの戦い[*12]がある。ハイチ人なら誰でも、学校に行かなかった者でさえ、フランス人たちを海に投げ捨てて、一八〇四年一月一日に独立国となったことを知っている。それはハイチ人の魂に刻みつけられていることだ。こういうことを言うのはすべて、ぼくたちがモリエールやラシーヌ、あるいはヴォルテールを勉強するのは、彼らがフランス人だからではなく、単に偉大な作家たちだからだ、と言うためだ。ハイチ人にとって、コルネイユ[*13]は、その誇り高い口調、勇気ある感情のほとばしり、若さと高貴

＊7 **ラシーヌ**　一六三九―九九
＊8 **モリエール**　一六二二―七三
＊9 **ヴォルテール**　一六九四―一七七八
＊10 **ルソー**　一七一二―七八
＊11 **ユゴー**　一八〇二―八五
＊12 **国旗の祝日**は五月十八日、**独立記念日**は一月一日、**ヴェルチエールの戦い**は十一月十八日
＊13 **コルネイユ**　一六〇六―八四、フランス古典主義時代の劇作家

さの爆発、熱でもって、完全にハイチ的だ。それについては疑う余地がない。この愛国主義はハイチ人の強さであり、弱さでもある。強さだというのは、その愛国主義のおかげでぼくたちは卑屈な魂を持たずにすむからだ。弱さだというのは、ぼくたちがいつも過去のほうを向いているからだ。しかし、ぼくが自分の人生においてどれほどハイチ文化が重要な意味をもっているか気づいたのは、外国暮らしをするようになってからだ。ぼくはほかの黒人たちが白人にたいして常に感じているような苦痛、無力さを感じないんだ。彼らはまだ解決していない問題を抱えているように思える。身体的暴力の問題だ。まだ仕返しが済んでいない恐ろしい平手打ちとでも言おうか。ぼくはハイチ人として、この問題はほとんど二〇〇年前に解決済みだと知っている。サンドマング[*14]の植民地でのニグロたちの大きな苦しみは、国が独立した直後から現地人の軍隊の総司令官になったジャン＝ジャック・デサリーヌ[*15]によって指示された白人皆殺しによってほぼ復讐された。だからぼくは白人と冷静に話すことができるんだ。だからといって、いつでも万事よしというわけではないけどね。その証拠に、ぼくはフランスで生活することはけっしてないだろう。それはぼくが古い植民地の遺産を引きずっているからというわけじゃなくて、植民地化やアイデンティティに関する問題を議論して残りの人生の時間を無駄にしたくないからにすぎない。要するに、クレオール性や混交、あるいはフランス語圏なんて、どうでもいいんだ。他人にとってはいまだに重大ないくつかの問題を、ハイチ社会はぼくが生まれるずっと前に解決してくれていたことに感謝してるよ。

言葉に酔って

●でも、アイデンティティの問題は植民地問題とばかり関係するわけではないだろう？

もちろんさ。でも、誰だって地面が必要だ。自分の足場となるところが。そしてもしその場所がなかったら、ほかの人たちと問題が起こる。だからこそ、国家は神話をつくるんだ。個人はどこかに避難しなくてはならない。誰も彼を見つけられない場所、彼が完全にくつろげる場所にね。ちょうど動物が巣穴に避難するみたいに。しかしその避難場所は秘密でなければならない。

●その避難場所は、ある人たちにとっては文学かもしれないね。

そう。しかし、たとえ夢の中であったとしても、人は錨を下す場所が必要だ。完全に夢の中

＊14　**サンドマング**　ハイチのフランス植民地時代の呼称
＊15　**ジャン＝ジャック・デサリーヌ**　一七五八―一八〇六、ハイチの独立運動指導者、ハイチ建国の父

読むことは釣りに行くのと同じだった。捕まえられるものを捕まえていたんだ。

にいるわけではないと信じたいのさ。若い頃、ぼくはシェイクスピアやトルストイを楽々と読んでいた。しかし同時に、手元には果汁たっぷりのおいしいマンゴーも必要だった。ぼくは本の香りを胸いっぱい吸い込みながら時間を過ごしていたものだ。触れるものが好きなんだ。肉体が。ぼくはあまりに感覚的で、肉体的なので、仲良し友だちのアリス[*16]がためらいもなくするように鏡の向こうに行くことはできない。

●きみはそれでも、この時期にたくさんの読書をしたんだね？

ぼくはいつだってたくさんの本を読んだ。当然のことながら、もっとも偉大な作家の作品をだけど。そして、それはごく単純な理由による。つまり、ぼくのうちにはあまり本がなかったからだ。ダーが本はぼくには刺激が強すぎると思って、大きな簞笥の中のシーツの下に隠してしまったんだ。ぼくはその隠し場所を知っていた。ある日、みんながカーニヴァルに行って、ぼくだけが家にいたとき、偶然アンドレ・モーロワ[*17]の『愛の風土』を見つけたんだ。ナフタリンの匂いのする白いタオルの山の下にね。稀に来る賓客のためにとってあったタオルだけど、ぼくの子どもの頃そのタオルを使うのを見たのは、歯の抜けた元老院議員だけだった。そしてすぐあとに、ベッドの向こう側にチェリーのカクテル（チェリーと蒸留酒とアーモンドシロップの強力なブレンド）の瓶の見つけたんだ。ぼくはこの甘いアルコールを飲みながら『愛の風土』を読んだ。これがぼくの人生の中でいちばん素晴らしい読書だったと思う。

●きみは何歳だった？

せいぜい九歳か十歳だっただろう。

●九歳でチェリーのカクテルとアンドレ・モーロワか、ちょっと早熟じゃないか？

たまたま手近にあるものを読んでいただけだ。プチ＝ゴアーヴの家にはごくわずかの本しかなかった。そういう状況では、読むことは釣りに行くのと同じだった。捕まえられるものを捕まえていたんだ。本に出くわすというのは、まるでお祭りのように楽しいことだった。その衝撃的な印象を覚えている。表紙のあいだに何が隠れているか、まったく分からない。心臓はとてもつよく鼓動した。ぼくは胸に本を押し当てた。ああ、本の匂い。読みながら、ページをめくる前にその匂いを嗅いだ。誰かの家に本を読みにいくためなら、町を横断することだってで

＊16　**アリス**　キャロルの『鏡の国のアリス』の主人公
＊17　**アンドレ・モーロワ**　一八八五―一九六七、フランスの作家

きたよ。ぼくのクラスにシモンっていうきわめつきの間抜けがいたんだけど、彼の母親のうちの小さな寝室に閉じこもってひと夏を過ごしたときのことを覚えている。母親の簞笥の中に宝物を見つけてしまったからなんだけど、その宝物っていうのは写真小説の山のことさ。ぼくは映画にとても近いこの技法が大好きだったんだ。といっても、シネマ・フォースタン（プチ＝ゴアーヴの高校の映画館）に二、三度行ったことがあっただけだから、あまりよく知っていたわけではないけどね。一冊、繰り返し読んだのがあった。ぼくは物語の登場人物の一人に完全に自己同一化していた。イタリアの小さな町にいたんだけど、ぼくを本当に驚かせたのは、お金持ちのヨーロッパに住んでいるこれらの人たちの中に入り込んでみて、彼らがぼくたち以上に豊かなわけではないということを発見したことだ。なんという驚きだったことだろう！　ぼくが読んでいたユゴーやデュマの小説の中でも悲惨について語られていた。しかし、それは言葉だった。そして言葉はときとしてあまりに美しいので、その本当の意味をぼくたちに忘れさせてしまう。悲惨という言葉がぼくに貧困を思わせたことは一度もなかったんだ。ところが、この写真小説の中では、ぼくはその悲惨を見て、はっきりとつかむことができた。品々や服装、台所、椅子、コップの中の牛乳、隣の家に若い娘をやってもらってこさせる砂糖、自分が恋している隣人に少しばかりの砂糖を恵んでもらわなければならないこの娘の顔に浮かぶ羞恥心。そうしたものすべてが見て取れたんだ。そしてこのような写真小説はきまって、貧しいけれど美しくて正直な若い女性に出会う金持ちの青年の話だった。彼の両親は息子が同じ階層の娘と結婚することを望んでいるのだけど、そんな娘はいつだってうぬぼれやで、薄っぺらで、スノッブで、結局意地悪だということが分かるんだ。当然、最後には、完璧なカップル（青年と貧しい娘）が最後のキスをして結ばれるんだけどね。ぼくは満足だったよ。

●当時、プチ＝ゴアーヴには公立図書館はあった？

市役所の向かい側にあった。ぼくはそこに通った。短いあいだだったけれど、ルネ叔母さんがそこで働いていたんだ。叔母さんはいつも図書館のヴェランダで、壁に寄りかかって座っていた。ぼくが通っていた頃、そこではほとんど誰にも会わなかった。蔵書はかなり奇妙だったな。哲学書、専門雑誌、詳細な批評研究などがたくさんあった。それらはフランスでほとんど一生を過ごし、亡くなる前に生まれ故郷の町に自分の書棚を寄付したいと望んだプチ＝ゴアーヴのある住人のものだったようだ。ぼくたちに必要だったのはデュマやモーパッサン[*18]、ユゴーやヘミングウェイ[*19]、スティーヴンソン[*20]、ヴェルヌ[*21]、スウィフト[*22]といった、要するに大衆的な古

＊18 **モーパッサン**　一八五〇—九三、フランス自然主義の作家
＊19 **ヘミングウェイ**　一八九九—一九六一、米国の作家
＊20 **スティーヴンソン**　一八五〇—九四、英国の冒険小説家
＊21 **ヴェルヌ**　一八二八—一九〇五、フランスの小説家、ＳＦの父
＊22 **スウィフト**　一六六七—一七四五、アイルランドの風刺作家

トラックが恐ろしいモルヌ・タピオンをやっとのことでよじ登っているとき、ぼくはここでたまたまブレーキが壊れたらどうなるだろうと思って、いつも目をつぶるんだ。

典作品だったのに、その人は死についての研究やブランショ[*23]のテクスト、現代詩のたくさんの本を押しつけたんだ。奇妙だった。でも、ぼくはうつむいて没頭した。食べるものはそれしかなかったからね。ぼくはまるで、自分が心穏やかに散歩していたら突然黒い穴に落ちて、気がついたら別世界に来ていた人のような気がした。だからぼくの読書はクラスメートのそれとはまったく違っていたんだ。

●九歳でブランショとは!

いや、そのときは十六歳になっていた。当時はポルトープランスで勉強していたから。しかし、夏休みで戻ってきていたんだ。

ポルトープランスへの旅

●すでにプチ＝ゴアーヴは離れていたわけだね？

ポルトープランスで中等教育を続ける前も、夏休みにはポルトープランスに行っていた。ポルトープランスは好きだったけれど、旅行は嫌いだったな。一時間半で到着できる道が八時間から十二時間もかかり、それもぞっとするようなコンディションだったからね。ハイチでいつも嫌いだったものの一つがこれだ。国家の目には、一般の人たちの暮らしなんてどうでもいいという事実。道路は危険なのに、その状況を改善するために何一つなされない。トラックが恐ろしいモルヌ・タピオン[*24]をやっとのことでよじ登っているとき、ぼくはここでたまたまブレーキが壊れたらどうなるだろうと思って、いつも目をつぶるんだ。実際、二度事故を見たからね。乾いた音に続いてものすごい騒音が聞こえてきた。トラックがモルヌ・タピオンを降りていくのが見えた。運転助手たちがとてつもなく大きな石をもってトラックの屋根から飛び降り、車の走行が遅くなるように車輪の前に一つ一つその石を置いていった。ぼくがこの目で見た最初の事故では、トラックはそれらの障害物を次々と乗り越え、結局運転手は突然ハンドルを左に切って、見事なマンゴーの木にトラックを激しくぶつけるしかなかった。二度目はさらにひど

＊23　**ブランショ**　一九〇七―二〇〇三、フランスの哲学者、作家、文芸批評家
＊24　**モルヌ・タピオン**　プチ＝ゴアーヴのそばの難所

かった。ラッシュアワーで、南からやって来た何台ものトラックがぼくたちの後ろに全速力で迫ってきていたから。どんな奇跡によってみんなが助かったのか分からない。運転手は一人じゃなかった、と長い間みんなが言ってたよ。ある女性客はトラックのボンネットに青い服を来た女性を見たと語った。それが、青色がラッキーカラーである聖母マリアだってことを付け加える必要はないよね。ダーはもうこんなふうに道路でぼくの命を危険にさらしてはならないと決意し、オーギュスト先生に、次回は彼の素敵な黒のシボレーでぼくを連れっていってもらえないかと訊ねたんだ。

●もっと落ち着いた状態で旅行できるようになったんだね？

そう。でもダーはそのとき長い生涯でたった一度だけ、趣味に関する過ちを犯した。先生はダーに、朝食のあと、九時頃ぼくを迎えにくると言っていた。祖母はぼくを朝三時に起こし、一時間後にはぼくは出発する準備が整っていた。ぼくは例の、購入できなかったトラクターのためのガレージのそばにある大きな水槽で水風呂に入った。こんなふうに明け方に水浴びしたのは、最初の聖体拝領のとき以来だった。ダーはぼくにまるで小さなプリンスのような服を着せたんだ。どうして祖母がそんなに興奮しているのか、ぼくには理解できなかったけれど、車での旅と関係があったんだろうね。ぼくはダーが何か間違いを犯しているような気がしていた。それからダーは、途中で何も食べないほうがいいよ、といった。ダーがこんな状態だったのは見たことがなかった。ようやくオーギュスト先生がトニーと一緒に到着した。よく覚えているけど、トニーはジーンズをはき、シンプルな白のTシャツを着て、汚いズック靴だった。ぼくはダーに腹が立った。自分の青い小さなスーツを汚してやりたかった。ぼくは車の隅っこに逃げ込んで、道中ずっと誰とも口を利かなかった。モンキーバナナを一本食べただけだったので、ポルトープランスに入ったころには吐きはじめた。車の中は汚さなかったけれど、車体の外側に点々と続く黄色くて長い液体を垂らした。オーギュスト先生はぼくがくつろげるように手を尽くしてくれたけれど、ぼくは恥ずかしくて気分が悪かった。社会的な恥ずかしさだ。ぼくは、裕福なのでぼくたちより人生にゆとりがあるように見える人たちを前にして、恥ずかしかったんだ。何も、誰も怖がらないダーが、この件においてはうまく振る舞えなかったことが分かったところだった。何年ものちに、マイアミにある息子のトニーの家でオーギュスト先生に再会し、この屈辱的な旅のことを話したとき、先生はまったく覚えていないようだった。いずれにしても、オーギュスト先生はとても素朴で、控えめな人なので、ぼくに恥をかかせようなんて考えもしないだろう。彼はただ、ダーのことを非常に尊敬していて、彼女の死を知ってたいそう残念だ、とだけぼくに言った。トニーのほうは旅行のことをよく覚えていて、プチ＝ゴアーヴに戻るやいなや、お母さんにぼくのような青いスーツをつくってくれるようにせがんだそうだ。悩ましいのは、三人が車に乗っていて、それぞれが自分の感性に結びついた物語のヴァージョンをもっているということだ。ぼくは自分の傷口を舐めながら、誰とも話をすまいと決意して物思いにふけっていた。本当にたくさんのことを想像していたんだ。今でも目の前にその車が見え、これほど年月が経ち、説明もしても、いまだに恥ずかしさで焼けつくような感じがするよ。

女の世界

●で、ほかの家族はどう? おじさんたちやおばさんたちは?

祖母は自分の長男の死からけっして立ち直ることができなかった。ロジェは六カ月で亡くなった。当然のことながら、それは自然死ではなかった。ぼくたちがよく知っているやつが「食べた」んだ。悪意のある人間、ほとんど毎日うちに来ていたやつだ。イヴ叔父さんの名づけ親でもある。ハイチでは人は自然に死ぬことはない。闇の力がぼくたちを取り巻いているのさ。ぼくはそういう雰囲気がとても怖かったのを覚えている。ロジェは六カ月で死んだのに、ぼくの子どもの頃は常に彼のことが話題になり、その後もそうだった。ロジェはまるでいつもぼくたちのそばにいて、一緒に大きくなっていくような気がした。彼はぼくの伯父(母の兄)でありながら、遊び友だちでもあったんだ。ただの乳飲み子だったなんて、ぼくには想像もできなかった。

●きみは今、二人のおじさんのことを話してくれたけれど、きみの本の中では彼らはまったく痕跡をとどめていないね。きみの本を読むと、きみは完全に女の世界の中で生きていたのではないかという印象を受けるけど。

もちろんだ。でも祖父もいた。トラクターと、家の回りに植えたバラにしか興味がなかったけどね。祖父はこの二つのものに夢中だった。墓地のそばにギルディーヴ[*25]ももっていて、そこで、タフィアというサトウキビ製のアルコールも作っていた。とても穏やかでありながら乱暴なところもある人だったことを覚えているよ。いつも同じ場所に座って、平然とした表情。週に一度、土曜日にギルディーヴに通っていた。とてもエレガントな着こなしをする人で、トウモロコシのわらで作ったカンカン帽をかぶり、カーキ色のスーツを着て、彫刻をほどこしたステッキをついていた。彼はステッキを前に投げ出し、犬を後ろに連れて歩いていた。ぼくは祖父の歩く道をよく知っていた。叔母たちのために見張りをしなくてはならなかったからね。ぼくは祖父がどこに行くのか知るために彼を遠くからつけて、今、公証人のロネとおしゃべりしているとか、フリーメーソンの集会所に立ち寄ったとか、あるいはギルディーヴに向かったとかと叔母たちに報告するために走って戻ったものだ。ギルディーヴにいるときは、夜遅くなら

＊25 **ギルディーヴ** サトウキビから製造する蒸留酒の醸造所

ぼくは女たちにだけ取り囲まれていた。女たちと眠り、彼女たちによって仕立てられた。母と母の妹たちによってね。

ないと戻らないことを知っていた。その場合、叔母たちは午後、客間でささやかなパーティーをすることができた。ダーとぼくだけはそのパーティーに参加しなかった。ぼくたちは中庭に残っていたけれど、そこにも叔母たちが炭酸ドリンクとケーキをたっぷり一切れもってきてくれたものだ。

●これら三人、つまりきみのお祖父さんと二人のおじさんを除けば、完全に女の世界だったわけだね？

　男たちはある意味で、日常生活、本当の生活においては不在だった。彼らはぼくを女たちに預けたんだ。ぼくは女たちにだけ取り囲まれていた。女たちと眠り、彼女たちによって仕立てられた。母と母の妹たちによってね。ぼくの母は長女だったので、年齢順に結婚する家では、ぼくが最初の息子だったんだ。母も叔母たちもぼくを完全に甘やかした。彼女たちはすばらしかった、とても美人だったよ。彼女たちがランビクラブという、海辺のダンスフロアに踊りにいく支度をしているとき、ぼくは部屋に残っているのが大好きだった。香水や薄地のモスリン、笑い声、秘密の話、からかい、ペチコート、すべてがぼくの周りでくるくる回っていた。まるで天国にいるようだったな。

●これらの娘さんたちは互いにどんなところが違っていたんだろう？

それぞれとても異なっていたよ。前にも言ったように、母はとても恥ずかしがり屋だった。レモンド叔母さんは常軌を逸していた。ニニーヌ叔母さんがいちばんきれいだと思った。ジルベルトおばさんはたしかにいちばんやさしくて、ルネ叔母さんはマニアックなまでに細かかった。彼女たちはネルソン家の娘たちだったんだ。祖父はコーヒーの商いを手伝える頑丈な腕をした男の子たちが生まれるのをずっと夢見ていたんだけどね。

●叔母さんたちの中でいちばん印象に残っているのは誰？

彼女たちはそれぞれに特別なところがあって、一人一人輝いている。でも、今、少し離れたところから眺められるようになってみると、いちばん奇妙で魅力的な生活をしていたのはルネ叔母さんだ。少なくとも、作家の目からはね。常に自分を見せびらかし、『乙女たちの好み』でぼくが詳細に描写したレモンド叔母さんとは対照的に、ルネ叔母さんは内面性そのものだ。彼女は結婚せず、ほとんど働いたこともなかった。祖母ととてもよく似ている。二人は一緒に暮らし、ほとんど離れることがなかった。ルネ叔母さんの空咳が治らず、プチット＝リヴィエール・ド・ラルチボニット[*26]の近くのサナトリウムに療養に行った年以外は。それでも、彼女が少なくとも二度は働いたのを覚えている。カリエス先生の夜間学校で、代用教員として、貧しい子どもたちや若い使用人たち、そして孤児たちに教えたことがあった。学校はラマール通りの突き当りにあった。毎晩、ルネ叔母さんは授業をしに行くために必死になって準備していた。家では口数が少なく、しかもとてもか細い声なので、彼女がぼくに何をしてほしいのか理解するのにいつも耳をそばだてなければならなかったほどだ。そんな彼女が、自分より歳上の生徒もいるクラスでどんなふうに教えているのだろうと、ぼくはいぶかったものだ。ルネ叔母さんは、ぼくのように身内と一緒に暮らしているわけではなく、他人の家に奉公し、その見返りとして食事と眠る場所を得ている生徒たちのことをぼくによく話してくれた。彼らは、一日のつらい仕事のあとで、しばしば疲れ切って学校にやってきた。しかし、ルネ叔母さんによれば、彼らは、親と一緒に暮らして学校に通い、勉強以外にすることがないぼくたちとははっきりと異なっていた。学ぶことにたいする欲求が並外れていた。そのことがルネ叔母さんをたいそう感動させ、授業に打ち込ませていたんだ。十時ごろ授業から戻ると、翌日の授業の準備を始めた。彼女の大切な生徒たちと同じくらい真剣にね。給料をもらうたびに（彼女はいつもぼくに封筒を取りに行かせていた）、ぼくに五サンチームくれたものだ。みんなは彼女のことをけちだと言っていたけれど、この仕事ではほとんど報酬をもらっていなかったので、自分の貯金を注意深く管理していただけなんだ。ヴェランダで、ダーからあまり遠くないお決まりの場所に座り、彼女の生活はせっかちな観察者には単調に見えたかもしれないね。だけどそれは完全に間違った見方だ。たんに別のリズムだった、というだけだ。

●ルネ叔母さんはどんな容姿をしていた?

色白だった。白人ではないけれど、黒人がなれるかぎりでもっとも色白だった。この言い回しは、ぼくがリチャード・ライト[*27]をはじめて読んだときに出会ったものだ。彼は自分の登場人物の一人をこんなふうに描写していたと思う。ある言い回しに出会い、それが三〇年ものあいだ頭にこびりついているとき、どうしたらいいだろう? その場合は自分の言い回しにしてもいいんじゃないかな。今やその言い回しは、古き良きディック・ライトのものであると同時にぼくのものだ。ルネ叔母さんは、少なくともぼくが子どものころは繊細な顔立ちで、かなりきゃしゃな体つきをしていて、とても優美な手をしていた。ぼくの母はネルソン家の娘の中でももっとも綺麗な手をしていた。しかし、髪の毛がいちばん美しかったのはルネ叔母さんで、そのことをとても自慢にしていた。豊かな黒髪が彼女の腰まで届いていて、それを毎日結って過ごしていた。黄色い兵舎のココナッツの木々の後ろに太陽が沈みはじめると、ヴェランダに来て、腰を下ろしていたよ。

＊26 **プチット＝リヴィエール・ド・ラルチボニット** ハイチ中北部のアルチボニット県にある町
＊27 **リチャード・ライト** 一九〇八―六〇、米国の小説家、二十世紀黒人文学の先駆者

●それで、生活はずっとそんなふうだったのかな?

いいや、ときには思いがけない出来事もあった。ある日、プチ・ゴアーヴを訪れていたアメリカ人男性が彼女に気づいて、一目惚れしてしまったんだ。アメリカのプロテスタント教会の布教活動に参加していた、スーツ姿の太ったやつで、汗だくだった。それらのアメリカ人はいつも六月の初めにやってきて、家々を訪ね回り、人びとをプロテスタントに改宗させると同時に病人の看病をして時を過ごしていた。ぼくたちプチ゠ゴアーヴの住人たちは午後一時から五時までは中庭の木の下か園亭で太陽を避けていた。この時間に太陽に立ち向かおうとするのは、改宗させる新しい人を探すプロテスタントの宣教師しかいなかったな。彼は闘鶏から戻ってきた雄鶏のように喘ぎながら道を上ってきた。まるで卒中の発作を起こす寸前のようだったよ。気の毒に思ったダーが、ぼくのうちのヴェランダに来て一休みして、呼吸を整えたらどうですか、と誘ったんだ。ぼくは三時間すさまじい太陽に焼かれて真っ赤になった彼の太いうなじに目がくらんでしまった。彼に椅子をあげ、一杯の水、それからコーヒーをあげた。パルムのコーヒーだ。彼はそれを恍惚とした笑みを浮かべながら飲んだ。彼は何度もコーヒーの質に関して蘊蓄を傾けようとしたが、無駄だった。しゃべりながらしきりにカップをダーのほうに持ち上げてみせるので、それと分かったのだけど、問題は、祖母もぼくも、ルネ叔母さんも英語を話さなかったことだ。ダーの甥のフリッツ・スリジエを呼んできた。彼はフォースタン高校で英語を教えたことがあるようだった。ところが完全な失敗。フリッツおじさんとのやり取りで憔悴しきったように見えたアメリカ人が帰ったあと、フリッツおじさんはぼくたちにこう説明した。彼のアクセントは理解しづらく、向こうも、イギリスのもっとも純粋な英語で話していたフリッツの言うことが分からなかったところを見ると、どうやらあの白人は間違いなく合衆国の南部の農民に違いない、と。ダーは、アメリカ人に話しかけるのにイギリス英語を使ったといっていいとこのフリッツを叱った。何とばかなことか。それが存在する中でもっともよい英語なのだとフリッツがダーに説明しても、無駄だった。お客を驚かせるよりも、彼に自分の言うことを分かってもらわねばならなかったのだ、とダーは言い張った。それ以来みんなは、ルネ叔母さんがせっかくの機会を逃したのだと話している。

登場人物たちから眺められた作家

●現在、その女性たちはどうしている？

亡くなったのは祖母だけだ。母とルネ叔母さんは今もポルトープランスで暮らしている。[*28] ジ

＊28　ラフェリエールの母はその後、二〇一七年に死去

ルベルト叔母さんはペティヨンヴィルに近いデルマで娘と一緒に暮らしている。レモンド叔母さんとニニーヌ叔母さんはマイアミで働いている。

●彼女たちの存在を連想させるきみの本のことを、彼女たちはどう思っているんだろうか？

その話をすることはめったにないね。ぼくが語っていることに叔母たちがいつも満足しているわけでないことは、ぼくも分かっている。でも、叔母たちはぼくが彼女たちのことを大好きだって知ってるからね。レモンド叔母さんだけは、ぼくの本についての感想を気安く述べてくれるけど、いつも好意的とはかぎらない。彼女は職場（マイアミのジャクソン病院で働いている）に行くための長距離バスの中でぼくの本を読むそうだ。面白がってくれることもよくあるけど、たいていは彼女によるところの「厚顔無恥な嘘」に眉をひそめる。そしてそのことをページの余白に赤鉛筆で書き込むんだ。それは読書ではなく、本物の対話だね。最後に、線を引っぱって消したり、「あら」とか「まさか」とか「そうね」といった間投詞を書き込んだりして汚れた本をぼくに送ってよこす。ぼくは書きはじめる前に、叔母に諸事説明してもらうように頼むべきだったかもしれない。ぼくの仕事は事実を述べることではなくて、ある状況から感情を出現させることなのだといくら理解してもらおうとしても、無駄だ。ぼくにとって重要なのは、感情の真実であって、それ以外の何物でもないんだけど、彼女にしてみれば、ぼくは現実をゆがめているんだね。物事が起こった通りに語らなかったら、書くことに何の意味があるっていうの、と激しい口調で言い放つ。ぼくは、物事を自分が感じるように描くんだ、と答える。それで自分の清廉潔白が納得してもらえることはぜったいにないと承知のうえでね。じゃあ、どうしてあんたの映画に本物の人間を巻き込むのよ？　それらの人たちが必要なんだよ、レモンド叔母さん、それらの人たちのエネルギーや感性や性格が、ぼくの深い真実を言うために必要なんだ。結局、彼女はいつもほとんど軽蔑したような口調で、あんたにしか関係のないことよ、あんたが感じることにしか、あんただけの問題だわ、と結論づける。まさにその通りだよ、とぼくはいつも叫ぶのさ。ぼくにしか関係ない、そして、こうしてぼくは幸いにも他人の興味を引ける。自分の心に近いところで書けば書くほど、普遍的なものに触れる可能性があるんだ、とね。

●きみは叔母さんがきみの仕事をよく理解していないと感じているのかな？

理解はしているけれど、漠然とだね。結局のところ、叔母は自分のことだけをぼくに語ってほしかったんだ。いや、もっといいのは、彼女の話したことをそのままぼくが記述することだったんだ。

ぼくの仕事は事実を述べることではなくて、ある状況から感情を出現させることなのだ。

●叔母さんはきみのことを本物の作家だと思っている?

そういう視点からはぼくのことを見ていないだろうね。ぼくのことを知っている大部分の人たちもそうだ。彼らにとって、ぼくがしていることは文学ではありえないんだ。彼らの現実に近すぎるのさ。テレーズ(『限りなき午後の魅惑』の登場人物の一人)は、レモンド叔母さんが子どものころから知っている人なので、彼女にとって、小説の登場人物にはなりえない。彼女のような人にとっては、小説の本当の登場人物というのは、作家の想像力から直接出てきたものでなければならないんだ。しかし、彼女にとって、テレーズが人間で、小説の登場人物ではないとしたら、ぼくはどんなことをしても小説家にはなりえないだろう。これまでぼく以外の作家に会ったことがないから、レモンド叔母さんは、ほかの作家たちはぼくとは別のやり方をしていると思い込んでいる。画家のようにモデルを使うものなんだ、といくら彼女に説明しても無駄だ。ぼくの言うことを信じてくれない。彼女はいつもぼくに、作品の登場人物を家族の中から盗まないで自分の想像力から出現させるようにと忠告して、自分がもってもいないグレーのワンピースを着て描かれたことに深く傷ついたとつけ加えるんだ。ニニーヌ叔母さんは、レモンド叔母さんが小説の中のグレーのワンピースを探して一晩中タンスの中をひっかき回していた、と言っていた。翌朝、彼女は怒りと疲労で青ざめていた、と。ぼくが彼女に、ワンピースの色は重要ではなくて、「グレー」という語が文のリズムとうまく合っていたので興味を引かれたのだと静かに説明すると、彼女はぼくに敵意のこもった視線を投げかけた。それに、レモンド叔母さん、読者は叔母さんがグレーのワンピースをもっていないことを確かめるために叔母さんのタンスの中を探し回りにきたりはできないよ、と言っても、彼女はなだめられたようではなかった……。彼女は、地球上に存在するあらゆる色の中で自分がいつも嫌っていた唯一の色をぼくが選んだことを非難しながら、今にも泣きだしそうだった（レモンド叔母さんは芝居がかっているんだ）。「あんたがこのぞっとするようなグレーのワンピースを着たわたしを描いたからには、みんなはいつだってわたしをそういうふうに想像するようになるんだわ」と、あきらめ口調で締めくくった。その意味では、彼女の言うことは正しい。この背景にはちょっとした仕返しがあるからね。つまり、ぼくはレモンド叔母さんがいつも身に着けている派手な色が好きじゃなかったんだ。彼女はぼくの反感を感じたのだろうか？　感受性が昂ったところをみると、そうなのだと思う。

●で、ルネ叔母さんは？

ルネ叔母さんはなかなか胸の内を明かさない人だ。彼女は自分の背後で扉を閉ざして人生を過ごしている。ぼくは彼女のタンスの中に何が入っているか知ろうとしてあらゆる方法を試みたけれど、だめだった。彼女の人生は厳重に閉ざされているんだ。驚くべきは、ぼくのやり方に気分を害することがいちばん少なかったのは彼女らしいということだ。彼女は本の中に自分の名前が出ているのを見て、とても喜んでいるんだ。司書だったからね。

●そして、お母さんはどう思っているんだろうか？

母は一度、ぼくの本についてどう考えたらよいか分からないと、とても控えめに言ったことがある。ぼくの本を読むと、彼女は酩酊と夢に似た感覚を味わうらしい。「奇妙な感覚で、好きなのか嫌いなのか分からないよ。景色はポルトープランスなのに、プチ＝ゴアーヴにいるような印象を受けるし、知らない人に会っても知っていると思い込んでみたり、とてもよく知っている人とすれ違っても、その人はこちらによそ者の視線を送ってよこしたりすんだからね。おまえの本を読むと、ときどき迷子になったような気がするよ」と、考えうるあらゆる機転を利かせて母は締めくくったんだ。ぼくは口をぽかんと開けて聞き、びっくり仰天した。母はぼくが自分の仕事の本質だと思っていることを、いとも正確に要約したからね。

●で、きみの本にいろいろなかたちで出てくる性的な話題について、お母さんはなんて言っていた？

まったく何も。母にとってそれは存在しないんだ。一九八五年にぼくの処女作が出版されたとき、ぼくはすぐさま一部送った。ぼくは『ニグロと疲れないでセックスする方法』なんていうタイトルの本を読んでいる母を想像しながら夜を過ごしたのを覚えている。それは魚と自転車がかけ離れているのと同じくらい母にはそぐわないものだ。でも、母はそれを読んでくれて、ぼくにすてきな手紙をくれた。だからぼくは、魚はそれほど自転車からかけ離れてはいないんだと考えざるをえなかった。けれども、母がぼくの本を本と見なしているとはとうてい思えなかった。

●お母さんはそれを何だと考えていたのかな?

ぼくが母に書いた長い手紙だと思ったんだろうね。ぼくがケベック社会で成長していることを告げる、よい息子として送った数々の手紙より、はるかに本物の手紙だと。ぼくの手紙の中では、すべてがうまくいっていた。母がぼくに教え込んだあらゆる原則は文字通り尊重されていた。そこにこの本が届いたわけだ。性器を風になびかせ、町を掃討し、女の子と寝て、レモン風味の鳩を食って、赤ワインを飲み、けっして髪を梳かさず、めったに身体を洗わず、一晩中読書するか友人のブーバとおしゃべりしている若い野蛮人が書いた本。母は恐れをなし、何を信じたらいいのか分からなくなった。立派な息子としていつもぼくが書いている優しい手紙か、それとも不信心で猥褻なこの本か。結局、あることは本当らしいけれど、別のことはそうでもないので、妥協することにしたんだ。母は、ぼくがあまりよい食生活をしていないこと、口で言っているほど床屋には行っていないことを理解するにいたった。こうしたことが母の管轄で、自分の領域に組み込めるものだったんだ。けれども母がどんなに努力しても受け入れることができなかったのは、酒と女の子に関してだった。二つの操作が可能だった。すなわち、そんなものは存在しない(半裸の娘たちと一緒に、安酒にすぎないとしてもそんなものを飲んでいる息子)か、あるいはそんなことは嘘か。ぼくは母が二つの可能性を使ったのではないかと思う。その証拠に、母は一度も『ニグロと疲れないでセックスする方法』にうようよしている若い娘たちのことをほんの少しでもほのめかしたことがないからね。こんな本の中に出てくる女の子たちに気づかないなんて、つくづく母親らしいよね。

●お母さんはやはり気分を害したんだろうか?

もちろん、母はもっと尊敬にあたいする本を期待していた。「ほら、息子はモンレアルでこんなことをしているのよ」といって隣人や友人に誇らしげに見せられるような本をだ。ところが、この本ときたら、タイトルさえ声に出して発音できなかった。母はこの本が少し売れはじめてからぼくの文学に関する考えを変えたんだ。あまりに多くの責任を負っていたので、お金を崇めるようになったんだ。まっとうに稼いだお金であれば、それは神様から送られてきたお金なのだと。一般的に最良の書物は売れないものだ、とぼくが母に説明しようとしたら、母はそんな考察は自分には関係ないといわんばかりにぼんやりとした視線をぼくに投げてよこした。母にとって、多少の利益をもたらす本というのは悪いはずがないんだ。「悪いと思うものを買う人はいないでしょう?」と幾分唐突にぼくに言ったよ。

●ということは、不満の表明はあったわけだ。きみの本に何かつけ加えてほしいという要望はこれまでにもときどきあった？

レモンド叔母さんはその方向にエスカレートしたので、結局ぼくは、どうして彼女が自分で本を書かないのかと訊ねたほどだ。『コーヒーの香り』の一場面で、ぼくはナレウスの自転車を盗んだと書いた。そのことで叔母はたいそう心を痛め、その忌まわしい語に激しく線を引いて消したんだ。「盗んだ」という語に変えて、彼女は余白に「借りた」と書いた。すでにたくさんのなぐり書きのあるページにね。ぼくが彼女に会いにいくと、彼女はぼくにありとあらゆる話をして、それをぼくの本の中で何の制限もなく好きなように使っていいって言うんだ。ぼくはエピソードがどんなに面白くても、それだけで本ができるわけじゃない、って言ってやった。では、何で本をつくるのかしら？　感性で、他人の心の中に入り込む能力で、バランス感覚、人生にたいするセンスでだね。でも彼女はあきらめなかった。簡単に引き下がる人ではないからね。彼女はぼくに、まるで小説のように人生が波乱万丈で、意外な展開を見せた何人かの人たちのことを思い起こさせるんだ。わたしの人生を語ってくれれば、あなたは間違いなく百万長者になれるのに、っていつも言ってる連中だ。

レモンド叔母さんによる時間の概念

●彼女にとって、小説というのは面白い話のことなんだろうか？

もっと複雑だね。ある午後、ぼくがリトル・ハイチ（マイアミのハイチ人地区）に彼女を訪ねたときのことだけど、ぼくは彼女が小説の中の時間のからくりをちゃんと理解していることを知った。ぼくは祖母の葬式についての小さな本を書こうとしていると彼女に告げた。棺の回りに集まったダーのすべての娘たちを見ていると、一つの物語を手中にしているような気がしたんだ。彼女は姉妹たちが集合するというアイディアにうっとりしているように見えたのだけど、次の瞬間、突然顔が曇り（完璧な女優だね）、その本を書いてはいけない、とぼくに言うんだ。でも、どうして、レモンド叔母さん？　日付が……。『帽子のない国』であんたは初めてハイチに帰ったと言ったけど、その本の中でダーはもう亡くなっていたわ。たしかにその通りだけど、ぼくは日付のことなんてあまり真剣に考えていないから。それはありえないわ、と叔母さんはかなり激しい口調で言った。そんなことをしたら、残りも全部嘘だと思われてしまうわ、と。ぼくはそれが本当だとも言い張ってはいないよ、レモンド叔母さん。あんたはよく、自分の本の中で人々と場所は本物だ、って言ってるじゃないの。うん、でも話は別だ。それに、ぼくは誰とも真実についての契約は結んでいない。じゃあ、あんたが語っていることが全部本当だと思った人たちはどうなるのよ。ねえ、レモンド叔母さん、人は書いたとたんに技巧の中に落ちるんだ。なら、あんたは自分が書いていることを実感していないの？　ぼくは自分が書く一語一語を完全に実感しているよ、それは保証できる。とにかく、ヴューゾ、あんたにはこの本は書けないわ。つまり、日付の問題のせいで、ぼくはダーの葬式のあいだに実感した喜怒哀楽のすべてを打ち明けることができない、ってわけだね。ぼくはしばし考え込む。じゃあ、レモンド叔母さん、ダーの葬式について叔母さんがぼくに語ればいい。叔母さんは葬式にいたよね？　さあ、今から話してよ。彼女の顔がぱっと明るくなる。一世一代の役割だ。一冊の本すべてが彼女のものなのだから。

●きみはレモンド叔母さんの中に一種の分身を見つけたわけだね？

まさにその通り。ぼくは彼女が鏡の裏側に行ったような印象を受けた。彼女は次第に創作というもののからくりを理解しはじめているようだった。そして、結局のところ、それこそがぼくにとって大事なことだったんだ。ぼくはもっともすぐれた批評家とより、レモンド叔母さんのような人と文学について話すほうがはるかに好きだ。彼女はぼくの本の中にいて、ぼくが描く彼女の肖像に異議を唱える。それに、彼女は内幕を知っているので、あまり前置きをせずに議論できる。

ぼくはもっともすぐれた批評家とより、レモンド叔母さんのような人と文学について話すほうがはるかに好きだ。

●そうした議論はきみに何をもたらしてくれるのかな?

叔母は、最後には二人のダニーを区別するようになった、と言っていた。一方に、彼女に強い印象を与える作家がいる。というのも、本は彼女にとって神聖なものだからね。そしてもう一方に、生まれたときから知っている腕白小僧がいる。そして、この腕白小僧が、他人の人生を盗んで時を過ごしているんだ。彼女はこの最後のいやみを、どっと吹き出しながらぼくに投げつけた。レモンド叔母さんというのはこんな感じで、彼女といるとどうしていいか分からないことがある。

●じゃあ、ジルベルト叔母さんはどう?

一九八五年当時、ジルベルト叔母さんは娘、つまりぼくの従妹のミトゥーと暮らしていた。ぼくの処女作をすばやく読んだ。ジルベルト叔母さんにとっては、ぼくはストックホルムの御仁たちからの電話をもらう準備をしておかなければならなかったね。

●ノーベル賞か！（笑い）

その通り。それは必ずしもぼくの作家としての才能に関する意見ではないんだ。物書きは誰だっていつかノーベル賞を取るものだ、とジルベルト叔母さんは信じているから。

妹を紹介します

●きみの家族の中に、本にはけっして登場しない人物がいるね。きみの妹だ。『コーヒーの香り』の献辞を読んで、きみには妹がいることを知ったんだけど。

ぼくは妹が大好きだ。妹はとても寛大で、いつも笑みを浮かべているけれど、ハイチを離れたことが一度もない。ここ数年間、彼女は本当につらいときを過ごしている。とくに子どもがいると、ポルトープランスでの生活は耐えがたい。この町はまさしく弱肉強食のジャングルだから、子供たちに何かあってはいけないと、心配でたまらないんだ。けれども妹は鷹揚で寛大な笑みを浮かべて、こうしたことすべてに立ち向かっている。何物も打ち負かすことのできないこういう人たちって、いるよね。

●きみは子どもどうしの共犯関係に触れることがまったくないね……。きみにはそんなものはないのかな？

ほとんどない。ぼくがプチ゠ゴアーヴで祖母と暮らしていたころ、妹は母とポルトープランスに残っていた。だからぼくたちは、幼年期特有の、あの楽しい共犯関係を分かち合ったことがないんだ。ぼくたちは夏休みのあいだだけポルトープランスで再会した。ぼくは七歳か八歳で、妹はぼくより一歳年下だった。ぼくは妹に田舎をもたらした。騎手なしで夜中に駆け回る馬や川べりで髪を梳《と》かすセイレーン[*29]、おしゃべりする雌牛や悪魔たちで埋め尽くされた世界だ（妹はぼくの話を怖がって、シーツの下に潜り込んだものだ）。代わりに彼女は大都会をぼくにくれた。その気ちがいじみたテンポとか、ぞっとするような騒音（消防車や救急車のサイレン）、きつい匂い（ガソリンの匂いと入り混じったポルトープランスのアスファルトの匂いは、ぼくがプチ゠ゴアーヴで嗅ぐのが好きだった大雨のあとの土の匂いとはまったく違っていた）なんかだ。ぼくはカーニヴァルのあいだに憲兵たちと戦った不良少年たちについてのうわさ話が大好きだった。妹は自分が見た映画についても話してくれた。ぼくのほうは、夜明けにデヴィーニュ川で籐製の籠を使ってザリガニを採る方法を教えてやった。完全にパラレルな二つの世界だね、妹の世界とぼくのとは。でも、同時に、ぼくのことをまるで知恵遅れでも扱うように、何でも妹が先回りして説明するのが嫌いだった。ほとんど外出することがなかった妹は、ポルトープランスの社会生活に関するあらゆる話題についての山ほどの情報を吸収して一年を過ごしていたんだ。彼女はぼくのことを小さな田舎者だと思っていたから（ポルトープランスの人たちはいつも、田舎ではぜったいに何事も起こらないと思っているからね）、ぼくを驚かせようというただそれだけの目的でそんなことをしていたんだ。ぼくは妹が出来事をちょっと誇張しているのではないかとさえ思っていた。でもぼくのほうだって遊んでいたわけじゃない。新聞（日刊紙の『ヌヴェリスト』[*30]がたっぷり一週間遅れてプチ＝ゴアーヴに到着していた）を読んで、ポルトープランスで何が起きているか情報収集していたんだ。彼女はぼくが到着するやいなや事件年鑑を読み上げはじめるんだけど、そのあいだぼくが呆然としているように見えないようにだ。ぼくは少なくとも新聞・雑誌から学んだことによって妹の世界を知っていたけれど、彼女はぼくの世界を知らなかった。これは田舎者の特権だね。社会の周辺で生活する人すべてにとっても同じことが言える。こちらは相手のことを全部知っているのに、相手はこちらのことを何も知らない。これは周辺人《アウトサイダー》、隷属的《サバルタン》社会集団、マイノリティー、そして中心にいないすべての人たちがもつ知識だ。学ばなければならないってことは、自分がそこにいないからだ。自分はここの人間ではない。だから精神的に正当性を求める。情報をたっぷり吸収すれば、

＊29 **セイレーン** ギリシア神話に登場する、上半身は人間の女性、下半身は魚の怪物
＊30 **『ヌヴェリスト』** 一八九八年発刊のハイチでもっとも古い日刊紙

最終的にはそこに存在できるようになると信じてだ。結局、人工的な人間になって、あっちの出身でもなければ、こっちの人間でもなくなってしまうんだけど。

●それはあまり居心地がよくないね。

そうだね。でも面白いよ。新しいから。こういう状況に置かれている人たちは世界中でどんどん増えている。現代では、情報の流通のおかげで（ぼくがポルトープランスの情報を満喫するために『ヌヴェリスト』を読んでいた時代より、ずっと密度が高い）、ポルトープランスにいながらにして、たとえば自分が日本人であると言えるだけの情報を日本について集めることだってできる。もう、日本人になりきるために、両親が日本人である必要も、日本に行ったことがある必要もないんだ。

●しかし、きみの妹とは、一種の競争が最後には共犯関係になったんだね。

妹は一度だけぼくをやっつけたことがあった。母がぼくたち――妹とぼく――を連れて親友に会いにいったときのことだ。道すがら、ぼくは見えた看板を声に出して読むことを止めなかった。それが妹をひどくいらだたせたんだな。とうとうぼくは物知り顔に無感動な口調で「ああ、ビルド（Bird）中学だな」と投げ捨てるように言った。即座に（三秒もせずに）、それが正しい発音ではなかったことに気づいて発音しなおしたけど、後の祭りだった。妹の鋭い耳はぼくの発音の間違いをもう記憶に留めてしまっていて、狂ったように笑いだしたんだ。ぼくは本当に恥ずかしかった。怒りを抑えていたせいで青ざめていた。あまりに自尊心が傷ついて、泣きはじめたほどだったよ。母にはこんな自尊心は分からなかった。ぼくを落ち着かせようとしていたけれど、無理だった。こんなふうに並べ立てすぎると、たった一つ間違うだけで、うなだれて元の世界に追いやられることになるってことだね。

ひどい欠陥

●思春期のきみの自尊心が見事に打ち砕かれたわけだ。

自尊心だけじゃなかった。自分は事物より言葉のほうを知っているという意識が長いあいだぼくにとりついてしまったんだ。ぼくは人生を、事物を知りたい。ぼくの精神をとらえているものを手で触ってみたい。単なる精神にすぎないというのは、ひどい欠陥に思える。だからとても早い時期から、知っていることについてしか話さないし、生きていて、ぼくの身近なとこ

もう、日本人になりきるために、両親が日本人である必要も、日本に行ったことがある必要もないんだ。

ろで動いているものについてしか語らないことにしたんだ。後になって、作家としてのぼくの大きな悲劇は、ハイチのブルジョワジーの実態を知らなかったことだ。ぼくは彼らがどんなふうに生活しているのか、彼らが何に動揺させられ、苦しめられているのか知らない。そして作家としては、自分の国の一つの領域をまったく知らないというのは正常じゃない。金持ちというのは、貧乏人と同じくらい興味深くて複雑な研究材料だからね。そして、一方を知るがゆえに他方を知らない作家というのは、自分が不器用なことを自慢する人間のようなものだ。

●きみは、小説の材料としては貧乏人も金持ちも同じだっていうのかな？　だとしたらきみにとって、ある主義主張への参加《アンガージュマン》というのはどんな意味をもつんだろうか？

大した意味はないね。ぼくにはすでにある主義主張があって、それがぼくの心を完全に支配している。それは文体だ。というよりむしろ、あらゆる文体の不在に達する、ということかな。いかなる痕跡も残さないこと。読者が事物を見るために言葉を忘れてしまうこと。生そのものと直接に関わること。仲介なしに。それがぼくの主義主張だ。この種のものは、人の一生を完全に奪ってしまうことだってあるんだ。

●もちろんそうだ。しかしきみが語っていることの中には、それでもやはり他人にたいするある種のセンスが感じられる……。

他人はぼくのために存在している。ぼくは彼らの人生を変えたいと願ったりはしない。たんに彼らを微笑ませたり、泣かせたり、笑わせたりしたいんだ。

●それはすでに大したものじゃないか。

実生活の貧弱な断片から想像力の世界を開こうと夢見る人間にとっては、相当なものだね。

●ハイチのように政治的に重苦しい国から来た作家にしては不思議だね。

ハイチについて刊行されるものはすべて同じような調子で書かれているんだ。まず貧困を確認することから始まり、それから何かしてみたいと思い、最後には、事態はもっと複雑だということを受け入れてしまう。でも、読書っていうのは、ある国の運命を憐れむためにばかりするもんじゃないよね。たとえその国が極度に混乱している国だったとしても。読む理由も書く理由も無数にある。ぼくにとっては、生きるためだ。誰もぼくに書いてほしいと頼んだわけじゃないから、何を書くべきか誰からも命令されることはないだろう。ぼくが絶筆したとしても、おそらく誰も気づかないだろう。ぼくにとって書くことは、おそろしく苦しい制約の中で絶対的な自由を行使することなんだ。紙の上に単語だけがあるのではない、という印象を与えながら、言葉を使っていかに書くか？　それこそが、きみが指摘したようにぼくにとりついて離れない観念だ。ぼくがあらゆる音調で詠唱する信条《クレド》なんだ。おそらく、ぼくが言うべきことはこれだけだな。

ぼくにとって書くことは、おそろしく苦しい制約の中で絶対的な自由を行使することなんだ。

●いや、きみは腹の中に、ほかのものも持っていると思うな。じゃあ探しに来てよ。

●そうしてみよう。きみは自由の中で書いていると言うけれど、実際は、さっき家族について見たように、きみの仕事は深く根を下ろしているね。

もちろん家族は登場する。しかし本当に創作したのは作家という登場人物だ。もっとも秘かな生活だろうが、もっとも閉鎖的な結社だろうが、どこにでもぼくを潜り込ませてくれるこの作家という登場人物は、ぼくにさまざまな社会階層、人種、領土を横断させてくれる。この登場人物は未婚で、子どももいないけれど、ぼく自身は結婚していて、子どもが三人いる。タイプライターの前に座っているとき、ぼくは独身なんだ。ぼくには簡易ベッド、古いレミントン、[31]バルバンクール[32]のラム酒一瓶、それに想像上の町しかない。この想像上の町の登場人物は奇妙なことに、本当の町の人物たちと似ているけれど、近くから見ると、とても違ってもいる。この作家という登場人物はぼくに旅をさせてくれるんだけど、だからこそ、ぼくはとても、とても、とても軽やかでなくてはならない。それは根無し草の人物なんだ。

ぼくはロックスターだ

●この人物は行為者であるより観察者のようだね……。

彼はいつも少し後退している。ぼくのすべての小説を横断する同じ人物だ。彼は優しかったり皮肉っぽかったり、暴力的だったり情熱的だったり、ドライだったりウェットだったりする。面食らわせる人物なんだ。彼はぼくでありながら、ぼくでなく、ぼくがなりたい人物でもある。一貫した唯一の特徴は、彼はけっして前面には出ない、ということだ。そうすることはできるけど、間接的なやり方でなんだ。

●それはどういうこと?

＊31 **レミントン** アメリカの事務機器メーカーのタイプライター
＊32 **バルバンクール** ハイチのラム酒の銘柄

いつも別の人物を紹介しながら、ということだね。『コーヒーの香り』で、ヴューゾは祖母のダーを紹介する。彼は人生とはどんなものかダーが自分に教えてくれるために用いる繊細な方法に、読者の注意を向けるんだ。お説教っぽくない教訓、一種の暗黙の了解だね。

『乙女たちの好み』で、舞台全体を占めているのは文字通り乙女たちだ。ヴューゾはいつもいるんだけど、これらのものすごい乙女たちが彼の中に呼び起こす激しい欲望によって照らし出されているようだ。男性優位論的傾向がつよい社会にあっても、自分たちがつくった規則にしか従わない、まさに雌のトラたちだね。これらの乙女たちが彼の関心を引くのは性的な次元でじゃない。彼は、都市や人生における彼女たちの振る舞い方に感嘆しているんだ。

『ニグロと疲れないでセックスする方法』では、彼はブーバの肖像を描く。ブーバっていうのは、モンレアルの学生街にある狭いアパートをシェアしている旧友だ。ブーバは彼を魅了している。ブーバはいわば彼を完全な存在にするための補足物なんだ。彼のほうは書いたり食べたり、セックスしたり駄弁を弄したりして、いつも動いているけど、ブーバは自分のソファからけっして離れない。ブーバは彼が不動のナンパと呼ぶものを実行しているんだ。つまり女の子たちが彼の方にやってくるのを待ちながら、ソファに寝転んだままなんだ。ヴュー[*33]が夢中になっているミズたち[*34]を追いかけ回して町の中を闊歩しているあいだ、ブーバはお茶を飲んで、コーランを読んだりジャズを聴いたりしているだけだ。女の子たちをもてなすとしても、彼女たちは少なくとも無細工でなければならない。というのも、ブーバは美しいものが嫌いだからだ。ブーバというのは魅力的な人物だ。

『狂い鳥《カツオドリ》の叫び』においても筋書は同じだ。語り手は、死んだばかりのジャーナリストの友人、ガスネーしか眼中にない。ガスネーはデュヴァリエの手先によって冷酷に暗殺されたんだ。本は丸々一冊、ガスネーを、彼のブラックユーモアや徹底的に破壊的な人柄を描写する。

こんなふうに、一〇冊の中で、語り手は他人を見るためにいつも少し後退しているんだ。冷たい視線というわけではなく、むしろうっとりとしているんだけどね。ぼくはいつもこうだった。いつもヴューゾのようだったけれど、ブーバのようにもなれるんだ。ぼくが十分強調していないことがあるんだけど（どっちにしても、人びとにとってそんなことはどうでもいいし、すでに彼らの考えは出来あがってしまっているんだけど）、語り手は著者とはかぎらないよね。こういう、使い古されたとまではいかなくても月並みな問いに関しては、もっとも一般的な読者（著者にたいして面白い話だけを期待しているような）と、もっとも洗練された批評家とは、寸分たがわないってことにぼくは気づいた。どちらも語り手を著者と混同するんだ。著者が自分は語り手だと言うから真実なわけじゃない。たぶんたいていは真実だけど、いつもっていう

＊33　**ヴュー**　立花英裕訳ではジィ

＊34　**ミズたち**　この小説の主人公であるヴューは、ミズ○○と呼ばれるたくさんの女友だちと交際している

わけじゃない。その境界線はとても細いけど、存在はしているんだ。そしてその細い線こそが、創作の自由というものだ。

●じゃあ、どうして「ぼくは生きるように書く」[*35]というタイトルを選んだのかな？

まず、読者は、ましてや批評家は、著者が試みるつまらない欺瞞、つまり誘惑のためのか弱い手段に付き合う必要なんかない。それに、タイトルはもう少し多義的だ。著者は自分が語り手だとは言っていないんだから。彼はとてもはっきりと、生きるように書く、と言っている。今や、彼がどう生きるのか、生きるとは彼にとってどういう意味なのかを知る必要があるだろう。ぼくはずっと作家になりたかったけど、それは何より、若い娘たちが通りでぼくのほうを指さしながら、背後で「彼だわ、作家よ！」とささやくためだったんだ。

●作家は独身かもしれないけれど、著者は既婚で三人の子持ちだ。自分自身について書く人の本に、子どもたちが登場しないというのはかなり驚くべきことだね。

そうだね。まだぼくはそこまで行っていない。作家としては、むしろ自分はロックスターに近いと感じている。一般的に、ロックスターには子どもはいないし、けっして禿げ頭ではないよね。少なくともそれが、ロックスターがつくりたがる自分のイメージだ。ぼくが好きな作家の一人であるリモノフ[*36]（きみが誰を読んでいるか教えてくれれば、きみがどんな人間か言い当てよう）は、彼の短編小説の一編で、ロックスターとそのイメージの関係について見事な描写をした。

●これはかなり驚くべきことだが、きみのうちには、一方に裸になることを了解した芸術家がいて、もう一方に自分のイメージにとりつかれた人間がいる。

それがぼくの矛盾さ。実生活においても状況は同じだ。ぼくはマイアミに住んでいる。[*37] 子どもたちの学校が通りの角にある、かなり閑静な郊外にね。隣人たちは自分の庭の芝生と、車と地元のフットボールチームのことが一時も頭から離れない、感じのいい人たちだ。最近、その隣人の一人、町の役所で働いているホワイトカラーが本を読んでいるのに出くわした。彼はそれが二五年前に学校を卒業してから初めて読んだ本だと、無邪気に告白したんだ。ぼくは自分が物書きだとはあえて彼に言わなかった。だから、ほとんど誰もぼくが物を書いていることを知らないマイアミと、ぼくが作家であることを知らない人はいないモンレアルとがあるんだ。ぼくがモンレアルにいるときは、有名な作家だ。人びとは通りでぼくに近づいてきて、ぼくの

＊35　**「ぼくは生きるように書く」**　本書の原題
＊36　**リモノフ**　一九四三―、ロシアの作家、思想家、政治家
＊37　**ぼくはマイアミに住んでいる**　この対談が行われた一九九九年当時のこと

本について話しかけてくる。パーティーに足しげく通い、しょっちゅうテレビにも出演する。ケベックでは多くの人がぼくのことをテレビでしか知らない。ところがマイアミでは、ぼくはいつも家にいて、本を読んだり、ものを書いたり、妻や娘たちの面倒を見たりして何カ月も過ごしている。それはまさしく、自分自身を見失うこともある生活だ。

●ああ、そう……。

マイアミで送っているこの相当修道者的な生活を長期間してから、新しい本が出たのでモンレアルに着くと、自分がどこで何をしているのか分かるまでに二日はかかるね。マイアミでは誰もぼくのことを知らない。モンレアルでは税関吏が何か準備中の映画か申告すべき本がないかとぼくに訊ねてくる。通りに出ると、出会った最初の人がぼくに微笑みかける。ぼくは自分がどれほどの有名人かを話しているのではなくて、自分が送っている奇妙な生活について話しているんだけどね。最近ますます、本が出たときか、ある団体から正式に招聘されたときでないとモンレアルには行かなくなっている。これはとても危険なことだ。こんなことを続けていたら、しまいにはモンレアルをテレビと混同しかねないからね。モンレアルは巨大なテレビ受像機のかたちをとるようになってしまうだろう。そんなことになったら、とても残念だ。モンレアルはプチ＝ゴアーヴやポルトープランスとともに、ぼくが世界で完全に我が家にいると感じることができる三つの都市の一つなのだから。

●で、マイアミでは今、一〇年前からどこに住んでいるの？

マイアミは本当の意味ではぼくにとって存在していないんだ。ぼくは自分が三つの部分から成る人間だとよく言うのだけど、心はポルトープランスに、精神はモンレアルに、身体はマイアミにあるんだ。マイアミは町ではなくて、ぼくが家族と過ごし、本を書いている場所なんだ。一〇年来住んでいるマイアミについてぼくが本当に知っていることは、ぼくの窓の枠の中に見えるいつも青々とした木だけだ。マイアミに到着したとき、ぼくはモンレアルで過ごした一四回の冬で疲れきっていた。ぼくにとって寒さより悪いのは葉を落とした木だ。マイアミに到着したとき、ぼくは作家として憔悴しきっていた。もう書きたくなくて、もう書くことに興味が持てなかったんだ。なんでもいいからほかのことをしようと思っていた。ある土曜の朝、三人の娘たちが立てる騒音を避けるために奥の小さな部屋に避難した。窓を開けると、ぼくの視線は偶然にもみごとに葉を茂らせた立派な木にぶつかった。なぜかそれまで気づくことがまったくなかったその木に。ぼくは即座に古いレミントンを取りに行って、窓の下に置いた。すると突然歌がぼくに戻ってきたんだ。ぼくは一カ月で『コーヒーの香り』を書いた。まるで途絶え

ぼくは自分が三つの部分から成る人間だとよく言うのだけど、心はポルトープランスに、精神はモンレアルに、身体はマイアミにあるんだ。

ることのないオルガスムのようだった。

読書という体験

最初の読書

●きみの家族のことが分かった（あらためて分かった）ので、今度はきみの最初の読書について話してもらえるかな？

ぼくの祖父はギルディーヴを持っていて、そこでかなり初歩的な蒸留酒（タフィア）を作っていたんだ。その小さな工場はプチ＝ゴアーヴの墓地のそばにあった。彼は土曜の午後、ぼくたち、すなわちぼくの従弟とぼくを集めて、ぼくたちが本を音読するのを聞くのを習慣にしていた。順番に読んだんだけど、ある語につまずくと、即座に鞭の一撃が飛んできたよ。だからぼくたちは午前中、文章を読む練習をして過ごした。それは赤い表紙をした、『すらすら読むこと』っていう驚くほど単純なタイトルの本だった。そして、そこにあった最初の文章の一つがブドウの房についての感動的な話だったんだ。それは家族愛をかき立てる目的で考えられた物語でね。父親が妻に一房のブドウをあげると、妻はそれを息子にやり、息子はそれを妹にやり、妹は父親にそれを戻して、出発点に戻ってしまうんだ。こんなふうにやや教訓的な話が詰まった本だった。家族のための本だ！　それからぼくは素晴らしいセギュール伯爵夫人[*1]を発見して、今でも読みつづけている。娘たちも彼女が大好きだ。長女は大学に伯爵夫人の本をすべてもって行った。それからタンタン[*2]だ。キップリング[*3]も。ぼくの最初の本当の本はキップリングの『勇ましい船長』だった。それを読んだあと、自分が作家になるだろうって分かった。

●なぜ？

この本を読むと、ぼくも登場人物たちと一緒に船に乗っているような気がしたんだけど、そのためにこの作家はいったいどんなことをしたのだろう、と読んでいるあいだずっと考えていたんだ。ぼくはその仕掛けを知るために、このすばらしい玩具を分解することに本当に興味をそそられていた。自分が受けた印象から察するに、ぼくは世界一美しい玩具を手にしているにちがいなかった。本を開く。眼下を言葉が行進する。イメージがおずおずと目の前に現れはじめる。そして、突然、離陸。もはや語はなく、本もない。旅が始まる。ぼくたちは嵐のただ中で船の上にいる。ぼくはうっとりしている。ぼくはモーロワの『愛の風土』で陶酔を知り、『チャタレイ夫人の恋人』[*4]で純粋に性的な興奮を味わった。この本をぼくはとても若くして読んだ。

プチ＝ゴアーヴで、ヴェランダの小さな長椅子に座っていたんだけど、奇妙な興奮（うなじが突然こわばって）を感じたのを覚えている。ぼくのペニスが突如立ち上がって、触りもしないのに、言葉を読むだけで、楽しいオルガスムを経験したんだ。それから急に、ひどい疲労感に襲われた。この『チャタレイ夫人の恋人』はとても長いことぼくにつきまとい、作家としては当然だけど、人間としても、性についてのぼくの見方に確かな影響を与えたな。ぼくが自分の本の中に描いた性的な場面の大部分を注意深く見ると、それらはすべて、人種か階層の異なる二人の人物が目の前にいるときのほうが魅力は強まる、という昔ながらの法則に則っている。そしてこの物語の中では、女性のほうが男性より社会的に上でなければならない。多くの場合、男性の領域に入り込むために境界を超えるのは、男性よりはるかに冒険好きな女性なんだ。往々にして、罠を張って自分自身の領域で他人を惹きつけるのは、社会的あるいは人種的条件が劣る人間だ（落ち着いて！）。それは当たり前だ。劣った者が優れた者との境界を超えたら、すぐに警備員に見つかってしまうからね。こういうことがたしかにD・H・ローレンスの諸々の作品には書かれている。

＊1　**セギュール伯爵夫人**　一七九九—一八七四、ロシア出身のフランス人作家
＊2　**タンタン**　ベルギーの漫画家エルジェの『タンタンの冒険』
＊3　**キップリング**　一八六五—一九三六、英国のノーベル賞作家
＊4　**『チャタレイ夫人の恋人』**　D・H・ローレンスの小説

●どこでそんなに早くローレンスを見つけたんだい？　きみのうちでは、それが検閲を受け、カトリック教会によって発禁処分にさえなった本だということを、みんなは知っていたんだろうか？

ハイチでは道徳的検閲という考え方はないんだ。ぼくはポルトープランスの家にいつもサド侯爵[*5]の本が散らばっているのを見ていた。ハイチでは検閲はいつでも政治的なんだ。それに関わるのはまず左翼の本（レーニン、マルクスとその同類）、次にデュヴァリエの否定的なイメージをつくる小説（グレアム・グリーンの『喜劇役者』[*6]）、最後にハイチ人を軽蔑的に扱った作家たち（モラン[*7]、ブールジェ[*8]、ラスパイユ[*9]）だ。モランは『カリブの冬』[*10]で、ハイチも含むカリブの島々について人種差別的な表現を使った。本そのものは悪くないし、読みやすい旅日記なんだけどね。ぼくは何カ所も笑ったよ。でも、そうした長所は、あからさまな人種差別によって台無しになっている。それはモランのような人が書いたものだとしても、驚くほどのものだ。一九三〇年頃の話で、モランがなぜあんなに無造作にナチズムを支持してしまうことになるか、分かるよ。フランスではモランの人種差別はあまり取り上げられることがないけれど、それは当時のヨーロッパではそういう言説はかなり一般的だったからだ。現代では人びとは言葉遣いにはより注意しているけれど、事態の性格はまったく変わっていないね。

●ハイチでは人種差別的な本はすべて検閲されているのかな？

それは公式な検閲ではない。人種差別主義者は敵だと思われていて、この点ではぼくは同国人と同じ意見だ。侮辱的な言葉を読む理由はまったくないからね。

●でもきみはそれらの本を読んだんだろう？

うん。なぜなら、ある本を読むべきかどうか知る際に、ぼくは他人を信用していないからね。彼らはよく、批判と人種差別を混同するんだ。

●きみはどうやって区別するんだい？

＊5　**サド侯爵**　一七四〇―一八一四、フランスの作家
＊6　**グレアム・グリーン『喜劇役者』**　英国の作家によって一九六六年に発表されたハイチを舞台にした小説
＊7　**モラン**　一八八八―一九七六、フランスの作家、外交官
＊8　**ブールジェ**　一八五二―一九三五、フランスの作家
＊9　**ラスパイユ**　一九二五―、フランスの作家、旅行家、探検家
＊10　**モラン『カリブの冬』**　一九二九年刊

ぼくにとっていちばん大きな発見は図書館の発見だった。閉じられた空間に多くの本を集めるというこのすばらしい考え。

それがその著者の世界観なのかどうか知るために、問題になっている作家のほかの本を読んでみる。ナイポール[*11]のようなやつは人種差別主義者でも反愛国主義者でもない。容赦ない批評家なだけだ。それが彼の世界の見方なんだ。彼は英国についても、英国の旧植民地についても、自分自身についてさえ、同じように容赦しない。ぼくは時折、たとえば一九二九年に『魔法の島』（一九九七年に『魔法の島――ヴォドゥの地、ハイチにて』というタイトルで仏訳が出版された）を書いたアメリカの作家ウィリアム・シーブルック[*12]を人種差別主義者として扱うのは間違いだと思うんだ。この本はすばらしいと思う。彼の眼差しにはとても関心がある。彼のハイチはもちろん想像上のものだ。でも、だからどうだっていうのか？　ぼくだって自分で見にいってみたいよ。

●きみはいつも読書に飢えているようだね……。

そうだ。ぼくにとっていちばん大きな発見は図書館の発見だった。かなり長いあいだ、ぼくは図書館というものが存在することを知らなかった。閉じられた空間に多くの本を集めるというこのすばらしい考え。何千という本が展示された場所があるなんて！　これは楽園にもっとも近いイメージだと思う。祖母にとっては、楽園は巨大なコーヒーメーカーだ。ぼくにとっては図書館だろう。しょっちゅう図書館に行くわけではないけれど、図書館が存在していると考えるのが好きだ。ぼくがボルヘスを好きなのはその理由による。ぼくは自分が本の虫か、ボルヘスやモンテーニュのような何かだという誤った印象を与えたくはない。いいや、それにはぼくはあまりに動くのが好きすぎる。文庫本が大好きだ。ぼくはどこでも読む。人がいる場所で読むのが好きだ。家では、早朝にベッドの中で読んだり、午後、お風呂の中で読んだりする。朝、新しい本を読んだり、新しい作家と知り合おうとしたりできる。しかし、風呂の中では、いつも同じ旧友たちを読み直すだけだ。

わくわくするデビュー

●きみの「旧友たち」の話はまたあとにしよう……。最初の書く企てはいつ訪れたのかな? 思春期の詩はあった?

＊11 **ナイポール** 一九三二―、英領トリニダード島生まれの作家
＊12 **ウィリアム・シーブルック** 一八八四―一九四五、アメリカの作家

詩は書いたことがない。ハイチ文化においてそれは珍しいことだけど。普通は最初にラヴレターを書いて、それをのちに詩に書きなおすよね。そうやって、薄い詩集が世に出る。モランは、ハイチではすべてが最後は詩集になると言っている。炯眼だ。若い著者はすぐに詩人になる。才能があれば、のちにどこかの大使館の文化担当官になるだろう。しかしダヴェルティージュ[*13]の場合をのぞいて、それが詩であることは稀だ。この問題に関しては大きな誤解があるのではないかと思っている。ぼくにとって、詩というのは、才能よりはるかに多くのものを要求する主要な芸術だ。それはダヴェルティージュやランボー[*14]のような若い神か、ボルヘスやミルトン[*15]のように人生の晩年に差し掛かった人の芸術なんだ。抒情的なイメージがあるけれど、詩に到達するには人生をある種、超然とした態度で眺めなければならない。ぼくはそのことをとても早い時期に悟った。人びとはしばしばランボーの非常に超然とした態度を忘れている。

●短編小説や短い文章はどう?

うん。短い文章を書き、薄い本をつくったけれど、ぼく自身は保存していない。母の簞笥のどこかに入っているはずだ。でも、何につけても、母に探し物を頼んではいけないんだ。まず、簞笥の鍵を見つけるのに恐ろしいほどの時間がかかる。それに、そのがらくたの山の中を探し回るたびに、母は一つ一つのものを見つけては立ち止まり、驚くんだ(まるで久しく会っていなかった二人の旧友の再会みたいにね)。それから注意深くそれを置くのだけど、その場所が、少なくともこれから五年は絶対に見ることがないだろうと思えるような安全な場所ときている。今、母はぼくのデビュー作の大切なノートをせめて一冊は見つけようと箪笥の中をひっくり返している。当然のことながら、ぼくは辛抱できなくなる。しかしそれらの文章がある日、三〇年以上前から静かに身を横たえていた大洋の深みから姿を現すはずだということは請け合えるね。母は自分の箪笥の中に全世界をしまい込めると、ぼくは本当に信じているよ。

●それらの文章は何についてだった?

ぼくが最初の文章を出版したのは十二歳のときだったと思う。日刊紙の『ヌヴェリスト』が国旗の祝日のために行ったコンクールに参加したんだ。すべての生徒たちに国家の英雄についての作文が課されていた。ぼくは自分の家から遠くないところに住んでいた高齢の靴の修理屋についての文章を書いた。ぼくにとって、彼はハイチ国家の創設者であるジャン＝ジャック・デサリーヌと同じくらい大事な英雄だったんだ。そしてこのテクストは出版された。その後、ぼくは日常生活について、面白かったり皮肉っぽかったりする短い話をいくつか書いた。それ

＊13　**ダヴェルティージュ**　一九四〇―二〇〇四、ハイチの詩人
＊14　**ランボー**　一八五四―九一、フランスの詩人
＊15　**ミルトン**　一六〇八―七八、英国の詩人

ぼくはあまりに突然、書かれたものがもっている力を発見して驚いた。それに、創造者の力も感じた。

をニニーヌ叔母さんに読んで聞かせたら、とても気に入ってくれたみたいだった。それらの文章も簞笥の中にあるはずだ。それからまた、一つ屋根の下で暮らさなければならない二つの大家族の共存の困難さについての短い物語も。その文集は『大通り七八七番地』というタイトルだった。家は子どもたちでひしめいていて、そのごった返しがたいてい最後は殴り合いのけんかになるので、それを避けるために両方の親があらかじめ境界線を引いておくんだけど、子どもたちはそんなのお構いなしなんだ。登場人物の一人が奇妙なまでにぼくに似ていたな。反対側の家の子であるほっそりとした女の子は、ぼくの妹と瓜二つだった。妹はこういう物語が大好きで、すぐによい役を欲しがった。ぼくの肩越しに読みながらいつも、自分の役がほかの人物たちよりよい服を着て、きれいにお化粧して（彼女は化粧の限りない可能性を発見したばかりだった）、もっと優しくて、もっと聡明であることを要求したものだ。だからぼくたちは交渉した。彼女がぼくに親切であればあるほど（ちょっとした手伝いをしてくれるなどして）、彼女の役は望み通りになるというわけだ。ある日、妹がぼくにひときわ敵意を抱いていたので、ぼくは彼女の人物を死なせたんだ。彼女の顔があまりに青ざめたので、ぼくはパニックになって、そのページを破り捨てた。ぼくはあまりに突然、書かれたものがもっている力を発見して驚いた。それに、創造者の力も感じた。その日、この出来事のせいでぼくはずっと物思いにふけっていたよ。

周囲の文化

●その後、別の読書、別の著者たちが、来るべき作家に刻印を残すことになるんだね?

ハイチのすべての若手作家同様、ジャック・ルーマン[*16]の作品との出会いはぼくにとっても決定的だった。みんなルーマンの傑作である『朝露の統治者たち』をまねることから始めるのだけど、そのせいで、一九四四年にルーマンが亡くなってこの本が出版されてからというもの、ハイチの小説のほとんどが農民社会を舞台とするようになるんだ。皮肉なことに、それらの作家たちの多くは農民の生活について何も知らないんだけれどね。ルーマン自身もハイチの農民たちの実生活とはあまり関係なく、世界を描いた。しかしきわめて魅力的な書きぶり、玉虫色に輝く言葉(フランス語とクレオール語の味わい深い混合)、登場人物たちが浸かっている熱狂的な共同体精神(協同作業)、とても感動的なマニュエルの犠牲的行為、そうしたものすべ

＊16 **ジャック・ルーマン** 一九〇七―四四、ハイチの作家、政治活動家

てのおかげで、農民たちの習慣については不正確なところがたくさんあるにもかかわらず、この本はハイチの偉大な小説になったんだ。今でも、読み直すたびに、涙が出そうになる。この本に流れている人間の大いなる寛容さを忘れてはならない。ルーマンが亡くなると、文壇の前面に歩み出るのは、とても若いジャック・ステファン・アレクシ[*17]だ。彼は最初の小説『太陽将軍』を鳴り物入りで出版するけれど、この作品は農民小説の伝統と突然訣別する。彼の本はポルトープランスが舞台だ。けれども、基本的なところはルーマンとあまり変わらない。二人とも共産主義者で、ファシストの権力に労働者たちの抵抗の意志を理解させようとしていたんだ。ルーマンのほうが目立たないので、寿命が長い。アレクシは才能がとても豊かだけど、あまりに怒りっぽいので、当時の左翼のあいだで流行っていた直截的な言説に抵抗しきれなくて、そのため彼の本の何ページかは扇動と宣伝《アジ＝プロ》の様相を呈している。ルーマンは農民社会に住んでいるけれど、アレクシはポルトープランスに定住している。最後にもう一つだけ空いている場所がある。地方だ。そこに自分の実験室を築くのはマリー・ショーヴェ[*18]という女性だ。彼女が関心をもっていたのは、ルーマンによってしきりに推奨された農民たちの連合でもなければ、アレクシが願っていたような、ポルトープランスの労働者の生活を決定的に変えることを目的とした大規模な組合結成でもなく、ハイチの社会問題にたいするある種の途方もない明晰さだ。ショーヴェはデュヴァリエによる独裁体制の根源を理解しようとする。彼女にしてみればその原因は、金持ちになりたくて個人的な権力に飢えた中流階級の攻撃的なふるまいにだけあるわけではない。ショーヴェ自身、ハイチのブルジョワジーの一員だけど、ハイチ社会の堕落の過程に完全に巻き込まれてしまっているこのブルジョワジーを非難することをためらわない。こんなことは、フェルナン・イベール[*19]以来、この階級の作家の側から行われたことはほとんどなかった。イベールは二十世紀初頭に、ポルトープランスの豪邸の車寄せに薄い小説の数々を侮蔑的に投げつけていったんだけど、その中で鋭くえぐる分析をしているんだ。ぼくがハイチの小説を読みはじめた頃、指導的立場にいたのはこういった人たちだった。

●それらの作家たちの社会的意識はどこから来たのかな？

マルクス主義からだろう。ルーマンはハイチ共産党とハイチ民族学事務所の設立者だ。彼は両次大戦間、ハイチのあらゆる文化的闘争に参加した。ヴォドゥ教にたいして卑劣な戦いを企てたカトリック教会と渡り合ったこともある。アレクシは民衆合意党――これもマルクス主義の影響下にある政党だけど――の創設者で、キューバの作家アレホ・カルペンティエル[*20]に強く影響された「驚異のリアリズムのための序説」という有名な宣言で民衆文化を大いに擁護した。

＊17　**ジャック・ステファン・アレクシ**　一九二二―六一、ハイチの作家、政治家、医者
＊18　**マリー・ショーヴェ**　一九一六―七三、ハイチの作家
＊19　**フェルナン・イベール**　一八七三―一九二八、ハイチの作家、教育者
＊20　**アレホ・カルペンティエル**　一九〇四―八〇、キューバの作家

彼は進歩的作家の伝統を熱心に押し進めたね。ショーヴェのほうは、この手の闘争には彼ほど関心がなかったようだ。彼女はむしろ、ハイチ人たちがなぜ互いにこのような憎悪を抱くのか、いったいどこからこの殺人的狂気が生まれてくるのか、民衆にたいする有産階級の理屈抜きの軽蔑は何に起因しているのか、そしてもちろん肌の色に関する問題の根深い起源がどこにあるのかを知ろうとしていたんだ。ショーヴェに言わせれば、この社会は病んでいて、われわれ自身の核心的な部分にまで潜り込んでこの悪を根こぎにすることに同意しなければ、いかなる政治的言説も(マルクス主義でさえ)われわれを救うことはできないだろう。でもぼくは、彼女はそこまでは行っていなかったと思うな。彼女は研ぎ澄まされた文体で国民的意識を鋭く抉るに留まっていた。

●ハイチ文学にこういうきわめて新しい作家たちが突如として出現するのを促した出来事か人物というのが存在したんだろうか?

ああ、存在した。その人物はジャン・プライス=マルス[*21]という名で、彼はネグリチュード運動[*22]の創始者であり、その良心でもあった(彼はこの運動を、有名なエセー『おじさんはかく語りき』の出版と同時に一九二八年に打ち出した)。セゼール[*23]、サンゴール[*24]、ダマス[*25]たちがこの道を切り拓くことができたのは、彼のおかげだ。彼以前は、旧植民地のニグロはなんの価値もなく、それは彼ら自身の目にもそうだった。ハイチ人たちは、自分たちのルーツがアフリカにあることを事実上否認していた。人びとはすべてひっくるめてフランスをまねることしかしていなかった。プライス＝マルスはハイチ社会に関するあらゆる主題について研究した、倦むことを知らぬ仕事人間だった。彼の本（『おじさんはかく語りき』）はハイチ文化に完全に新しい空間を拓いたんだ。彼の研究のきわめて広大な領域は音楽も文学も、民族学も心理学も、ヴォドゥもプロテスタントの教義（プライス＝マルスはハイチ北部のとても経験なプロテスタントの家庭の生まれだ）も、絵画も民族誌学も含んでいる。そして、この偉大なプライス＝マルスによって発見された新しい土地を、その後何世代もの研究者たちが開拓することになるんだ。一九六〇年代の中頃に「文学的ハイチ」というグループが現れて、この文化的実践を問い直すようになるまで続くだろう。

●どんな観点から？

＊21　**ジャン・プライス＝マルス**　一八七六―一九六九、ハイチの政治家、医者、民族学者、教育者
＊22　**ネグリチュード運動**　一九三〇年代、主にフランス領アンティルやフランス語圏アフリカで発祥した、黒人の自覚を促す文学運動
＊23　**セゼール**　一九一三―二〇〇八、マルティニクの詩人
＊24　**サンゴール**　一九〇六―二〇〇一、セネガルの政治家、詩人
＊25　**ダマス**　一九一二―七八、仏領ギアナ生まれの詩人、政治家

ネグリチュードというこのプライス＝マルスの思想学派の信奉者の一人であるデュヴァリエの到来とともに、人びとはふたたび岐路に立たされることになるんだ。そしてさまざまな疑問が降り注ぐことになる。ネグリチュードは独裁体制に帰着してしまったのだろうか？　黒人の独裁者は白人の入植者より受け入れられやすいのか？　そして、この「文学的ハイチ」の若者たちはすぐさまプライス＝マルスの運動とは距離をとるようになるんだ。それでも、ハイチの詩におけるもっとも偉大な人物であるサン＝トード[26]がいたことを指摘しておく必要がある。しかし、マグロワール・サン＝トードは別の次元の人だ。彼は、表向きは口承伝承者《グリオ》というインディヘニスモ[27]のグループに所属しているが、実際には、このようなやや限定されたものの見方や感じ方には反対している。そして一九三〇年代の運動に終止符を打ったのは、『ネグリチュードにこんにちはとさようなら』というエセーを書いたルネ・ドゥペストル[28]だ。

●ドゥペストルに関してだけど、彼はきみにとってどんな人？

彼はいつも近くにいる人だ。けっしてあるグループと一緒に行動するわけではなく、かといって、遠すぎるところにいるわけでもない。地下に潜っている人だ。それがぼくに親近感を感じさせてくれる点だ。彼はまた、性についてとても自然なやり方で語ろうとした最初の人の一人でもある。少し前にそれをした人はいるけれど、いつも滑稽なやり方でだった。デュラン[29]は「シュークン[30]」の中で、また、ルメール[31]はぼくに言わせれば貪欲すぎたけれどね。でもドゥペストルはプリミティヴ絵画の画家で、これはぼくとしてはたいへんな誉め言葉だ。ぼくは彼をサルナーヴ・フィリップ＝オーギュスト[*32]の隣に、税関吏のルソー[*33]の系譜の中に位置づける。大旅行家で、優れたエッセイストでもあり、抒情詩人で、人生にたいしてじつに貪欲だったドゥペストルは、ぼくが気に入るすべてをもっている。しかし、ドゥペストルを評価するのはぼくの一面にすぎない。彼の作品は力強さに欠けている。彼の性表現はあまりに初歩的で、作風はあまりに熱帯的すぎる。そうしたことすべてが健全な暴力性を欠く結果となっているんだ。彼は時折、人生において本当に何が起こっているのか分かっていないという印象を与える。それにまた、この派手な抒情はときおり単調さに陥ることがある。ぼくのほうはもっとラップ的で落書きっぽい教養を持っている。でも、ドゥペストルはジャン＝クロード・シャルル[*34]とともに、

＊26　**サン＝トード**　一九一二―七一、シュルレアリスム詩人
＊27　**インディヘニスモ**　一九二〇年代中南米で土着のインディオの政治的・経済的地位の改善とその文化の再興を求めた運動
＊28　**ルネ・ドゥペストル**　一九二六―、ハイチの詩人、作家
＊29　**デュラン**　一八四〇―一九〇六、ハイチの作家、詩人
＊30　**デュラン「シューンクン」**　一八九六年発表の詩集『泣き笑い』の中の一篇
＊31　**ルメール**　一九〇三―八八、ハイチの詩人、随筆家、教育者
＊32　**サルナーヴ・フィリップ＝オーギュスト**　一九〇八―八八、ハイチの法律家、作家、画家
＊33　**ルソー**　アンリ・ルソーのこと。一八四四―一九一〇、フランスの素朴派画家

ぼくがいちばん身近に感じるハイチの作家であることに変わりはない。

●どんな点できみはジャン=クロード・シャルルに近いと感じるのかな？

当然のことながらシャルルのすべてにではない。『マンハッタン・ブルース』や『自由《フリー》』のシャルルにはもちろんだ。パイプをくわえてパリ訛で話すパリジャンのシャルルはだめだ。むしろ多くの迷いを抱えて、借金で首が回らない、動物みたいに追い詰められたと感じている彼に親しみを感じる。そういうシャルルはぼくの兄弟なんだ。そしてそういうことが起こるたびに、彼はハイチやフランスの文学がまどろんでいた麻痺状態を揺さぶるような重要な本を出すんだ。彼は現代的で、やることが早くて、最後までものを言う時間がなくて、ジャズの愛好家で、チェスター・ハイムズ[*35]をむさぼるように読むやつだ。彼は二つの都市のあいだで生活している（パリとニューヨーク）。いつも頭一つ分ぼくたちより先んじている。ぼくは彼がちょっと立ち止まって、息をついて後ろを見てくれることを切望した。パリは、自分の出身を否定し、背水の陣を敷くよう求め、その代りに栄光と孤独を差し出してくれる。ニューヨークも同様だけど、代わりにむしろ富と孤独を差し出してくれる。それは必ずしもよい取引ではないよね。ジャン=クロード・シャルルとジャン=ミシェル・バスキア[*36]は今やそのことを知っている（バスキアのほうは、全額支払ったけど）。ぼくがまったく好きでないもう一人のシャルルがいる。パリの出版界のゴシップ事情に通じている、とてもダンディーで、少しスノッブで、自分の出自を否認することのシャルルは何一つよいことをしなかった。ジャン゠クロード・シャルルは今、精根尽きかけている。だからぼくは彼の次の本を待ち兼ねているんだ。

●ジャン゠クロード・シャルルはハイチ文学の中で新しいことを試みた、ただ一人の現代作家だったんだろうか？

いいや、彼よりもっと先まで行った人もいる。それも、彼より前の時代にだ。大きな赤ら顔のやつで、低くて力強い美声と何事にも動じない自信の持ち主だ。しばらく前から彼は、ハイチ文学のヘビー級チャンピョンのタイトルを与えられるのを待っている。さしあたり彼はリングで一人だけで、ひどい喧嘩をしたがるオランウータンのように自分の胸を叩いているけれど、彼の前にしゃしゃり出ようとする者は誰一人いない。みんなそんなことができるとは思っていないからだ。『分裂音の鳥』の著者を前にしたら、そのほかの人は何者でもありえない。ぼくは、ある朝、ノーベル賞をかっさらったばかりのフランケチエンヌ[37]の名前をラジオで聞きながら自

*34 **ジャン゠クロード・シャルル** 一九四九―二〇〇八、メキシコ、米国、フランスを転々としたジャーナリスト、詩人、小説家、シナリオ作家
*35 **チェスター・ハイムズ** 一九〇九―八四、米国の作家
*36 **ジャン゠ミシェル・バスキア** 一九六〇―八八、ハイチ系アメリカ人の前衛画家
*37 **フランケチエンヌ** 一九三六―、ハイチの詩人、劇作家、画家、音楽家、教員

分が目を覚ましたとしても、驚きはしないだろうな。ノーベル賞を真剣に切望していた唯一の人は、デュヴァリエの悪徳警官たちによって究極の愚か者扱いされた人、ジャック・ステファン・アレクシだ。もし彼が自分の作品をもっと追求できていたら、間違いなくノーベル賞をとっていただろう。しかしアレクシ急行は三十九歳で駅に到着してしまった。ルーマンのほうは、三十七歳で死んでしまった。ハイチの作家の中にはずいぶん年取ってから死ぬ者もいるけれど、そういうやつが最良だったためしはないね（九十歳でなくなったプライス＝マルスは例外だけど）。ところでフランケチエンヌがいる。彼は長生きするだろう。彼は今、あまりに実験室臭い一冊の本を準備しているはずだ。もし彼がある日一般的な人間（ぼくも含めて）が解読できるような小説を書くことを受け入れたとしたら、そのときこそ怪物の目覚めだろう。ぼくはさしあたり、彼をその難解な著作と実験室の白すぎるハツカネズミとともにそっとしておくとしよう。そのうちそれらの人工的な戯れに飽きることを期待しながら。フランケチエンヌよ、ぼくらは自分たちの『戦争と平和』（それ以下ではない）が欲しいんだ。そしてきみならそれをぼくらに与えられることを、ぼくは知っている。フランケチエンンヌよ、ジョイス[*38]を除いて、判読困難な偉大な作家がそのままだったことはない。だからきみもばかげた行為はやめて、もうほとんど三〇年前からきみに期待されているこの本を書いてくれ。世界中の人たちが、独裁体制や貧困とは別の言葉でぼくたちのことを話すことができるように。ねえ、フランク、ぼくはドゥペストルの名前は挙げなかった。なぜなら彼にはもうあまり瑞々しさが残っていないような気がするからだ。ドゥペストルは大作を企てる勇気をもったことがけっしてない。彼はすてきな小説を編み出すことはできるし、ついでに言うなら、ぼくはきみの本よりそっちのほうが好きだ。でも結局のところ、ぼくはきみのほうに賭ける。さっきぼくは、ねえフランク、アレクシならノーベル賞が取れたかもしれない、って言った。でも彼も、ぼくが好きな作家ではないんだ。彼は新しいコインみたいに金ぴかの形容詞やじつに眩すぎる比喩を使ったり、見せ所をつくったりして、あまりに成金的すぎる。要するに彼は、知的観点から見て、身の丈以上の生活をしているという印象をいつも与えている。彼は人びとを煙に巻く大いなる才能をもっていた。だからノーベル賞の審査委員会を構成するスウェーデンの農民たちだって簡単に煙に巻けると思う。アレクシは完全に夢を縫いつけられた青年なんだ。そして、彼はハイチにかつて存在した中でもっとも優れた作家だとぼくが言っても、誰も反論はしないだろう。しかし彼は自分の作品を地に根づかせる力を見出すには、現実にたいしてあまりに多くの問題を抱えていた。でもフランケチエンヌ、ぼくにはきみの腹の中に、まだ出てこようとしていない何か巨大なものが見えている。みんなは出産を待っている。だって、ポルトープランスの街頭のデモ参加者が言うように、三〇年待ったんだからもう十分だよ。

＊38　**ジョイス**　一八八二―一九四一、アイルランドの作家

ぼくがアレクシの作品を読むとき、ハイチ人の作品として読む前に、ある作家の作品を読むんだ。

●で、エミール・オリヴィエ[*39]はどう?

エミールは、生きる幸福そのものだ。低い声、しっかりした教養、対話の相手とはすぐに話が通じる。こうしたことすべてが優雅におこなわれる。数年前から、彼はもっとも手堅いハイチの小説作品を作り上げようとしているようだ。もちろん、彼の本のすべてが同じ水準なわけではない。ぼくが思うに、彼は無名の作家から、単なる作家の段階を経ずにあっという間に大作家になってしまった。しかし噂が彼に有利にはたらいたとしても、それは彼の責任じゃない。彼は温かみのある声をしていて、うまく声域が選ばれるとすばらしい効果が生まれる。女性に好まれる声なんだ。彼は長いあいだ発声練習もして、おかげで、時とともに、ある種の物憂げな優雅さが備わるようになった。彼の本の中では時折、いくつかの言い回しによって、エミールが書いている自分に酔いしれているように感じられることがある。エミール・オリヴィエの作品を理解するには、彼がすばらしい料理人であることを知っていなければならない。ちょうど、ジャン・メテリュス[*40]の作品を理解するためには、彼がパン屋の息子であることを知らなければならないようにね。エミール・オリヴィエの小説においては、スパイスがとても重要なんだ。加熱方法も大事で、いつもとろ火だ。料理人は窯から離れてはいけない。見張っているんだ。料理を出すまえに、いっときすべてを冷ます。彼自身は食べずに、客が食べるのを眺めながらテーブルの端で微笑むだけで満足しているんだけど。

●きみはもっと若い作家たちとは何か特別なつながりがある？　彼らはきみのあとをついてきているかな？　きみはハイチ人によって、ハイチ以外の場所あるいはハイチで出版されたものに注意を払っている？

一つだけ小さな点をはっきりさせておくけど、ぼくはハイチ文化についてきみに答えながら、じつのところ、この概念からはかけ離れているんだ。結局のところ、ぼくがこれらの人たちについて話しているのは、彼らのことをよく知っているからだ。彼らがどういう雰囲気の中で成長したかも知っている。しかし、ぼくがアレクシの作品を読むとき、ハイチ人の作品として読む前に、ある作家の作品を読むんだ。

●よく分かっているよ。しかし、この点について終わりにする前に、きみは現在のハイチ文学でどんなことが起きているか知っている？

＊39　**エミール・オリヴィエ**　一九四〇―二〇〇二、ハイチ出身の作家
＊40　**ジャン・メテリュス**　一九三七―二〇一四、ハイチの作家

十分とはいえない。この一五年間、自分の仕事にかかりきりだったからね。ぼくの周りで何が書かれているか、まったく知りたくなかった。まあ、少しは読むこともあったけれど。誰かが本を手渡ししてくれれば、目を通す。ぼくに本を送ってくれる人がいれば、読んで、感想を言う。それから自分の仕事に戻る。今ようやく、自分の周りを見回す時間が少し増えたんじゃないかと思う。

●それでも、ハイチ人作家の中で、最近何か面白そうなタイトルや名前は見つけた？

ある作家を面白いと思っても、好きにはなれないこともあるよね。たとえばリヨネル・トゥルイヨ[*41]がそうだ。それはお互い様で、彼のほうも、ぼくのことを作家としていけ好かないやつだと思っている。彼はぼくの作品を読めないし、ぼくも彼の作品を読めない。率直に言って、作品が互いに性に合わないってことはあるものだ。それは読者にまで波及する。ぼくの本が好きな人は、一般的にトゥルイヨの本が好きじゃない。逆もまたしかり。でもぼくは、彼が鋭い視線や自分なりの世界を持っていることは認める。それが作家になるために必要なすべてだと思うね。残りは個人的な好みの問題だ。しかし、結局のところ、彼は狂気と売春について書きすぎていると思う。これはちょっと古臭いテーマで、もう時代遅れだよ。それに、文体が緻密すぎて、少々重くて、とても気取っている。つまり、そういうところが全部ぼくは気に入らないんだけど、だからといって彼が作家じゃないというわけじゃない。彼のほうは、ぼくがあまりにぞんざいで無責任すぎると思っているに違いない。そういうものなのさ。互いに反発しあう性格っていうものがあるんだ。

●エドウィッジ・ダンティカット[*42]はどう? 彼女もアメリカ大陸の作家で、近いよね。

たしかに、ぼくは彼女の成功にとても関心をもっている。彼女のエネルギーにも。とても個性の強い人だ。冷静な頭脳の持ち主だけど、処女作から突然降ってきた異常なまでの成功に無感覚なわけではない。これは若い作家に訪れうる最悪の事態で、ぼく自身体験者として語っているんだけど。ダンティカットはぼくが本当の文通を続けているただ一人のハイチ人作家だ。ぼくたちは定期的に手紙を書きあっている。彼女は自分の作品の基礎を固めているところだと思う。静かにしておいてやる必要がある。一五年後に分かるよ。今現在は、おそらく彼女自身も、自分がどの段階にいるのか分かっていないだろう。作品は漬け込み過程にあるんだ。彼女はすでにかなりばらばらな三冊の本を出版している。次の二冊で彼女の仕事の概要が分かるだろう。ドアのうしろで誰か働いているのが感じられる。だから、静かに!

---

*41 **リヨネル・トゥルイヨ** 一九五六—、ハイチの作家、詩人
*42 **エドウィッジ・ダンティカット** 一九六九—、ハイチ系アメリカ人の作家

●ヤニック・ラーンス[*43]はどう？

彼女はハイチでもっとも影響力のある文芸批評家の一人だ。彼女が作品を判断し、評価する能力をもっていることは知っているけれど、まだ決定的な本は出版されていない。亡命と国民文学の困難な関係に関して、グラフ雑誌や日刊紙に文章を書いている（この点において彼女は、外国で暮らしている作家からは市民権を取り上げげんばかりの人たちに比べると、とても進んだ立場をとっている）。この主題については、二、三年前から、彼女は調子を変えながら書く速度を増してきている。短い物語集や中編小説集も出版した。

しかし、もう一度言うけれど、待たなければならない。ぼくはあまり言うことがないけど、ただ、彼女の文体は、血が見えてくるまで怪我したことにも気づかないほど鋭く研がれた刃のようだ。ぼくは人を比べるのは好きではないけど、このような人としてはショーヴェがいる。もう一人の新しいショーヴェが存在するとしたら、それは大したことだろう。ぜひそうなってほしいね。

●最後にスタンリー・ペアン[*44]はどうだい？

ペアンが本当に興味深いのは、彼が表象しているものの中においてだ。彼は事実上、ケベックで生まれた。常に国を、読者を、そして文体さえも変える。ワールドビート[*45]の作家なんだ。

彼は午前中、ハイチの出版社のためにハイチのテーマで仕事して、午後はケベックの若者向けの小説に手を入れ（ケベックの青少年からもっとも高い評価を得ている著者の一人だ）、夜は週末を火星で過ごす読者たちのために空想科学小説の中編小説集で終えることもできる。こうしたことでハイチの批評界はまごつき、どこにペアンを分類すればよいか分からないほどだ。ペアンとぼくは通ってきた道筋がかなり似ているけれど、それでも若干異なってもいる。ぼくは最初ケベック文化に興味を持ち、その後、ハイチ世界に根差した本のほうをずっと多く書くことになった。それにたいして、ペアンのほうは最初ハイチ文化に興味を持っていたけれども、次第にケベック文化のほうに根ざすようになる。もう二人、とくに注目すべき作家がいる。ガリー・ヴィクトール[46]とルイ＝フィリップ・ダランベール[47]だ。ヴィクトールはすでに自分の文体を発見している。彼に欠けているのは、彼が生まれつきもっている宇宙的感覚と、バランスを保つためのある種の重心だ。ダランベールのほうはまだ自分探しの最中だ。かなりしっかりしてはいるけれど、自分自身の視点を見つけきれていない。まだ完全に背水の陣を敷いた人のよ

＊43　**ヤニック・ラーンス**　一九五三―、ハイチの文芸批評家
＊44　**スタンリー・ペアン**　一九六六―、ハイチ出身のケベック作家
＊45　**ワールドビート**　西欧のポピュラー音楽とワールドミュージックやフォーク音楽の混交
＊46　**ガリー・ヴィクトール**　一九五八―、ハイチの作家
＊47　**ルイ＝フィリップ・ダランベール**　一九六二―、ハイチの作家

うには見えない。しかし、ぼくはすべての人について話すつもりはないし、ましてや、こんなふうに急いでやりたくはない。現在、興味深い作家たちがたくさんいるんだ。ハイチ文学にとってはよい季節だね。一つ指摘させてもらってもいいかな？

●どうぞ……。

ぼくにとってケベックは情緒的、そして知的世界を構成する不可欠な要素なのに、ぼくのケベック的部分についてまだ全然話していないことに気づいたんだ。

●もう少しあとで話題にしようと思っていたんだけど。

フランスではみんな、ぼくのことをぜがひでもハイチかカリブ海の作家にしたがる。そのほうが簡単にポストコロニアルの一覧表上に位置づけられるからね。フランス語で書くカリブ海作家と言ったとたん、植民地的価値基準が語りはじめることは分かっている。でもぼくは、足跡を掻き消すつもりなんだ。

●それじゃあ、ケベック的部分について話そうか……。

土地も文学も、ほかのことを経験する機会をぼくに与えてくれた。冷やかし好きの人なら、二月には凍るよ、と言うかもしれないフレッシュな風だ。こんなふうに、自分の世界と違うところにやってくると、旅は面白いよね。最初ぼくはケベック文学にはかなりアレルギーがあったんだ。深刻さの病にとりつかれているように思えたんだな。精神的な重苦しさというのかな。はっきり表には現れない苦悩が作品に働きかけていた。作家たちは快楽を連想させそうなものをすべて警戒していた。息の詰まるような独裁体制を逃れてきたばかりのぼくは、ある種の息抜きを期待していたんだけど。みんな、物事をじつに深刻にとらえているように見えたね。それでもぼくは、ヴィクトール＝レヴィ・ボーリュ[*48]のような基本的な仕事をしている人や、辛辣な知性をもったフェロン[*49]（ぼくのお気に入りだ）のような人のことはとても尊敬していた……。

●ケベック文学において、何か変化には気づいた？

すごくたくさん。ケベック文学は今いちばんダイナミックな文学で、近いうち、二〇年以内に、世界的な舞台で爆発するだろう。ケベック文学において、この二〇年間に大きな二つの新しい動きがあった。その一つ目は、都市を手なずけたということだ（それ以前の作家たちは、自分たちの小説の舞台を農村や地方都市に設定して、モンレアルやその悪徳にたいしては非難の眼差しを投げかけていた）。その結果、モンレアルが今日の多くの小説の背景として使われ

＊48　**ヴィクトール＝レヴィ・ボーリュ**　一九四五―、ケベックの小説家、劇作家、論客、出版人
＊49　**フェロン**　一九二一―八五、ケベックの作家、劇作家、医者、ジャーナリスト、政治家

るようになった。そして二つ目は、さまざまな出自の作家たちが大量に現れて、それまでどちらかというと堂々巡りしがちだった文学に新しい活力を与えているということだ。

驚異のリアリズム

●国際的な次元で、きみに近いのはどんな作家たちだろうか？

ぼくが興味あるのは、自分の人生をその作品に織り交ぜる作家たちだ。その面では、ハイチ文学はあまりぼくに満足を与えてくれなかった。ハイチの作家にとっては、一般的に、芸術というものは政治的あるいは社会的メッセージを流通させる役にしか立たないんだ。ぼくはいつも、個人の生活と公の生活を区別せずにただ単に生きようとしている人たちが好きだった。そのような観点から、ぼくはたくさんの作家たちを見る。谷崎は『瘋癲老人日記』と『鍵』でぼくに感動を与えてくれた。この年老いた日本作家における幻想の地獄下りにはっとさせられた。谷崎のすばらしいところは、ゆがんだ幻想ではなくて単純な何か（『瘋癲老人日記』の語り手の嫁の足）が最後は妄想になるところだ。それはとても人間的だよね。そしてまた、通常、日本文学を鈍重にしている重苦しい神話を手早く切り上げて急ぐそっけない文体もだ。東京で、ある小さなパーティーで谷崎に会ったことがあるって、誰かが言っていた。当時もうかなりの高齢で、奥さんに肉を切ってもらっていたそうだ。とても恥ずかしがり屋のようで、パーティーのあいだずっと頭を垂れて、自分の妻にしか話しかけなかったそうだ。ただし、一度だけ、自分の目の前の壁にかかっていた絵に明らかに興味を持ったようだった。突然彼は立ち上がり、ソファのほうに行って、そこに座っていた人たちのことなどお構いなしによじのぼり、絵の前に立ち尽くして長いこと見ていた。それこそが谷崎のすべてだね。

●で、ミラー[*50]はどう?

ぼくは一時期ずいぶんミラーを読んだ。今はもうあまり感銘を受けなくなっているけど。彼の人物像はやや構築されすぎているような気がするんだ。ミラーの作品は注意深い視線にはなかなか耐えられない。あまりに簡単に欠陥が見えてしまうんでね。楽観的すぎるんだ。彼の人生は、彼が語っているものよりずっとつまらなかったのだろうという印象を受けてしまう。彼は純然たる倦怠の時間を省いた。ミラーに関してぼくが好きだったのは、友だちのことや、人生における貪欲な情熱、パリ、ワイン、食事、女、自転車、詩、彼がパリで住んでいた陽当たりがよくて汚いアパート、アナイス・ニン[*51]との友好関係、そしてとりわけヘンリー・ミラーに

＊50　**ミラー**　一八九一―一九八〇、米国の作家
＊51　**アナイス・ニン**　一九〇三―七七、フランス生まれの著作家、ミラーの愛人

なるための彼の途方もない闘いについて、彼が延々と語るところだ。しかし、残念なことに、彼が触れるものはすべて一瞬にして神話に変わってしまうんだ。

●きみは主要な傾向という考えには同意していないけれど、南米的着想についてはどう思う？

たしかにぼくは、何であれ、全体的なとらえ方をするものが嫌いだ。ぼくにとって芸術家というのは、比類のない人間でありたいと願うものだ。だから、芸術家を何としてもグループの中に閉じこめようとする人たちのことが、理解できない。ああ、ラティーノだね、というふうに。驚異のリアリズム、魔術的リアリズム。こういう呼称をあまり真に受けるわけにはいかない。ぼくにとって文学とは暴き、裸にする役割を果たすものだ（王様が裸だと叫ぶのはいつも子どもだ）。だから驚異とか魔術なんて願い下げなんだ。かといって、ぼくがガルシア・マルケス[*52]やヴェルガス・リョサ[*53]、アマード[*54]、ネルーダ[*55]、フエンテス[*56]、あるいはアストゥリアス[*57]を読んで、大いに評価したことは確かだし（コルタザール[*58]、サバト[*59]、ボルヘス[*60]は南米グループには入れない。アルゼンチン人たちはラテン・アメリカで自分たちだけ別のグループをつくっている。彼らは先住民たちを皆殺しにして、南米でヨーロッパ人に戻ったんだ）、彼らはみんな一流の作家だ。そして、精彩のある大量の形容詞の下には、古典的な強固な土台が隠れている。いずれにしても、それが少なくとも偉大な作家では顕著なことだ。驚異のリアリズムは、とくに偉大な作家たちしか助けてくれない。普通の作家たちは、繁茂した植物や異国的な動物たち、思いがけない奇跡（突然豚が飛びはじめたり、死んだ女が懐妊したり）で窒息してすぐに死んでしまう。下手な作家に関しては、虫唾《むしず》が走るほどだ。きみはもう南米のへぼ作家の作品を読んでみたことがあるかい？『百年の孤独』[*61]は今なお今世紀のもっとも偉大な小説の一編であり続けている。ぼくは一九六八年の五月革命のさなかに、出版と同時に（五月革命の大きな出来事がマルケスの小説の静かな出版と重なったんだ）とてもがつがつしながら読んだ。ぼくの眩んだ目の前に一つの新しい世界が開けた。ところが不思議なことに、その後読み直すことができないんだ。理由の一つは、この本の中に十分な静寂がないからだと思う。言葉が空間全体を占領してしまっているんだ。これは誘惑のためのとんでもない仕掛けだ。おそらくぼくは、

＊52 **ガルシア・マルケス**　一九二八―二〇一四、コロンビアの小説家
＊53 **ヴェルガス・リョサ**　一九三六―、ペルーの小説家
＊54 **アマード**　一九一二―、ブラジルの小説家
＊55 **ネルーダ**　一九〇四―七三、チリの詩人
＊56 **フエンテス**　一九二八―二〇一二、メキシコの作家、批評家
＊57 **アストゥリアス**　一八九九―一九七四、グアテマラの小説家
＊58 **コルタザール**　一九一四―八四、アルゼンチンの作家
＊59 **サバト**　一九一一―二〇一一、アルゼンチンの作家
＊60 **ボルヘス**　一八九九―一九八六、アルゼンチンの作家
＊61 **『百年の孤独』**　ガルシア・マルケスの小説

奴隷状態から、自由の国の市民の状態への決定的な移行だ。厳密に政治的な視点からして、これこそが人類が経験したもっとも根本的な変化だ。

これほどの喜びを与えてくれた本にたいして厳しすぎるんだろう。読者としての権利を行使しているんだけど。ある本をあまり好きでなくても、その重要性を認識することはできるよね。『イーリアス』[*62]ほど退屈した本はない。『オデュッセイア』[*62]はちょっとましかな。ホメロス[*63]は二周目で大いに遅れを取り戻した。しかし彼は乱戦に二冊しか送りこまなかったので、後世に大きな危険を冒したね。

●作家以外に、誰かきみがすばらしいと感じる人物はいる？　ちょっと参考になる人というか、ゲバラ[*64]とか、マルコムX[*65]なんかはどう？

そういうのはあんまり。彼らのせいじゃないけど、ポスター的なところがちょっといらつくな。ヨーロッパでは青少年たちの部屋のどこにも彼らの顔が貼られている。どうしてポスターを飾るのはいつも敗者の顔なんだろう？　トゥーサン[*66]、デサリーヌ、クリストフ[*67]、ペティオン[*68]の顔を見たことがない。彼らはハイチ独立の英雄たちで、「革命」という言葉が「全面的で根本的な変革」を意味するなら、おそらくこれが唯一本物の革命なのに。たとえば、奴隷状態から、自由の国の市民の状態への決定的な移行だ。厳密に政治的な視点からして、これこそが人類が経験したもっとも根本的な変化だと思える。トゥーサン・ルヴェルチュールは元奴隷だが、将軍になり、憲法、一八〇二年の憲法を準備したんだ。ハイチがまだ国家でもなかったときにだよ(ハイチが独立するのは一八〇四年になってからだ)。この男は、当時サン＝ドマングを分け合っていた植民地軍にたいして少なくとも一七回戦いを挑んで負傷したんだけど、けっして忘れていなかった。結局、最後に敵に打ち勝つのは精神だ、ってことを。ほとんど一人っきりの奴隷が、どうしたらこんなに壮大な夢を描けたのか、ぼくはいつも不思議だった。トゥーサンは自分が自由の身になるだけでは満足しなかった。彼は国もまた自由になり、そこの市民である兄弟たちとともに自由になりたかったんだ。トゥーサンが歩んだ道程を測るための指標

＊62 **『イーリアス』『オデュッセイア』** ホメロス作とされる古代ギリシアの長編叙事詩
＊63 **ホメロス** 紀元前八世紀のギリシア詩人
＊64 **ゲバラ** 一九二八—六七、アルゼンチン生まれの革命家
＊65 **マルコムX** 一九二五—六五、米国の黒人公民権運動活動家
＊66 **トゥーサン** 一七四三?—一八〇三、ハイチの独立運動指導者
＊67 **クリストフ** 一七六七—一八二〇、ハイチの軍人、一八〇七年にハイチ国(北部)の大統領となり、一八一一年、ハイチ王国の国王に即位
＊68 **ペティオン** 一七七〇—一八一八、ハイチの軍人、一八〇六年、ハイチ共和国(南部)大統領に就任

が欲しければ、植民地における奴隷の条件を規定していた黒人法典のこの条項を忘れてはいけない。その規定は一八〇二年にボナパルト[*69]によって元の状態に戻され、さらにひどいものになったんだけど。すなわち、「奴隷は動産である」、黒人法典、一六八五年。(ぼくはこれを一九八五年、つまりちょうど三〇〇年後に出版された自分の処女作の題辞として載せたんだ。)

ボルヘス、ボールドウィン、ブコウスキー

●一度、きみが三人のBについて話していたのを聞いたことがある。きみにとってそれはボルヘス、ボールドウィン、そしてブコウスキー[*70]だと思うけど……。

ボルヘスはいつもボルヘスだったわけじゃない。そこがぼくの好きなところだ。彼はボルヘスになったんだ。人はボルヘスに生まれない、ボルヘスになるのだ。[*71]ちょうど鏡の向こう側に行ったアリスのように、虚構の世界に入ったこの作家がぼくは大好きだ。とはいえ、ボルヘスがアルゼンチンという、アメリカ大陸でもっとも民族浄化が成し遂げられた国(今日ではインディアンの痕跡は一つも残されていない)で生まれたことを忘れてはいけない。アルゼンチンの知的エリートは常にヨーロッパで、より正確にはフランスで育っている。アルゼンチンの作家の夢はヨーロッパで評価されることだ。そうでなければ存在している気がしなんだ。アルゼ

ンチンの作家ほどヨーロッパ的な作家はいないよね。ボルヘスとてそれを免れなかった。彼はときおりこの奇妙な状況に抗うそぶりを見せるけれど、一国の全体的な存在様式を前にして、個人にいったい何ができるだろう？　ボルヘスはブエノスアイレスのいかがわしい界隈をたたえた。彼はショーペンハウアー[*72]、ドゥ・クインシー[*73]、ヴァレリー[*74]、ダンテ[*75]、ジョイス、ケヴェード[*76]、スティーヴンソン、あるいはヴァージニア・ウルフ[*77]を注意深く読む。アメリカ人のホイットマン[*78]やアルゼンチン人のルゴネス[*79]にたいして真摯な愛情をいだいているからといって、彼がアメリカ人（合衆国だけでなく、大陸としてのアメリカという意味だけど）になれるわけでは

＊69　**ボナパルト**　一七六九―一八二一、フランスの軍人、政治家
＊70　**ブコウスキー**　一九二〇―九四、米国の作家
＊71　**人はボルヘスに生まれない、ボルヘスになるのだ**　ボーヴォワールのもじり
＊72　**ショーペンハウアー**　一七八八―一八六〇、ドイツの哲学者
＊73　**ドゥ・クインシー**　一七八五―一八五九、イギリスの評論家
＊74　**ヴァレリー**　一八七一―一九四五、フランスの作家
＊75　**ダンテ**　一二六五―一三二一、イタリアの詩人
＊76　**ケヴェード**　一五八〇―一六四五、スペインの作家
＊77　**ヴァージニア・ウルフ**　一八八二―一九四一、英国の女性作家
＊78　**ホイットマン**　一八一九―九二、アメリカの作家
＊79　**ルゴネス**　一八七四―一九三八、アルゼンチンの作家

ない。彼の頭がパリやマドリッドやロンドンにあるとき、肉体はブエノスアイレスにあるんだ。あるいはもっと頻繁に彼の父親の書庫にだ。彼はごく若いときからそこに入ったきり、けっして出てこない。そこで、この勤勉な子どもは言葉によって世界を征服することを夢見たんだ。彼の故郷は、想像の世界の首都である百科事典だ。これはほとんど完全に書物から得た感性だ。「ほとんど」というのは、彼を知っている者にとっては、彼は自分が投影する冷酷なイメージとは正反対だからだ。彼はたしかに老人の頭脳を受け継いだ子どもで、友だちと楽しみ、ブエノスアイレスのカフェで女の子たちをナンパし、食欲旺盛で、ほとんどいつも母親の家で過ごし、見知らぬ人や、わざわざ彼の後をつけてくる（それがすでにより困難なのだけど）誰彼と百科事典的譫言《うわごと》の中で会話するのが大好きなんだ。それにたいして、仮装舞踏会や雑踏や学者ぶったやつは嫌いだ。結局のところ、ぼくがボルヘスについて考えるのは、彼がジョイスやダンテ、ゲーテ[*80]、あるいはシェイクスピアについて語ったことだ。彼は人間であるより、広大で複雑な文学だ。

●きみによれば、ボールドウィンはこの軌跡からは遠いのかな？

ボールドウィンは、一見しただけではボルヘスに似ていない。ボルヘス、ボールドウィン、ブコウスキーという、これら三人の山賊を結びつけたのはぼくだ。彼ら三人が似ているのは、歴史や地理によって与えられた場所に留まることを拒む個人、という点だ。ボルヘスが、ヨーロッパのサロンに南米の大草原《パンパ》の涼しい風を送り込むことができるだけのアルゼンチンの一作家にすぎないことを拒否したとすれば、ジェームズ・ボールドウィンのほうは、黒人作家としてだけ特定されることをけっして望まなかった。ボールドウィンは、アメリカの支配者層とは異なり、黒人のアメリカ人は自分を取り巻く世界について思考し、その発展にブレーキをかけている問題をはっきり突き止めることができると考えているんだ。白人のインテリたちが取りかかるのをためらうこと、すなわち人種差別で腐敗しきったアメリカ社会を客観的に分析することをあえて試みる、このハーレムの飢えた若いニグロとはいったい何者なのだろう？　この問題において、白人と黒人はどんな過ちを犯したというのだろう？　しかし、どこにいるんだろう、この巨人は？　彼がテレビに現れると、アメリカが驚くんだ。説教しているのは、この無能なチビだからね。たしかに彼は巨大な出目をした、見苦しい小さなアヒルだ。そのうえ、ホモセクシュアルときている。これは六〇年代前半のことだよ。ほかならぬこいつが、最初のエセー『誰もおれの名前を知らない』で二十世紀最大の作家であるウィリアム・フォークナー[*81]をたしなめたんだ。たしかにフォークナーは人種隔離の問題にたいして無神経だった。彼は、事を急いではいけない、そんなことをしたら、すでに砦を守っているのは自分たちだけだと感

＊80　**ゲーテ**　一七四九―一八三二、ドイツの作家
＊81　**ウィリアム・フォークナー**　一八九七―一九六二、米国の作家

アメリカは一つの全体だ。黒人たちの悲惨や恥辱は、いつかは白人たちの衰退を引き起こすことになるだろう。白人たちがヨーロッパに戻らないように、黒人たちもアフリカには戻らない。

じている南部の弱小白人を混乱させてしまう恐れがある、と断言したんだ。フォークナーはだから、ゆっくり進めるようにと忠告している。ボールドウィンは、もう二〇〇年もこんなことが続いていて、黒人たちはうんざりしているんだ、というより、南部の弱小白人の心理状態なんてかまっていられない、とつっけんどんに指摘した。ところが、スローガンを使って自分の考えを述べることを拒否したために、ボールドウィンは白人からだけでなく、黒人からも同じように激しく批判されることになった。時代は六〇年代初頭のことで、ほとんど誰よりも先に、この若い作家が『次は火だ』というタイトルの攻撃文で、アメリカに火をつけることになる熾《おき》火《び》の年月を予告するんだ。彼は現実感覚、冷静さ、平静さを失わずに説教する（説教師の息子だからね）。ハーレムで秩序を維持しているとみなされている者たちによって犯されたこれほど多くの不正、これほど多くの殺人を見た彼、これほど多くの侮辱、吐き捨てられた唾、内にこもった憎しみを目の前にした彼がそれでもまだ、黒人の陣営も白人の陣営もどちらも片方だけではこの窮地を脱することはできないだろう、と断言するんだ。アメリカは一つの全体だ。いずれにしても、黒人たちの悲惨や恥辱は、いつかは白人たちの衰退を引き起こすことになるだろう。白人たちがヨーロッパに戻らないように、黒人たちもアフリカには戻らない。完成させ続けなければならないのはアメリカなのだ。何があってもわれわれはそこで生きなければならないが、今のような生き方は続けられない。ボールドウィンの文体もある。正確で、無味乾燥で、客観的なのに、突然情熱的になり、このうえなく鋭敏な抒情性にまでのぼりつめるんだ。

●ブコウスキーはどう？

彼はまさしく発見だった。ある日、ぼくは偶然本屋に入った。新刊がきれいに並べられたテーブルの一つから一冊の本を摑んだ。ブコウスキーというやつだ。なぜか分からないけれど、その名前が気に入ったんだな。ぼくは読みはじめた。最後に店員が、その本を元の場所に戻してくれと頼むんだ。さもないと、そこで全部立ち読みしてしまうことになるから、と。当時ぼくは働いていなかったので、その本を買えなかった。それは『愛は地獄の犬』という詩集だったんだけど、ぜんぜん詩らしくなかった。本当に別ものだった。ぼくはあんまり詩が好きじゃなかったんだけど、とても興奮した。その本はぼくにとって少なくとも五回分の食事に相当した。というのも、ご想像の通り、ぼくは次の週にそれを買いに戻ったからね。ブコウスキーは同じことをいつも繰り返すので、ときどきうんざりすることがある。ロサンゼルス、競馬の賭け、容色の衰えた女、酔っ払い、殴り合い、等々。ところが投げ捨てようとするたびに、以前は気がつかなかったあるフレーズが突然ぼくの喉元をつかむんだ。そして、こんなことを書けるのはとても偉大な作家だけだ、とぼくは思うようになる。ともかく、偉大な作家というのは、いつだって同じことをくどくど繰り返してるよね。ボルヘスだって同じことだ。もし彼が古くからの友だちでなかったら、とっくに家から追い出しているだろう。にもかかわらず、今世紀のどんな精神の持ち主も、ヴァレリーでさえ、彼の足元にも及ばないだろう、とぼくは確信している。ぼくは「精神の持ち主」と言ったけど、それはボルヘスがよい詩人だとも、単なる創作家だとさえも、思っていないからだ。彼は才能あるリサイクル業者だ。ちょっとマルロー[*82]みたいだけど、彼ほど熱情は込めず、もっと優雅だ。

●そして、もう一人のB、ブルガーコフ[*83]はどうかな……?

ぼくは『巨匠とマルガリータ』を昼食の時間に買った。その日は本当に落ち込んでいたんだ。家具の工場で働いていた。すぐに読みはじめたんだけど、それは啓示だったよ。ぼくの人生の偉大な本の一冊だ。こういうときに読者がみんな言うことだけど、ぼくは笑い、泣いた。一冊の本にたいして、これ以上のことは望めないね。

●その工場ではどんな作業に配置されていたのかな?

家具を磨いていた。とくに木製の大きな電灯を、巨大な段ボール箱に入れる前に。一二個ずつ入れなければならなかったんだけど、あんまり疲れていたんで、間違ってばかりいた。上司はぼくが数え方を知らないと思ったようで、学校に行ったことがあるのかと聞いた。結局、上司はぼくをトイレの真正面に配置した。仕事は減ったけど、労働者たちの様子を探って、一日に三回以上トイレに行くやつの名前をメモしておかなければならなくなった。そこでもぼくはあまり有能ではなかった。一週間後には、ぼくは名前を一つもメモしなくなった。上司はぼくをオフィスに呼びつけて、ぼくの生産効率があまりよろしくないと言った。実際ぼくは無能だった。屋根裏部屋で働きたかったんだ。やつらは何もしていないようだったからね。高いところをうろついているだけだった。上司は一瞬考えてから、ぼくにチャンスを与えてくれた。あまり口数の多い人ではなかったけれど、ぼくのことをよく思ってくれていた。ぼくは屋根裏部屋に上った。ひどかったよ。天井がとても低いので、立っている方法はまったくなかったし、座ることも許されなかった。その日、ぼくは死ぬところだった。みんなは、じきに慣れるよ、と言ってくれた。家に帰り、レモン風味の鶏肉をつくって、『巨匠とマルガリータ』を読んだ。もう仕事はなく、素晴らしい伴侶であるブルガーコフがいた。

●今きみが名前を挙げた人たち以外に、誰かいる?

＊82 **マルロー** 一九〇一―七六、フランスの作家、政治家
＊83 **ブルガーコフ** 一八九一―一九四〇、ロシア、ソ連の作家

モンテーニュだね。読者の前で裸になろうとした最初の人だ。『エセー』はぼくが読んだことのあるもっとも美しい作品の一つで、おそらくぼくがこんなふうに書くことを決定づけたテクストだ。モンテーニュはとても古い友人なんだ。モンテーニュのすべてではないけど。最初彼はギリシアやラテンの作家たちの中に自分探しをしていたから。ぼくはむしろ、自分の最後のチャンスは自分自身になることだと確認した彼が好きだ。そして彼がモンテーニュになったのは、絶え間なく書きつづけ、常に真実のしっぽにしがみつき、絶えず自分の魂を具体的に描写することによってだ。ぼくはホラティウス*84も好きだ。彼は滑稽だね。

●ホラティウスが、コミカルだって？

もちろん。彼はとても滑稽で、創意に富んでいる。だけど、彼がそれらを出版したばかりのときのように読まなくちゃいけない。彼は古典作家になってしまっているけれど、そういうふうにではなくて。

●きみがディドロ*85の名前を挙げていた対談のことを覚えているんだけど……。

ああ、そうだね、ディドロ、とくに『ラモーの甥』の最初の部分は全部暗記している。傑作だ。それに、あの機知《エスプリ》、あの微笑は、ディドロそのものだ。ディドロは辛辣だと思われているけれど、そんなことはない。十八世紀フランスのあっさりした機知《エスプリ》がそこにあるが、しかしまた、「リュリのグレゴリオ聖歌からわれわれを解放した」この音楽家の甥を描くディドロの手つきの中には、寛容さもたっぷり感じられる。それにあの語りの迅速さ。ぼくは『運命論者のジャック』以上に速いテクストを文学の中に一冊たりとも知らない。なんという全力疾走《スプリント》だろう。まさしくカール・ルイスだ。[*86] それに、ヘミングウェイが対話を発明したと思っているやつがいるよね（ヘミングウェイを軽蔑してもいけないけれど）……。でも、そういうやつはディドロを読んだことがないんだ！　フランスのエクリチュールは、あるときは、ラップにもっとも近いんだ。ぼくは『運命論者のジャック』の冒頭部分をラップで歌っている二人の若者が簡単に目に浮かぶ。彼の最後の一〇年間を奪った『百科全書』の過酷な仕事のことを考えれば、並外れた働き者でもある。何となく皮相な外観をもった軽快そうなディドロがいる。その一方で、自分の番が来なくても炭鉱に降りていく彼もいる。ぼくは二つのテクストしか暗記していない。『ラモーの甥』の冒頭と、『異邦人』[*87] の最初の数ページだ。これら二人の著者の間には類似性があるように思う。たぶん文体の中に。そしてカミュもぼくは大好きなんだ。彼の地中海

＊84　**ホラティウス**　前六五―前八、古代ローマの詩人
＊85　**ディドロ**　一七一三―八四、フランスの啓蒙主義哲学者、作家
＊86　**カール・ルイス**　一九六一―、米国の元陸上競技選手
＊87　**『異邦人』**　一九四二年発表のカミュの小説

みんなは、どうしてぼくがフランス語圏に心底抵抗しているのか、と尋ねる。その理由の一つは、ぼくがもはや境界を欲していないからだ。

的なところが。女の子とか、サッカーとか、革ジャンとか、ジェームズ・ディーン[*88]の顔とか……。

●そしてカミュはジェームズ・ディーンみたいな死に方をするね！

たしかに彼はディーンと同様、疾走する車に乗っていて死んだ。カミュはときおり、心配している兄貴と同じくらい深刻で陰気になることがあった友人だ。

●正義と母親のあいだで、彼は母親を選んだ……。

その通りだ。ぼくも『帽子のない国』でほぼ同じことを言った。ぼくは『国』という言葉をよく理解できないけれど、ぼくの母のことはとてもよく見える。母が元気なら、国も健全だ。当時、母はけっして旅行をしたことがなかった。ほんの短期間でもだ。母にとって、ハイチは重病人で、枕元を離れてはいけなかったんだ。カミュの仕事は、イデオロギーに人間の顔を与えることだった。死には顔がある。苦しみにも顔がある。彼にとって、このことは絶対に忘れてはならないことなんだ。とくに言説が大量に流れる時代には。大げさな言葉。抒情性。電話の向こうにいる誰かが死にかけているときに。でもぼくは、軽快で、官能的で、夏と海が好きなカミュも好きだな。

●一言、アフリカ文学について。関心はある？　よく読む？　きみは「なじみの客」かな？

いいや、とくに。何も言うことはないな。まったく知らないんでね。と、作家名は省略してこんな見方をしなければならなかった。ぼくのアフリカ文学のイメージは必ずしもよいものではないんだ。今では、友だちが出来はじめているので、もう少しよく知ろうとしているけど。ぼくはこういう人間だ。個人的に人や国や文化を知らなければ、それに興味を持つことはないんだ。漠然とながら興味を感じはじめてはいるけれど、まだ始動装置は作動していない。これってどうかしてるよね。たいていぼくはカリブ人やアフリカ人と一緒にされるのに、その文学をあまり知らないなんて。ぼくをこのグループに位置づける人たちは、同じ肌の色の人は間違いなく同じ文化に属している、とする人種的原則に導かれているんだ。主要日刊紙なら、この部門を担当する人が一人雇われることになる。しかし、ぼくは根本的に、世界中の多くの作家たちに親近感を感じている。でも、いくらそう叫んでも無駄なんだ。いつも同じ系譜のほうに引っ張っていかれてしまうのが落ちだから。これはまったく恥ずべきことだよ。こんなやり方を形

＊88　**ジェームズ・ディーン**　一九三一—五五、米国の俳優

容できるほかの言葉は見つからないね。みんなは、どうしてぼくがフランス語圏に心底抵抗しているのか、と尋ねる。その理由の一つは、ぼくがもはや境界を欲していないからだ。一つ取り払われると、もう一つ別のものが現れる。それが人種、国、あるいは地域による境界でなければ、言語の境界だ。たしかに、境界標は次第にぼくたちから遠のいてきてはいるけれど、まさにそれこそが罠なんだ。だって、境界は境界だからね。動向を見てみよう。人種的境界が存在しているという事実を認めよう。というのも、それは永続するようにできているようだから。しかし、しばらく前から地理的な境界線は少し動いていることが分かる。以前はハイチ人だったけれど、その後、状況に応じてカリブ人かアンティル人[*89]になり、今ではフランス語圏の人間だ。この拡大を可能にするために、地理的境界から言語的境界に移行したわけだ。ぼくは子どものころ、天の川を見ていて、地球がこんなに小さいということを受け入れることができなかったのを覚えている。ほかの惑星、ほかの銀河系を知ることなしに死んでしまうなんて考えると、胸が締めつけられる思いだった。まだ小さくて、人類が月にさえ到達していないということを知らなかったんだ。火星でも、水星でも、金星でも、木星でも、どこにだって住めると信じていたんだ（ぼくの考えでは、よく知らないものに名前をつけることなんてできなかったからね）。すぐに、人は地球にしか住んでいなくて、ぼく自身はハイチにしか生きていないことを教えられた。がっかりしただろう、ってきみは言うだろうけれど、でもそれで終わりじゃない。

書くこと

初めにタイトルありき

●書くことに戻ろう。最初はどんな感じ？　何から始めるのかな？

まず初めに、本を産み出すんだ。紙に書き留めるずっと前に。それは構想なんてものじゃなくて、もっとずっと踏み込んだものだ。ときおりぼくは、ある本をタイプライターで打っているあいだに、頭の中で別の本を創作していることもある。でも、最初に思い浮かぶのは――実際に書きはじめる何年も前のことも多いんだけど――、タイトルだね。それは本の根本的な要素だ。もちろん、ぼくにとって、ということだけど。エミール・オリヴィエにとっては、それ

＊89　**アンティル**　西インド諸島の主要部を構成する島々

タイトルはぼくにとって本のエッセンスだ。

が最後まで気がかりなものだ、ということをぼくは知っている。多くの場合、タイトルを彼に提案してくれるのは出版社だ。ぼくは、それにどんな本が合うのかも分からないうちから、タイトルだけ思いつくこともある。

●たとえば?

ぼくたちが今つくっているこの対談集。ぼくはこのタイトル(『ぼくは生きるように書く』[*1])をずいぶん前から持っていたんだ。対談のことを考えていたわけではなくて、その種の何か、最初の総括のようなものを考えていたんだけどね。ぼくは、自分がしてきた読書や旅、文体、日常生活、自分の物の見方、書いた本についての自分の考えをまとめたかった。それは、ぼくの仕事の中にある一貫性のようなものや、自分の生活と本のあいだにはまったく距離がないということなど、さまざまなことを読者に理解してもらうためだった。この件に関して自分がどの辺にいるのか知るために、この本を書きたかったんだ。ぼくにとってタイトルとは、その本が正確にどんなものなのかを教えてくれるはずのものだった。タイトルはぼくにとって本のエッセンスだ。ぼくが『痴愚神礼讃』と言ったら、突然目の前に友人のエラスムス[*2]が見える(彼とはしばらく前からちゃんとした会話をしてないな。ねえ、エラスムス、最近どうしてる？　あまりきみに会わないね。連絡してくれよ。彼はよそにいて、自分だけで何かやっているけれど、そのうち戻ってきてくれるだろう）。ぼくが『失われた時を求めて』と言えば、作品の中に全プルースト[*3]がいる。それは著者や本によるのかもしれない、よく分からないけど。正体をはっきりさせるためにタイトルを必要としない本というのもある。逆に、漠然としてものであったとしても、タイトルが必要な本もある。内容に反するタイトルとともに、そちらの方向に進んでいける本もある。タイトルというのは誰かの名前のようなものだね。自分があまりに力強いので、最終的に、おだやかで軽やかで香しい名前に攻撃的な性格を押しつけてしまう人もいる。たとえばセリーヌ[*4]なんかがそうだ。「セリーヌ」という語ほど穏やかなものはないよね。でも『夜の果てへの旅』（これもまた本の中身と切り離せないタイトルだ）の著者のことを考えたら、むしろ一斉射撃や軍靴の音が聞こえてくる。タイトルを見つけてほしいと言って、ぼくに原稿を送ってくる人がたくさんいるけど、それは無理だ。彼らに代わって彼らの子どもに名前をつ

＊1　**『ぼくは生きるように書く』**　本書の原題
＊2　**エラスムス**　一四六六―一五三六、ネーデルラント出身の人文学者、神学者
＊3　**プルースト**　一八七一―一九二二、フランスの作家
＊4　**セリーヌ**　一八九四―一九六一、フランスの作家

けることなんて、ぼくにはできないもの。突飛な思いつきなんかじゃないんだ。もっとずっと深いものなんだ。ぼくの処女作が成功したのはタイトル（『ニグロと疲れないでセックスする方法』）のおかげだ、とよく言われたものだ。でも、それは本当じゃない。それどころか、人びとは、かつがれたと感じたら怒るよね。本が出版されたとき起こったのもそれだ。多くの人たちはポルノ本だと思って、無鉄砲に冒険に突進した。彼らは少しがっかりした。この本は、文学や絵画やジャズ、酒、女の子、それにセックスについても語っているけれど、それは分析的あるいは政治的側面からで、どちらかというとインテリっぽいからね。不運にもめげず、ほとんど信じがたいことに、本を読み終えるまで自分の意見を保留した人たちさえいる。こんなだから、一五年後でもまだ、この本は本屋の棚に並んでいるんだ。

●たしかに、きみのすべての本が最初のほど挑発的というわけではないね。

ぼくの幼年時代を語った二冊の本のタイトルはとても穏やかだった。『コーヒーの香り』と『限りなき午後の魅惑』だ。それは無為安逸、田舎、陽の当たる人通りの少ない道、午後二時頃マンゴーの木の下でコーヒーを飲んでいる人たち、カリブのターコイズブルーの海、今でもぼくに取りついて離れない生活術を感じさせる。つまり、幼年期ってことさ！　そのあとはポルトープランスだから、もう少し厳しくなる。若い語り手は今では思春期に入っている。本は『乙女たちの好み』という名だ。このタイトルはかなり凝っているよ。なぜならみんなが思うような内容ではないからね。好色な年寄りや市井の青臭い少年が乙女たちにたいして持ちうる好みではなくて、むしろ彼女たちのほうが、どんな形態であれ人生にたいしてもっている好みのことなんだ。

●それでも、この本にはセクシュアリティの部分もあるよね。

そうだ、しかしそれは彼女たちのほうが持っているものだ。彼女たちを消費することはできない。よく熟した南国の果物ではないからね。これらの娘たちは通り過ぎるときにあらゆるものに甚大な被害を与えるんだ。少なくとも、ぼくは四月の素晴らしい午後、そんな彼女たちを見かけた。彼女たちはぼくにはサイクロンのように美しく見えた。

きみの原動力を見せてくれ

●きみの仕事の中身についてはまたあとで戻ることにしよう。さしあたりぼくが関心をもっているのは執筆のテクニックだ。きみはいつも立っている作家かな? それともいつも同じ椅子に座っている作家、いつもビストロにいる作家……、どれかな?

いいや、ぼくはビストロでは書かない。それはぼくの好みではない。最初、モンレアルでは、

『ニグロと疲れないで
セックスする方法』

『コーヒーの香り』

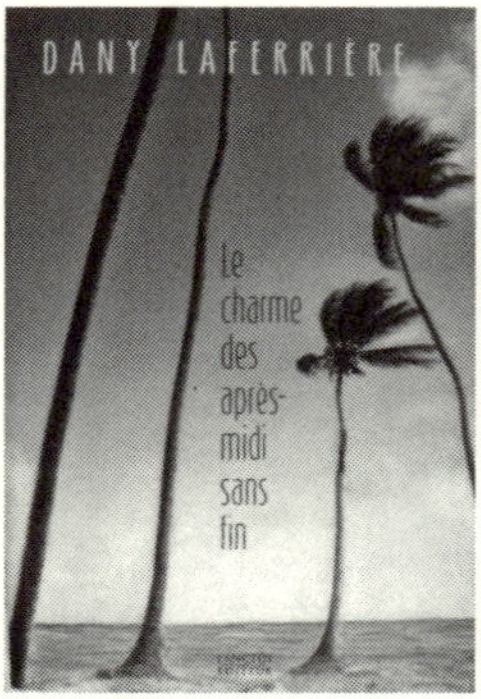

『限りなき午後の魅惑』

『乙女たちの好み』

『甘い漂流』

アパートからあまり遠くない公園で書いていた。サン＝ルイ公園で。最初の二冊はそこで書いたんだ。マイアミに到着するとすぐ、さっき話した木の正面にある窓のそばで書くのが習慣になった。旅行中に、動きながら書いた本が一冊だけある。『甘い漂流』だ。

●きみは朝型？　夜型？

セックスのこと、それとも文学のこと？　通常、夜セックスする人は朝書くよね。ぼくは全部朝するけど。だから早起きだ。

●で、一日をどう過ごすの？

ああ、微細を知りたいんだね（笑）。

●いいや、きみの性生活のことではなくて、文学のことを話しているんだ。

ぼくの生活は細分化していない。セックスしたあと、よく裸のまま書いているよ。

●それは分かったけれど、そのほかはどう？

娘たちの世話をする。学校に行く前に朝食をとらなければならないからね。妻はもっと後から降りてくるんだ。一緒に新聞の解説をして、そのあと彼女は大急ぎで仕事に出かける。家は空っぽになる。もう、ぼくとタイプライターだけだ。ぼくの小さな仕事部屋は上階にある。ぼくは階下で少しぐずぐずする。最後に、外に出て、公園の湖の周りをたっぷり散歩してくる。人工の湖だけどね。マイアミではすべてがそうだ。ぼくは書こうとしていることに思いを巡らせながら歩く。いつもプラハの幼子イエスにちょっとお祈りをするんだ。これから入っていく執筆《エクリチュール》の夜の中でぼくを助けてくれますように、ってね。毎朝、頭を空っぽにして公園に到着する。そして三〇分後には、日々の奇跡が成就するんだ（創造の日々の糧）。ぼくは完全に充電されたと感じる。すぐに戻って、タイプライターの前に座り、一日を始めるんだ。

●今、そのタイプライターの前に座っていて、最初の白いページを前にして、何か不安は感じる？

ぼくは、いつも前日に書いたページを書き直すことから始めて、その不安を避けるようにしているんだ。完全に書き直し、書き直しながら四つか五つの文を書き足す。もっとずっと多くなることもあるけど。それによって自分が書いた文章が新しいページにまではみ出るから、もう白いページはなくなる。

●どうやって一日の仕事を終えるのかな？

ああ、そう、それは重要だね。ぼくはページを書き終える。いつも極度の疲労を感じる前にやめるんだ。疲れすぎるのは嫌いなんでね。ラム酒を一杯注いで、長いあいだ何も考えずにいるんだ。それから、手書きで、翌日すべき仕事についていくつか気がついたことを書きなぐる。描写だったり、対話の切れ端だったり、ごく些細なことだけど、手ぶらで到着しないですむようにだ。

●あいかわらず古いレミントンを使っている?

ずっと古いレミントンだったけど、今ではがたがきている。しばらく前から小さなスミス・コロナを使っている。レミントンの時代はもう終わりだ。

●レミントンはもう修理してもらえないのかな?

だめだろうね。

●きみにとって、執筆時期というものはある?

自分で選んだわけではないけれど、時とともに、ほかの時期より適した時期があるような気がしてくるものだね。ぼくにとって八月と九月は何もない。家族と休暇を過ごし、別のことを考えようとする。言っておかなければならないけど、ぼくは作家であることが大好きだ。しかし、自分の肩書を証明するために本を書かなければならないと考えるのは大嫌いだ。ぼくの口

ぼくは作家であることが大好きだ。しかし、自分の肩書を証明するために本を書かなければならないと考えるのは大嫌いだ。

約束を人びとは信じてくれるべきだ、とうぬぼれて思うんだけどね。そうだ、ぼくには作家としての感性があると思う。それだけで十分なはずだと思えるんだ。ところがそうはいかない、証拠が必要なんだ。本というね。だから書かなければいけない。ぼくを憔悴させるのは、本を書くと考えることだ。とくに仕事を始める前には。いったん開始してしまえば、これ以上に激しい感覚というものはなくなるからね。分かち合われた愛と猛烈な歯痛は別だけど。本の核心に潜り込んでいく喜び以上に刺激的な喜びも、オルガスム以外にはない。とくに、たいてい一二〇ページあたりまで来たときだけど、たぶん本を手中にしていると感じたときにはね。でも、ともかく、いらだってはいけないのだと思う。本はいつ何時、指のあいだから滑り落ちてしまうか分からないから。だからこそ、ぼくはこの執筆しない二カ月にこだわっているんだ。

●三時間、三日間、三カ月間取り組まなければならないんだろうか?

ぼくは圧縮された時間の中で書くんだ。いつも急がなければならない。出版社が待ちかねているから。だから書く。とても速く。それがぼくの仕事のやり方になったんだ。ある文章のために一週間くれれば、一週間でやる。でも同じ文章のために三カ月くれたら、時間どおりに終えられない恐れがある。そういう人間がいるんだと思う。でも圧力をかけられるのは嫌いだ。ぼくのことを信じてくれなきゃいけない。ちょっとでも疑われたら、すべてが崩れてしまうんだ。最悪なのは、ぼくが完全にどうでもいいと思っていることだ。どんな本でも途中でやめられるし、二度と再開しなくてもいいんだ。

●そういうことはすでにあった?

いいや、でも、そうできることは知っている。

●それぞれの本は一定期間内に書かれるけれど、その間の数カ月は引出しにしまわれて、そのあと推敲されることもあるのかな?

一冊の本を書いている最中にもう一冊の本がぼくをとらえてしまうということは、これまでにもあった。これは取っ組み合いの喧嘩か、所有の危機だね。そうなると、原稿を引出しにしまって、新しいほうに専念しなければならない。当然、それは闘いなしに行われるわけではないよ。ぼくは、そんなことをしてはいけない、それは優しくない、愛する者をそんなふうに扱ってはならないし、それは無作法者や裏切り者の振舞いで、本のほうがぼくを捨てる気になってしまったりしたら何て嫌だろう、などと考えるんだ。要するに、新しい本がぼくの頭の中に小さな王様のように居座ってしまったら、たいしたことはできないと知りながら、理屈っぽく考えるんだ。たとえば、ぼくは『限りなき午後の魅惑』をあまりにたびたび後回しにしなければならなかったので、最後にはこの本のことを忘れてしまっていたんだ。ある日、何か食べるものがないか探していて、黄色い大きな封筒を見つけた。それはぼくの作家人生にとっていちばんすばらしい贈り物だった。本がそこにあったんだ。ほとんど修正を加える必要のない状態で。ぼくはそれを出版社に送り、そのまま出版された。しかも、それは読んでいて、とても心地よい本だ。

●きみはそれがまだ終わっていないと思っていたんだろうか？

もちろん、まだ何カ月か取り組まなければならないと思っていた。原稿はせいぜい八〇枚だと思っていたら、二八六ページあった。誤字だらけで、よく書けていない、要するに初稿だと思っていたんだけど、そんなことはまったくなかった……。

●ちょうどいい、きみはどんなふうに推敲するの？　きみの実験室に入らせてくれないか。

それがどんな役に立つのか分からないな。作家はそれぞれ思い通りにやるだけなんだから。

●そうだ、でも今はきみについてだ。

それはややこしくて、ちょっと偏執狂っぽいんだけど、少なくともぼくはとても急いでやるんだ。たいていの場合、こんなふうに。湖の周りを散歩したあと、九時半ごろに書きはじめる。まず初めに、それぞれのページを、それがよいと思ってもそうでなくても、最低三回は書き直す。書き直すたびに、さまざまなことが付け足される。些細な修正が加えられたり、新しく考えたことが挿入されたりする。五〜六ページこんなふうにやる。午後二時頃、仕事を止めて、学校から戻ってくる娘たちのために昼食の準備をする。調理しているあいだ、グラビア雑誌や写真集（ぼくは写真が大好きだ）をめくったり、さもなければ中庭に行って、ただ鳥たちを眺めたりする。火を弱めて、仕事に戻る。全体を完全に手直しして、もう少し肉付けする。娘たちが戻ってくる。みんなで食卓につく。ぼくはあまり食べない（サラダくらいだ）、さもないと午後中寝てしまうからね。それから上階に戻るんだ。とても調子がよければ、たっぷり一〇ページは書ける。そうでなければその半分でよしとしなければならないし、三ページ止まりになってしまうこともある。ぼくが『主人の肉体』を書いていたときは、一日二〇ページも容易だった。これはとても楽しく書いた本だな。

●初稿ができあがったらどうする？

すぐに書き直して第二稿をつくり、出版社に送る。出版社はそれを読むとぼくを呼びつけて、気に入ったとか、そうでないとか言い、二〜三人の下読み係に読ませて講評させる。それをわりと早くぼくに送り返してくる。全部でせいぜい一週間というところだね。ぼくはまず文法上の修正から始める。それから書き込みを見る。書き込みには関心はあるけれど、それに従うことは稀だな。それから、内容に関わる作業に取りかかる。すると、ぼくはひどく不機嫌になる。すべてがぼくの気分を害する。電話が鳴っているのをおぞましそうに見る（普段はぼくが大好きなものなんだけど）。ちょっと何か言われても、つっけんどんな返事をする。口を利かなくなるんだ。ほとんど吐きそうなほどだ。こういうときに家で使われる慣用表現は、ぼくが水面下にいる、だ。娘たちまで、電話してくる人たちに「父は水面下にいます」と繰り返すんだ。ぼくはつかまらない。しかるべき理由もなしにぼくと連絡をとろうなんてやつには災いあれ、だ。ぼくは新しいプリズムを通して本を完全に見直さなければならない。まったく違った本になるかもしれない。しかし、このような仕事に取りかかるには、この異なる眼差し（出版社の下読み係の）がぼくには必要だったんだ。下読み係の女性の一人は、ぼくが彼女の忠告に従わないと言って、よくぼくを非難する。彼女が注意深く新しい版を読めば、ぼくがそれらの忠告を考慮していることが分かるだろう、っていつも返事をするんだけど。

●よく理解できないな……。

つまり、彼女が何か指摘するたびに、よく見てくれれば、ぼくが修正したことが分かるはずなんだ。ただし、彼女が期待したのとまったく同じというわけではない。彼女の批判はたぶん正しいのだろうけれど、著者はぼくだ。彼女が欠陥を見つけたとしても、直し方を知っているのはこのぼくだ。ぼくはそれが自分の本だっていうことを忘れることはけっしてない。これはぼくの問題なんだ。ぼくが生きているかぎり、その本に責任をもっているのはぼくだ。その一方で、ぼくは多くの点で著者としての見栄をまったくもっていない。芸術家たちって、そんなものだよね。とても柔軟そうに見えて、突然反抗的になる。屈することを拒否するんだ。それが仕事のプライドってものさ。

●中間の人はいない？　友だちや近親者に読んでもらいたいと思ったことは一度もない？

まったく、一度も。最初から最後まで。一〇冊のうちどれも。読むのは発行人とその下読み係だけだ。妻は本が出て初めて読む。最後の修正が終わると、ぼくはいつも妻に原稿を手渡すんだ。そのときになって彼女は本のタイトルを知る。彼女はゆっくりその重みを確かめてから、ぼくの目をじっと見る。これはぼくが好きな儀式だな。小説を書いている最中の人間と生活するっていうのは、並大抵のことじゃない。とても辛抱づよくなくてはならない。ぼくが本を書いているとき、ぼくは単純に手がふさがってしまう。別世界に行ってしまうんだ。緊張して、すぐいらだつし。書き終わると、もっとひどい。最初の正当なる読者――本屋に行って、その絶望的な本に金を払い、その晩から読みはじめようってやつのことだけど――に届くまではね。だからぼくは妻に「もうおしまいだと思う」って言うんだ。すると彼女は少し悲しげな笑みを浮かべながら、「ええ、これについてはもうおしまいね」って答える。

●どの瞬間に、きみは本が完成したと考えるのかな？　何がきみに「さあ、おれが言いたかったのはこのことだ」と言わせてくれるのかな？

そんな重々しいことをぼくに言わせてくれるものは、何もないよ。問題は、ぼくが自分で書いたものを冷静に読み直すことができない、ってことだ。読み直すのは、修正しながらだな。ある本を三度目にタイプしていて、もう付け足したり削除したりすべきものは何もないと思えてくると――中身についてのことだけど――、終わりが近づいたと思う。そうしたら、修正を始めるんだ。これはぼくが好きな部分だ。しばしば文を切らなければならない。修正の最初は、なす術がなく、これはだめだ、ひどすぎる、と感じてしまう。そういうときは、少なくとも一週間は文章を寝かせておかなければならない。あとで戻ってみると、文章の中に入り込める。うつむいて仕事をする。突然、鼻の先が現れてくるのが見える。それから文章全体が。しばらく息を飲む。これはまさしく書きたかったことだ。疑いが少しあとで訪れるけれど、時すでに遅し。誰にも会わずに何日も最終稿をタイプする喜びに勝るものはないね。

この本はぼくをたたきのめした

●きみをもっとも手こずらせた本はどれ?

『狂い鳥《カツオドリ》の叫び』だ。ぼくはそれをグリニーの「作家の家」に滞在しているあいだに書くつもりだった。結局のところ、味わうものがこんなにあり、知るべき人がこんなにいる新しい町に到着したばかりで、部屋に閉じこもって仕事するなんて、ぼくの柄じゃない。本当にそれに取りかかったのはマイアミに帰ってからだった。でもそれは苦難そのものだったよ。ずいぶん遅れていたので、急がなければならなかった。一日一八時間近く働いたな。この本を書くのは本当に手こずった。それが身体的な苦痛だけではなく、父親の喪に服していたせいでもあると分かったのは、終わりかけてからだった。父は一九八四年にニューヨークで亡くなったんだけど、そのせいでぼくは身体的に病気だったんだ。この本はぼくにとって、けっして単に一冊の本というだけではない意味がある。

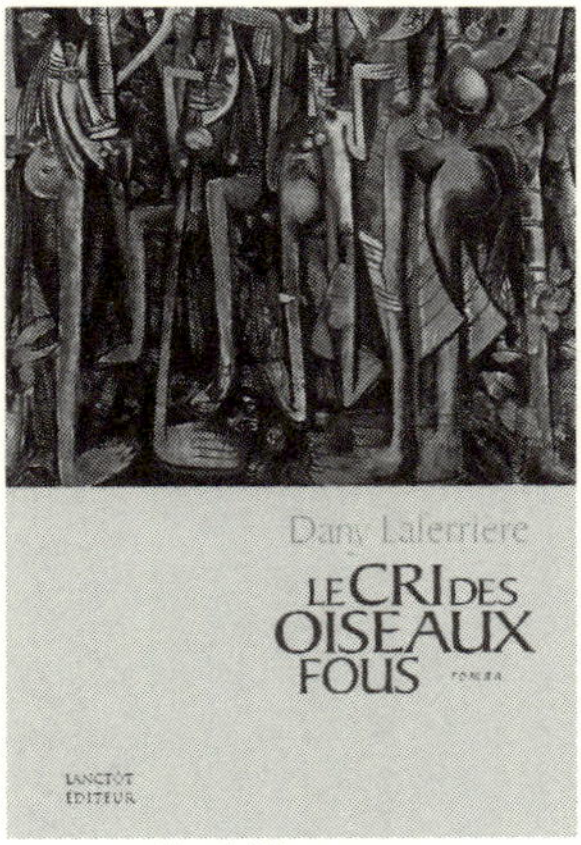

『狂い鳥《カツオドリ》の叫び』

デュヴァリエ・サイクロン

●きみがこの本の中で描いている時代は、ハイチできみにとってとても困難な時期だったね。

ぼくはデュヴァリエ・サイクロンの目の中で成長したんだ。

ひどいものだった。国が粉々に砕けるところだった。人びとはいたるところからジャン＝クロード・デュヴァリエに要求していた。いちばんましな場合で、選挙を準備するようにと、最悪の場合は、権力の座から身を引くようにとね。一九七六年のことだ。ぼくは二十三歳だった。友人たちと一緒に、『プチ・サムディ・ソワール』という週刊新聞とラジオ・ハイチ＝アンテールでジャーナリストとして働いていた。この二つはデュヴァリエの独裁的な権力に異議を唱えていた報道機関だ。ぼくたちに脅威が襲いかかってきていたのは言うまでもない。いつも尾行されていた。秘密警察員《トントンマクート》はぼくたちを撃ち殺すために、政府から命令が降りるのを待っていたんだ。

●その命令は、ある国際的な保護のせいで来なかったんだね……。

その通り。人権問題が話題になっていて、ハイチ政府は人権団体と国際的な報道によって注意深く監視されていた。それでも秘密警察員《トントンマクート》は、ぼくの友人でジャーナリストのガスネル・レモンを撃ち殺したけど。

●きみの作品に糧を与えているのはそういう出来事なんだね?

見た目は軽々しそうでも、ぼくの人生は相当激動していた。ぼくはデュヴァリエ・サイクロンの目の中で成長したんだ。サイクロンに名前をつける習慣によればだけど、サイクロンはせいぜい一晩しか続かない……。しかし、デュヴァリエという名のやつは二九年間も続いたんだ。

●当時、きみの日常生活はどんなふうだった?

ジャーナリストとして働いていたんだけど、稼ぎはとても少なかった。わずかな基本給と売るべき新聞の束が与えられていた。ぼくには常連の購読者がいたので、少し金になった。毎日ラジオで働いていたけれど、無給だった。『ヌヴェリスト』という日刊紙にも定期的に記事を書いていたけれど、こちらも無料だった。ハイチでの問題は、文化や情報は酸素と同じように只だと思われていることだ。ぼくの義理の弟で作家のクリストフ・シャルル[*5]はものすごい文化活動家で、毎年一冊本を出版していたのを覚えている。彼は本を売ろうとして、束を脇に抱えて官庁街に出かけていったものだ。ぼくもついていったんだけど、いつも驚くことに、政府の役人たちが彼に本を贈呈してくれとせがんでいるんだ。もちろん献辞入りでね。彼は、ポルトー

＊5　**クリストフ・シャルル**　一九五一―、フランスの作家

プランスのいくつかの学校で文学の授業を担当していた以外は、まったく給料をもらっていなかったんだよ。それなのに、彼にとっては目の玉が飛び出るほど高かった本をただであげなければならないなんて。ハイチでは本にたいする助成は皆無だからね。この国では文化に身を投じる者は餓死を覚悟しなければならないんだ。詩人の肩書は、ジャーナリストにすぎなくてもすぐに与えられる。でもそれは、真剣に取り合わないためなんだ。ハイチ人にとって、詩人は時々投げつけられる餌で生きている一種の鳥のようなものなのさ。当時、ぼくの母も叔母たちも働いていなかったので（叔父だけが通産省の監督官として働いていて、レモンド叔母さんもすでにマイアミにいたので毎月為替を送ってきてくれていたけれど）、月末には金銭的に困窮していた。中流階級の大半の人たちがすでにこういう状態だったし、今でもそうなんだから、庶民については推して知るべしだね。

●そういう若いジャーナリストたちと、政治や文学や経済状況について議論していたんだね。きみたちは小さなグループをつくっていたんだね？

最初ぼくたちはすべてを分かち合う友だちグループだった。よく助け合っていた。ぼくたちの一人が小さな黒いホンダをもっていたんだけど、それはグループの車だと見なされていた。安食堂で一緒に飯を食ったものだ。この同胞愛はぼくにとってとても重要なものだった。

●きみたちは本当に危険だと思っていたんだろうか……?

そうとも言えるし、そうでないとも言える。二十歳では、人間は不死身だ。それに、正しい道を歩んでいたら、死ぬことなんてありえない。ぼくたちは正義を擁護し、政権に問い質《ただ》していたんだ。それに、有名になりはじめていたので、政府はある意味、ぼくたちを恐れていた。高齢の秘密警察員《トントンマクート》はパパ・ドックの時代を懐かしく思い出しながら、どうしてこれらの若者たちを規律に従わせられないのだろう、と考えていた。彼らは人権というこの新しくて奇妙な概念をなかなか理解できなかったんだな。ポルトープランスではぼくたちは知られていたので、あえて妨害されることはなかったけれど、地方では体制の無知なおまわりたちの意のままになっていた。

●きみ自身は警察につけ回されたことがある?

常に漠とした威嚇があった……。そう、一度、幸福の町《ヴィル・ボヌール》*6という、毎年、全国から大勢の人たちが訪れる巡礼地でのことだった。政府が民衆の祈りを聞き、彼らがどれほどつらい思いをしているのか知るためにスパイを送り込んだんだと思う。その年、ぼくはハイチについてのドキュ

*6 **幸福の町《ヴィル・ボヌール》** ハイチ中部にある風光明媚な町。カトリックとヴォドゥ教の聖地

メンタリーを制作していた二人の女性（一人はユーゴスラビア人で、もう一人はフランス人）に付き添っていたんだ。当然、そんなことは禁止されていた。だから危険だった。秘密警察員《トントンマクート》の一人はぼくがそれらの外国人と何をしているのか知りたがった。ぼくは自分がジャーナリストで、彼に報告するようなことは何もない、とつっけんどんに答えた。

●しかし、そんな行為はきみの命を危険にさらすことになっただろう。

ぼくは彼の尋問がそれ以上続いてほしくなかった。そうなったら、本当に危険だった。まず、二人の女性のうちの一人は東欧から来ていたからね（これは間違いなく死だ）。それに、彼女たちはお金をたくさん所持していた。秘密警察員《トントンマクート》は、その金を奪うために適当な理由をつけてぼくたちを殺したかもしれない。ぼくは勝負に出て、うまくいった。それ以外に方法がなかったんだ。こういう国で生き延びたければ、即断しなければならない。ぼくはおそらくこの時代に、まるで危険が常にぼくを狙っているかのように、すべてのことをとても速くやる習慣を身につけたんだろう。

暴力の一撃

さっき……、どうしてこのことを話さなかったのか分からないのだけれど……、しばらく前に一冊書き終えていたんだ（『限りなき午後の魅惑』）。でも、『帽子のない国』[*7]の直後に出てほしくなかったこともあって、すぐには出版しなかった。二冊の本はぼくが祖母（『限りなき午後の魅惑』）と母（『帽子のない国』）にたいして抱いている愛情について語っている。みんながぼくのことをただのマザコンだと思うんじゃないかと不安だったんだな。母親や祖母のことばかり話しているやつのことなんて、どう考えたらいいか分からないからね。

●冗談だろう？

残念ながら、そうじゃない。それは、ぼくがおとなしくなったなどと、ありとあらゆるばかげたことを書くのをやめない批評家たちのせいだ……。だから『帽子のない国』のあと、ぼくは彼らの股のあいだに『主人の肉体』[*8]を食らわせてやったのさ。当然のことながら彼らは、このテクストが火傷しかねない危険なものだとは感じなかったふりをしたけどね。これはぼくが書いたもっとも破壊的な本だ。しかしそれは、彼らがつくりあげた「静かになった作家」の理論を壊すものなので、彼らは目をつぶったんだ。事情に通じている若者たちはそれに飛びついた。『主人の肉体』のあと、『限りなき午後の魅惑』を出版することができた。ぼくは愛情をこ

*7 **『帽子のない国』** 一九九六年刊
*8 **『主人の肉体』** 一九九七年刊

ぼくらは常に現在と未来という二つの前線で戦わなければならないんだ。明日の読者を夢見ながら、今日の読者を説得しなければならないのさ。

『主人の肉体』

『帽子のない国』

めた二冊の本のあいだに性的・政治的な激しさをもった本を差し挟んだことを後悔はしてない。

●何かへの反応として書くことはある？

表面的にはそれには一定の重要性があるけれど、実際には、本当の読者にとってはなんの意味もないね。ぼくらは一方で、時代の好みや流行、批評家たちの気分といったものと戦っているけれど、他方では、遠くのものを見据えるという自分たちの仕事をしなければならないんだ。日常の泥のなかに足を取られている者たちは、作家が彼らと共にいると信じているけれど、実際には作家はずっと遠く、海を目の前にしていて、ランボー的永遠[*9]を夢見ているんだ。作家というものは永遠を夢見てしかいないと信じている者もまた間違っている。だって、作家は人生の鼻先で起きていることも直視しなければいけないからね。彼が執筆に夢中になっているあいだ、知らぬうちに自分の周りですべてが崩れ落ちていかないように気をつけなければいけない。もちろん、理想的な読者というのは、作家の本を出版から何年も経ってから見つけるやつだ。つまり、本がもはや出来事ではなくて、本になってから、ということだけど。しかしその前に、最初の障害物、すなわち現在という障害物を乗り越えなければならない。ぼくらは常に現在と未来という二つの前線で戦わなければならないんだ。明日の読者を夢見ながら、今日の読者を説得しなければならないのさ。

吾輩は日本作家である

●内容のことを話しているけれど、きみはお決まりのレッテルを貼られないために戦う必要もあるよね……。

たとえば、移民作家、エスニック作家、カリブ作家、混交の作家、ポストコロニアル作家、黒人作家……。ぼくは、どんな姿勢をとっても、背中にレッテルを貼られるように宣告されて

＊9　**ランボー的永遠**　『地獄の季節』所収の詩「錯乱」II参照

ぼくは作家とみなされたいんだ。その場合、許容できる形容詞は「上手い」作家か「下手な」作家だけだ。

いるんだ。さっきの話に戻ってしまうけど、最近はフランス語圏作家だ。それって何だい？　ソレルス[10]のこと？　アメリカ人にとって、彼は民俗作家のようだね。パリの民俗学を理解しなくちゃならない。どっちにしても、ぼくはまだ誰からも「民俗作家」っていう平手打ちは食らわされてない。ソレルスは自業自得だよ。パリやらヴェネチアやらについてあれだけ挿入句や引用、機知に富んだ言葉、描写を使って、フランス人作家の大きな肖像画の内部に小さな肖像画をたくさん描き込んでいるんだから。フランス文化――まあ、パリ文化ってことだけど――をよく知らなければ、ソレルスを読む難しさは分からないだろうね。ぼくが熱帯の、あるいは太陽のような文体をもっていると書くやつがいたら、そいつをぶん殴ってやるよ。ものを書くやつのことを作家だって言うのはそんなに難しいことかい？　ほら、冒頭の部分を逃した人がいるといけないので、もう一〇〇回も繰り返していることを言うけど、ぼくは作家とみなされたいんだ。その場合、許容できる形容詞は「上手い」作家（ぼくはもちろんこの形容語のほうが好きだけど）か「下手な」作家だけだ。極端な話、ハイチ系の、あるいはカリブ海の、亡命した（ああそうだ、亡命というのを忘れていた。亡命文学に関する博士論文について議論するために学生がぼくに会わない月はないね）すぐれた作家と形容されるよりは、単にへぼ作家と呼ばれるほうがよっぽどいい。ぼくはニグロの作家として扱われることもある。いったい何を聞かされることやら。まあ、落ち着いて！ ああ、このニグロたちはまったくユーモアのセンスのかけらもないんだから。怒らないで、わたしが言おうとしていることを理解しようとしてみたまえ。

●一瞬、きみがわたしに向かって話しているんだと思った。

きみは、本当に自分がニグロだと思ったんだね！（笑）

●まさに、きみに貼られるレッテルについてだけど、実際にレッテルを貼られること自体は拒否するにしても、きみはある共同体に属しているとは感じていないのかな、それともきみはあらゆるレッテルを拒む個人なのかな？「カリブの作家」というとき、日本作家やチェコの作家よりカリブの作家たちに親近感を感じながらも、レッテルそのものは拒否することもできるよね？

そうだね。でもぼくは自分がそんなにカリブの作家に近いとは思っていないんだ。たんに地理的な侮辱を受けているだけで。もちろん、この地方に友人はいるし、そのうちの何人かは作

＊10　**ソレルス**　一九三六—、フランスの作家

『吾輩は日本作家である』

家だ。でも、友だちはあちこちにいる。自分と同じ土地の出身でないと、友だち度が低いのかな？　ぼくの友だちはぼくの友だちだ。二流の友だちなんて、いない。ぼくは本を読む前にその作家の国籍を見たりはしない。ぼくが影響を受けるものはいたるところからやってくるんだ。自分の心にたいして、ぼくはなんの力ももっていない。心は自分のしたいようにするだけだ。自分がアメリカのジャズ・ミュージシャンだと信じ込んでいる日本人たちがいる。ぼくは『吾輩は日本作家である』[*11]というタイトルの本を書くことを夢見ている。それに、自分の本の中に描く風景がカリブの風景だからといって、ぼくがカリブの作家になるわけじゃないよね。語彙が言語を規定するわけじゃないので、どんな言語と向きあっているかを示してくれるのは統語法だ。クレオール語を例にとってみよう。九〇パーセントの語はフランス語だけど、だからといってフランス語じゃない。その証拠に、おそらくフランス人にとってよりアメリカ人にとってのほうがクレオール語を学ぶのは簡単だろう。それはまさしくぼくが置かれた状況なんだ。ぼくが描く風景がマンゴーの木で埋め尽くされているからといって、ぼくがカリブの作家になるわけじゃない。マンゴーの木を桜の木に変えさえすればいいんだ。人びとはぼくにこう言うかもしれない。「あなたはカリブ出身のナイポール（彼も、ぼくの知るかぎり、カリブの作家とは自称していないが）のように幼年期のことを話すのだから、あなたはカリブの作家に違いありませんね」と。そして、ぼくが幼年期のことについて『コーヒーの香り』という本を書いたので、彼らはすぐぼくをコンフィアン[*12]と比べるんだ（彼は『コーヒーの水』という本を書いた）。コンフィアンと比較されるのは少しも不名誉なことではないけど、その比較がぼくたちの二冊の本に「コーヒー」という語が共通していて、二人ともカリブの出身だからというだけで行われるなら、あまりに表層的なやり方だと思うな。それに「カリブ」という語には、あらゆる要素がふくまれているんだ。地方色、常に青々とした風景、独裁体制、植民地的依存。作用するのは他者の視線だ。そしてぼくが第一に逃れたいのは、その視線からなんだ。読者は、うんざりするほどぼくがこの問題に立ち戻るという印象を持っているだろう。それは、ぼくとしては、この問題にきっぱりと決着をつけてしまいたいからなんだ。なんて無邪気なんでしょう。まるで論理学の問題のようね。かわいそうなダニー、あんたはこういう主題については何時間でも、何日でも、何十年でも駄弁を弄することができるわ。あらゆる角度から同じ議論を繰り返しながら。でもあんたは、人間は同じ場所に留まって、札をよ

＊11　**『吾輩は日本作家である』**　実際に二〇〇八年に発表

＊12　**コンフィアン**　一九五一―、マルティニク生まれの作家

く見えるところにつけておかなければならない――なぜならそれが彼らの仕事だから――と信じている人を誰一人として説得することはできないわ。じゃあ、なぜぼくは続けるのか？　ぼく自身を説得しようとしている、ということにしよう。人間、確信しきることなんて絶対にないからね。どっちにしても、この本が出版されれば、議論は、ぼくがちょっと安易すぎると思っているレッテルに反対しているということについてではなく、ぼくが自分の素性を否定したことについて行われるだろう。結構だ。そのときは、逆方向に論証を全部やり直すまでだ。今度はぼくの同国人にたいして、ぼくが空間を漂っているように見えていたとしても、たしかに彼らの一員であることを証明するために。延々と続くね。

●「クレオール性」の概念について、一言言うときだね。

まさしく、ぼくたちは問題の核心にいる。これは二つの局面で勝つために集団化する方法だよ。第一に、国家レヴェルでは、人びとは、彼らの戦い、抵抗、生存能力などを糾弾しながら、自分たちの文化の中で、ときには自分たちの言語の中で、自分たちだけに向けられていると主張する文学に満足するんだ……。そんなもの、誰も拒否できないよね？　第二に、国際的レヴェルでは、植民地主義者が安心させられる。みんなが自分の活動領域に留まる。何の問題もない。特別な叢書、グラビア雑誌、いくつかの雑誌の中のセクション、カリブ出身の人びとを迎えるために養成された批評家たち、個性的な語彙（「太陽または熱帯の文体」、「一種の火炎性、無限の寛大さ」、「これらの人たちは貧血に陥ったフランス語に新たな活力をもたらしてくれる」、極めつけは「彼らは私たちより書くのが上手い」という類だ）を備えた受け入れ体制を構築するんだ。でもぼくは、あんたたちより上手く書きたいわけじゃない。ぼくはこの上なく自然なやり方で、きわめて個人的な感性を表現しようとしているだけだ。そういう理由からみて、クレオール性は議論を遅らせている。そして、結局すべてのものを混乱させてしまったのは、リーダーたちの途方もない才能だ。明らかに、彼らにはこんな松葉杖なんか必要なかったんだ。それはつまり、彼らが誠実だということだ。だから何が起こったか？　なぜぼくは彼らと一緒じゃないんだ？　なぜぼくは、自分が尊敬するこれらの友人たちの脇を歩くことができないんだ？　答えをもたらしてくれるのは歴史だ、とぼくは誰を侮辱することもなく言おう。これはもうぼくのものではない闘いだ。ハイチで、ぼくらは最悪の糞の中に埋もれている。国は粉々になろうとしている。ぼくらはみんな問題を抱えている。国以外はね。この話を終えるにあたって、ぼくはクレオールではなくて、ハイチ人だ。今回だけは、それがぼくにとって何らかの役に立つね。

●きみはそれでも、カリブのカルベ賞[*13]を取ったよね？

＊13　**カルベ賞**　カリブと南北アメリカのフランス語およびクレオール語で書かれた優れた文学作品に与えられる賞。ラフェリエールは一九九一年、『コーヒーの香り』で受賞

そして、作家のエドゥアール・グリッサン[*14]が主宰するこの権威ある賞をもらったことを、とてもうれしく思っている。でも、ぼくは取った賞に依存はしない。それに、この賞を受けるときに、審査員たちにはっきり説明したんだ。このことでぼくがいかなる文化的立場の支持者になることもないとね。それは要求されていなかったし。ある晩マイアミの自宅に電話があり(自分が候補に挙がっていることも知らなかった)、ぼくはこの知らせを聞いたんだ。これはぼくにとって重要な賞だ。トリニダードのミカエル・ダッシュ、キューバのナンシー・モルジョン、ブラジルのギーヴァ・バルバロ＝ダマト、ハイチのマクシミリアン・ラロシュ、グアドループのエルネスト・ペパン、ケベックのリーズ・ゴーヴァン、マルティニクのアンドレ・リュクレスやエドゥアール・グリッサンのような人たちを含む質の高い審査委員会をもっているからね。そのうえ、ぼくはまったく期待していなかった。最初から賞をもらうことなんてあきらめていたんだ。どんなグループにも、派閥にも、仲間にも加わっていないという、ただそれだけの理由で。

ヴィヨン[*15]がアイス・キューブ[*16]と出会う場所

●きみは自分のことを北米人だと考えている?

新世界の人間だと思っている。ぼくは今生活している大陸の出身だ。自分に帰すべきすべての空間が欲しい。ぼくは北米における自分の存在について語る本を少なくとも四冊書いた。ハイチが舞台の本は六冊だ。そしてヨーロッパの文化的背景をもっている。これは奇妙だね、アメリカ大陸で生まれたのに。ハイチで二三年間過ごし、北米で二四年間過ごしている（はっきり言っておくけれど、これら二つの居住地域は同じ大陸にある）。それなのに、人びとはぼくが北米で体験したものを完全に忘れることを期待しているんだ。クレオール性の問題点は、それがカリブ、ヨーロッパのほうを向いたカリブ（主としてフランス、スペイン、イギリス）にしか関係していないということだ。でもぼくが本当に関心をもっているのはアメリカなんだ。

●だとすると、カリブ人よりも黒人のアメリカ人のほうに親近感があるのかな？

とはかぎらない。ぼくの中にはカリブの部分、すなわちヨーロッパがあるからね。黒人のアメリカ人は気持ちのうえでアフリカのほうを向いているけど、ハイチでは、ぼくたちはすでにこのアイデンティティの旅は済んでいて、その幻想に陥り、結局のところ、そのせいでデュヴァ

＊14 **エドゥアール・グリッサン** 一九二八—二〇一一、マルティニク出身の作家
＊15 **ヴィヨン** 十五世紀フランスの詩人
＊16 **アイス・キューブ** 米ロサンゼルス生まれのラッパー

ハイチは二つの純然たる幻想によって自己のアイデンティティを築こうとした。すなわちフランスとアフリカだ。ぼくらはアメリカの地面の上に立っているというのにね。

リエの独裁体制が生まれたんだ。写真でしか見たことのない場所を引き合いに出すことほどかかげたことはないよ。インディヘニスモ（ネグリチュードの現地版）はハイチで推進されたことがあったけれど、その推進者たちは、アフリカを一度も見たことがないか、批判的眼差しをもつこともなく、アイデンティティ探求の一環として足早に訪れたことがあるだけの人たちで、したがって旅行の報告にもバイアスがかかっていた。文化面だけが強調され、何も問題にされることがなかった。母親は批判されることがない、というわけさ。慣習ばかりが取り上げられていた。完璧なアフリカという神話が幅を利かせるようになる。フランス的精神に対抗するためだ。ハイチにおけるフランスの文化的主導権《ヘゲモニー》を食い止めるには、アフリカの文化的至上権が必要だったんだ。見ての通り、初めはすべて捻じ曲げられていた。山ほどの技巧だ。そして、そうしたもののすべてが、ぼくたちをデュヴァリエ政権による漂流へと導いたんだ。それがたぶん、ぼくがクレオール性についてあまり語らないもう一つの理由だろう。ハイチは二つの純然たる幻想（ぼくらがこれらの国に向ける眼差しという意味で）によって自己のアイデンティティを築こうとした。すなわちフランスとアフリカだ。ぼくらはアメリカの地面の上に立っているというのにね。

●きみの精神世界において、フランスはどんな意味をもっている？

きみは、ぼくがまだいくつかの問題に決着をつけてないことが分かっただろう。それを近いうちにぼくの精神世界に組み込むつもりだ。さしあたりは、厚かましく利用している。

●それはどういうこと？

つまり、ぼくがアメリカ人に話すときには、好んでディドロ、モンテーニュ、ヴィヨンを引用し、それらを一緒くたにして、それにほんのわずかのラップ、スパイク・リー[*17]、アイス・キューブ、パブリック・エナミー[*18]を混ぜるんだ。そうすると、ぼくの足跡は分からなくなる。彼らがぼくは誰なのか考えているうちに、ぼくはもう別のところに行ってしまっているんだ。ぼくが本当に調子のいいときは、自分の目録にネルヴァル[*19]やセーヴ[*20]も加えるけどね。

＊17　**スパイク・リー**　一九五七―、米国の映画監督、作家、俳優
＊18　**パブリック・エナミー**　ニューヨーク出身のヒップホップ・グループ
＊19　**ネルヴァル**　一八〇八―五五、フランス・ロマン主義の作家
＊20　**セーヴ**　フランス・ルネサンス期の詩人

●それは上流気取り《スノビスム》だね！

そう言いたければ、どうぞ……。でも、断言するけど、それら二つはぼくが完全に知っている世界なんだ。ボールドウィン自身、彼の最初の本（『誰もぼくの名前を知らない』）で、アメリカ人たちとジッド[*21]に関する有名なテクストとを混同した。ハーヴァードのやつらにとって、ハーレムの若いニグロがジッドを知っているなんて、ほとんどありえなかったんだ。でもそれは上流気取りではなかった。だって、ボールドウィンのこのテクストは、今でもジッドと同性愛について書かれたものの中でもっとも説得力のあるものの一つだからね。したがって、フランス文化はまだ役に立つんだ。ハイチ文化は、誰の気も引かない（まあ、ヴォドゥ教やプリミティヴ絵画の愛好者は相変らずいるけど、かつてに比べたらずっと減った）。フランス文化はもうそんなに人びとの気を引かないけれど、助けにはなる。アメリカ文化は多くの人たちにとって、ファーストフード以上の価値はもっていない。これら三つの文化を混ぜることができたら、かなり面白い結果になるかもしれない。人びとが突然立ち上がって、それこそがクレオール性だ、と叫ぶのが聞こえるようだ。そうかもしれない。しかし、こういうごたまぜ《カクテル》が、より本質的な次元でも道を保ち続けられるかどうか、ぼくには確信がない。ぼくなら、そういうものは大衆《ギャラリー》を驚かせるためにだけ使うね。

いかにして足跡を攪乱するか

●きみの本は英語で出版されているね。アメリカ合衆国にも読者がいる?

ぼくの本は英系カナダの出版社から出ているけれど、アメリカ合衆国でも販売されている。ぼくはアメリカ人にたいして、いくつか問題を起こした。最初の本『ニグロと疲れないでセックスする方法』はいわば腫物に触るような受け止められ方をした。白人たちはそれをどう受け取るべきか自問し、黒人たちはそれを欲しなかった。ユダヤ人だけがぼくのユーモアを解したようだった。けれども、ぼくは即座に人種的関係に関心をもつ作家として分類された。アメリカ人は多様な分類方法をもっていない。彼らは実際、人種的なものしかもっていない。彼らのただ一つの不安は、おまえはニグロか、それとも白人か、なんだ。その返事によって、並ぶべき列を示すのさ。幸い、きみが合衆国生まれではないと言えば、きみの答えを考慮してくれる。もしきみがニグロではないと主張すれば、たとえ地獄のように青かったとしても[*22]、彼らは一件書類を念入りに調べてから、このような異例のケースを解明するために社会心理のあらゆる専

＊21　**ジッド**　一八六九—一九五一、フランスの作家

門家を雇うことになるだろう。物事を理解しようとするこれほど熱烈な欲求は見たことがない。彼らを笑うことはもちろんできるけれど、彼らが地球を征服できたのは、この驚くべき好奇心のおかげだ。きみはなぜ黒人ではないと信じるのかね、とこのアメリカ人の専門家は重々しい口調で訊ねる。するときみはこう答える。第一に、ぼくはハイチ人で、第二に、フランス語を話すからだ、と。彼は困惑して頭をかく。よく考えてみれば、たしかにそうだ、ニグロはハンバーガーと同様、もっぱら北米が発明したものだ。結局のところ、アメリカのニグロ、なんだ。それはつまり、もしたとえばフランスの警察がアメリカの黒人市民を乱暴に扱おうなどという気を起こしたら、アメリカ合衆国は激しく反撃するという意味だ。フランスはそのことを知っている。だって、フランスの警官は英語を話す黒人を叩く前にすごくためらうだろうからね。そもそも、この警官はすぐにアメリカ人の黒人を相手にしていることを知ることになるだろう。だって、合衆国以外でアメリカ人の黒人ほど愛国者、つまり帝国主義者はいないからね。黒人のアメリカ人は、犠牲者がみんなそうであるように、主人のイデオロギーをよく吸収しているんだ。バスケットボール選手のマイケル・ジョーダンがパリをどう扱ったか見てみろよ。まるでニューヨークのそこら辺の退屈な郊外呼ばわりしたんだぜ。あるいは、スパイク・リーがロンドンやパリ、ローマやマドリッドやベルリンをどう扱ったか？　自分の映画のための海外出張所だと言ったんだ。五〇年代にパリに避難場所を見つけた一握りの飢えたミュージシャンや作家や画家たちを除けば、黒人のアメリカ人たちはヨーロッパの首都にはまったく感動を覚えない。彼らはものが明らかに美しいから称賛するのではなく、単にそのように見るように教えられたから、それらを美しいと思うんだ。黒人のアメリカ人の多くがその点においてはうぶだ。彼らはヨーロッパの文化的な力についての宣伝に心を動かされたことはない。黒人のアメリカ人は、自分がおそらく白人のアメリカ人よりは劣っているとしても、地球上のどんな個人よりも間違いなく優れていることを的確に知っているんだ。それは、基本的な所与の事実だ。

●で、きみはどうやってそこから抜け出したんだい？

アメリカ人たちは『ニグロと疲れないでセックスする方法』でぼくのことを分類した。なんの問題もない。ただ一つの小さな仕掛けは、アメリカを内側から、つまり、恐ろしい人種的問題についての彼らの理論を本当の意味で再検討に付すことなく、問うたことだ。ぼくはそれをフランス語で行ったので、完全に足跡が分からなくなった。なんていう邪《よこし》まな考えだろう！　書店や図書館には、ニグロ、女性（女性の問題を語る女性たち、という意味だけど）、先住民というセクションがある。『コーヒーの香り』が出版されたとき、彼らには理解できなかった。もうぼくを同じ仕切りの中に置けなかったからだ。本の舞台はハイチでパパ・ドック政権下[*23]だ

＊22　**地獄のように青かったとしても**　『地獄のような青』はフィリップ・ジアンの小説、イヴ・ボワッセ監督によって映画化

から、独裁体制について語っているはずだ。彼らにとって、作家というものは自分のドラマを超越することができない存在だからね。別の言い方をすれば、あらゆる犠牲者は嘆くことしかできないんだ。そうやって人びとはそれが犠牲者であると気づくんだ。そしてもしきみが犠牲者だと感じるなら、きみは本物のアメリカ人、つまり世界の主人ではないことになる。人間は常に社会の表面にはりついていなければならないんだ。自分の人生を語るアメリカの黒人作家は人種問題を避けることはけっしてできない。自分の人生を語る、五〇年代に生まれたハイチ人作家は、独裁体制の問題を避けることはけっしてできない。ところが、ぼくの幼年期に関する短い物語ではデュヴァリエはまったく問題になっていない。ぼくはノイローゼの患者ではなかったけど、そのことが、大多数のアメリカ人には理解できないことなんだ。白人はあらゆる問題に取り組むことができる。ニグロが自由に扱えるのは人種差別と独裁体制だけだ。ぼくが足跡を攪乱するまで、物事はとても明白に見えた。

●この二つのテーマはきみの作品のかなりの部分を占めているよね……。

でも、ぼくの仕事の全部ではないし、とくに、アメリカ人が予期するようなやり方では、これらの問題を扱っていない。ぼくはこれら二つのテーマに感染していない本も書いた。人種問題を正面から取り上げた唯一の本が『ニグロと疲れないでセックスする方法』なんだ。そして独裁体制を正面から取り上げた唯一の本は『狂い鳥《カツオドリ》の叫び』だ。一〇冊中二冊。そのほかの本でも取り上げられてはいるけれど、間接的にだ。

●「黒人文学」とか「ニグロ＝アフリカ文学」などという呼称については、どう思う？

「白人文学」なんていう呼称は存在しないじゃないか、まったくもう！　最悪なのは、こういう呼称を強要したのがニグロたちだってことだ。植民地の被支配者としての気質から抜け出すには多くの時間がかかる。ぼくはよく黒人のアメリカ人作家たち（これら二つの形容詞は余計だけど）と一緒に会談《ランコントル》に招待されたことがある。そしていつも、問題は同じだった。黒人作家たちは、当然のことながら白人の聴衆に向かって、ほかの黒人作家たちの文章を引用しながら黒人文学のことしか話さない。いつも息苦しくなる。それも、これらの黒人作家たち（指摘しておかなければならないのは、アメリカ人は黒人で、ハイチ人はニグロだ、ということだ。アメリカ人は白人と同じテリトリーで生活しているから黒人で、一方、ハイチ人は彼らがアフリカに起源をもっているのでニグロだ）の大半が偽善者だからなおさらだ。だって、家に帰るやいなや、彼らはランボーやセルヴァンテス[*24]、ヴォルテール、ゲーテ、フォークナー、シェイクスピア、ホメロスに飛びつくんだからな。それは彼らのエクリチュールの自由地下水なんだ

＊23　**パパ・ドック政権**　一九五七―七一
＊24　**セルヴァンテス**　一五四七―一六一六、スペインの作家

「白人文学」なんていう呼称は存在しないじゃないか、まったくもう！　最悪なのは、こういう呼称を強要したのがニグロたちだってことだ。

けど、秘密にしておかなくちゃならないんだ。彼らの家に行けば、本棚はアフリカやハイチや黒人アメリカの作家たちの本で溢れ返っている。それはどちらかというと観客向けだ。しかし、枕頭の書としては、ベーコン[25]やポープ[26]やドゥ・クインシーをもっているんだ。

●そういう偽善があるにしても、このようなアイデンティティの闘争は、歴史的必要性に対応するものだったかもしれないとは思わない？

歴史的必要性って何だい？　ぼくは生まれてこの方、歴史的必要性なんて一度も見たことがない。それがどんなものか、まったく分からない。民衆をがっかりさせないために、ぼくたちがばかげていると思うことを行うのを承諾しなければならない時があることは、理解しなくちゃならない。民衆より速く進むことは常に危険であるというもっともらしい口実のもとに、自発的にばかなことをやろうとするあらゆるエリート。一般的に言って、この卑劣な行為こそが、少なくとも三世代にわたって人為的な問題の中に民衆を閉じ込めるんだ。今ぼくたちが議論しているこの問題は、もしすでに解決されているなら、ぼくはそのために自分の時間を費やすべきではないだろう。でも実際はそうじゃない。現実に立ち向かう代わりに、彼らはみんな可能なかぎり、夢や幻想の中に逃避してしまったんだ。ぼくの秘訣は、もっともよい形式で書くことだ。民衆がそんなものは理解しないだろう、などと思う必要はない。それはうぬぼれだろう。その点に関して、ハイチの民衆がぼくから教訓を得る必要などないことを理解するには、ハイチの民衆文化が非常に豊かで、並外れた深さをもっていることを近くから観察するだけで十分だ（マルローはソワッソン＝ラ＝モンターニュの農民たちの絵画芸術について、そのことを指摘している。そしてメトロ[*27]はヴォドゥ教に関する研究の中で、生活術でもあるこの宗教がきわめて複雑であることを指摘している）。だから、この歴史的必要性っていうのはたいてい、うぬぼれきったエリートが考え出したことじゃないのかい？

ぼくはただで旅行する

●しかし、きみは自分たちのゲットーに閉じこもっているときみが非難しているこれらのグループからの招待を拒むことはないよね。

＊25　**ベーコン**　一五六一―一六二六、英国の哲学者
＊26　**ポープ**　一六八八―一七四四、英国の詩人
＊27　**メトロ**　一九〇二―六三、スイス出身の人類学者

それは、ぼくがいくつもの帽子をもっているからだ。ぼくは自分がなりたくないすべてのものでもあるんだ。ハイチの作家だし、カリブの作家（それはアンティル諸島の作家とは若干異なるけれど、アンティル諸島の作家でもある）、ケベックの作家、カナダの作家、アフリカ系カナダの作家、アメリカの作家、アフリカ系アメリカの作家、そして少し前からフランスの作家でもある。それはぼくにとってとても重要なことだ。おかげでぼくは旅行ができ、接待する側がぼくに用意してくれる種々のサーヴィスを利用することができる。フランスだけとってみても、一九九八年に、ぼくは三つのレッテルをもってやって来た。カリブの作家、ハイチの作家、ケベックの作家だ。ドイツには、同じ年に、カナダの作家とケベックの作家として招待された。アメリカ合衆国やイタリアには、これらの統制呼称[*28]のどちらかで招待されるけれど、シンポジウムのテーマ次第だね。もしシンポジウムが独裁体制に関するものなら、ぼくが招待されるのはケベック人としてではないだろう。でも、アイデンティティに関するものなら、ぼくのケベック的側面が前面に出ることになる。ぼくはおそらく帽子は変えるけれど、発言を変えることはけっしてない。もちろん、あるとき急に、人びとがこうしたマイノリティーの問題についての議論をしたくなくなって、それよりも、文学や、エクリチュールの技術や、さまざまな読書について話したくなることだってある。でも、ねえ、彼らはきみの精神状態を聞くために招いたわけじゃない。議論は、亡命、アイデンティティ、エスニシティ、人種差別、独裁体制、第三世界における貧困、といったよく知られたメニューについてなんだ。

●そのことはきみの作品に何か影響があるかな?

全然。ぼくはそれを無料の旅行だと考えている。作家は何カ月も部屋に閉じこもって一人っきりで仕事をする。ときには精神をゆるめる必要があるけど、乏しい著作権料で海外旅行を奮発することはできない。

●それらのシンポジウムの開催者にとっては、とても真剣なことなのでは……。

すべての開催者にとって、というわけではない。そういう人たちがいることは確かだけど。ほかの人たちは助成金をもらい、そのためにある空間を占領し、生きるためにせわしなく動き回っているんだ。ぼくの真剣さは本の中で発揮されるんで、そこにいるのは彼らに頼まれたからだ。ぼくが誰かにどこかに招待してほしいと頼んだことは一度もない。ぼくがそれらの本を書かなかったら、招待されることもなかっただろう。そして、ぼくが思っていることを言わなかったら、もう招待されることもないだろう。ぼくはそうした会談に行ったら、積極的に参加する。もう一度招待されるために開催者の気を引こうとして時間を費やしたりはしない。ぼくの唯一の正当性はぼくの仕事、ぼくの本なんだ。ぼくは真面目だけど、真面目な人間の気質は

＊28　**統制呼称**　ワインなどの原産地や製法を保証する認証

ぼくは真面目だけど、真面目な人間の気質はもっていない。それに、あまり真面目でないものを真面目に受け取るふりができない。

もっていない。それに、あまり真面目でないものを真面目に受け取るふりができない。シンポジウムはとても面白いかもしれないけれど、ここだけの話、あまり重要ではないよね。本当に重要なのはユーモアだけさ。

●きみはセクシュアリティや、さらにはユーモアに関するシンポジウムに招かれることはある？　きみの本にはたくさんのセックスやユーモアが出てくるよね？

まだだ。彼らは何をもたもたしているんだろうね。でも、真面目に言えば、ぼくの本の中にはそれほどセックスが出てくるわけじゃないよ。

●とはいっても……。

それは錯覚だ。最初の本を見てみよう（『ニグロと疲れないでセックスする方法』）。たぶんタイトルに引かれたお人よしはいるだろう。でも、セックスの場面は短いものが二カ所あるだけで、二ページ半以上ではない。

●すべての話がセックスに関するものだよね……。

政治的な文脈においてね。ニグロの男と白人の女との対決なんだ。本当にセックスが出てくる二冊の本は『エロシマ』と『主人の肉体』だ。一〇冊中三冊としよう。多くはないよね。でもみんな、ぼくはセックスのことしか話さないと思っている。ぼくはエロティックな文学、つまりセックスのためのセックスは大嫌いなのに。

●さっききみが話していた『チャタレイ夫人の恋人』のことだね……。

『チャタレイ夫人の恋人』はすばらしい本だ。ぼくが話しているのは、セックスだけが中心になっている本のことだ。ぼくについて博士論文を書き、ぼくを性的な主題を扱う作家としてだけ分類しようとする学生たちがいる。『コーヒーの香り』、『限りなき午後の魅惑』、『若いニグロの手の中の柘榴《ざくろ》は武器か、それとも果物か?』、『帽子のない国』といった本にはどれも、無邪気なキス一つ含まれていないのに、彼らがどうするか知っているかい? 彼らは、これらの本がけっして書かれたことがないかのように扱うんだ。それらを無視し、ぜったいに引用しないのさ。ぼくをカリブの作家とみなした

『エロシマ』

い人たちも同様だ。彼らは北米が舞台になったぼくのすべての本を無視する。そして、都会で繰り広げられる本に関心のある人たち（とくに若者）は、田舎が舞台になったぼくの本について言及するのを避けるんだ。こういうやり方はぼくにはまったく分からないな。ぼくが反抗に始まり、ある種の静謐さで終わると言う連中もいる。こう言いながら、彼らはすべてを理解したような気になっているのさ。彼らはそれを毎回心に刻みつけるんだ、まるで新しいラベルであるかのようにね。でもさあ、そんなの簡単なことだよね。最初は反抗的だったけれど、今ではもっと静かになった、だなんて。だけど、そんなことのどこに文学があるのかなあ。批評を、自分たちの個人的な行動を説明するために使うやつらなんか、糞食らえだ。著者が「私」と言ったからといって、それが一〇〇パーセント彼のことだなんて、分かるわけない。それに、そんなことはそれほど重要なことだろうか？

●でも、真実の中で書いていると執拗に言い張っているのはきみだよ。

そうだ。しかし、そう言ったからって、ぼくがよい文を一行だって書けるわけじゃない。それはぼくにとってだけ大事なことなんだ。それに、この点に関しては、ぼくだけが証人だ。しかも、常によい証人とはかぎらない。ボルヘスも言っているように、記憶というのは穴だらけだからね。ある本を告白のように扱うなんて、文学を何も理解していないのでないかぎり、不可能だ。告白として扱うには技巧の部分が大きすぎる。文学においては、誠実さが第一の技巧だ。ぼくは著者が偽善者だ、って言いたいわけじゃない。ぼくらの動機がどうあれ、規則は同じだ、って言いたいんだ。きみは誠実かもしれないけれど、それだけできみが信じてもらえるわけじゃない。しかし、信じてもらうためにきみがもっているのは、みんなと同様、鉛筆と紙切れだけだ。六〇パーセントの誠実さを舞台に載せようとしたら、四〇パーセントの技巧が必要なんだ。真実には本当らしさが必要なのさ。

詩的イマージュ

●推敲の話に戻ろう。ある部分を書き直して、そこにいくつかの文を加えるとき、その作業はより単純化するためかな、それともより豊かにするためかな？　ページを推敲するとき、きみはどっちの方向に行く？

それはいつも読みやすくなるためのものだ。文が書かれたという印象をもたれてはだめだ。読者はぼくにとって語り合う相手だ。その場合、言葉自体はたいして重要じゃない。ピアノを弾いているだけのピアニストは芸術家じゃない。人びとが関心をもっているのは音楽であって、楽器じゃない。ほんものの音楽家というのは、一人で、何の楽器もなしに、たとえわずかな音も発することが禁じられていたとしても、音楽がひとりでに奏でられているような印象を与え

たとえば『コーヒーの香り』については、ぼくはイマージュを見た。田舎の小さな村で祖母の足元に座った少年だ。それが本の全体だった。

る人のことだ。音楽が彼の内部で芽吹いてくるだろう。彼が音楽をつくっていると人々が感じるためには、彼は目をつぶるだけでいいだろう。それがぼくらにその音楽を聴きたい気持ちにさせるんだ。誰かが彼のために楽器を探しに走り、彼は弾きはじめる。みんなは感嘆して、彼に耳を傾ける。だって、その音楽は彼自身のもっとも深いところからやってくると分かっているからね。書くことにおいても同様だ。

●言葉ではなくて……、むしろイマージュということ？

たとえば『コーヒーの香り』については、ぼくはイマージュを見た。たった一つの。田舎の小さな村で祖母の足元に座った少年だ。それが本の全体だった。それはとても単純でなくてはならない。『ニグロと疲れないでセックスする方法』では、失業中の二人の若いニグロが同じアパートで生活している。一人はコーランを読みながらジャズを聴いて時間を過ごしている。もう一方の、作家のほうは、WASP[*29]の大学のキャンパスで集めてきたブロンドの娘たちを、無造作にむさぼり食うためにアパートに連れてくる。ぼくは二人が時間を気にせずにおしゃべりして過ごせる場所を思いついたんだ。というのも、モンレアルに着いてみて、北米社会において時間が占める位置に驚いたからだ。ハイチでは食べ物が不足していたけど、ここでは、不足しているのは時間だった。時間を自由に使えるのは失業者だけだった。しかしそれはうんざりさせられる時間だった。彼らはテレビの前で過ごしていた。一度、グリニーで、ある人がうすら笑いしながらぼくに言ったよ。働かなくなってから、彼は限りない午後の甘辛い魅惑を味わっている、とね。ぼくはこの本で、無償の時間に尊厳を返したかったんだ。ぼくの本の中でイマージュがもっとも強い一冊は、『乙女たちの好み』だ。一人の思春期の少年が道路の反対側から近所の女の子たち（セクシーで、自由で、憂いのない）を見ている。彼は代数の試験の準備をしているんだけど、向こうの、女の子たちの家にいる方がよかったんだ。そのためには、道路を渡らなければならない。しかし、そんなに危険の多い冒険を企てる勇気は彼にはない。だから、彼は結局反対側に留まるけど、この瞬間を生きる代わりに、女の子たちの家から自室の窓辺にいる自分を見ている夢を見るんだ。青少年の混乱したセクシュアリティだね。これほど夢を見させた女の子を抱いている自分を見るために、二重人格になりたいと願う。しかし、抱いている女の子の顔すら見ることができない。だって、クローズアップすると、ほとんど何も見えないからね。

＊29　**WASP**　ホワイト・アングロサクソン・プロテスタント

●文は短くなくてはならず、語彙はどちらかというと単純でなければならない？

できるかぎり平凡な語だ。誰かがお腹が空いていれば、彼はお腹が空いている、とぼくは書く。気取りはなし。宙ぶらりんもなし。人生みたいなものさ。生まれて、死んで、両極のあいだにいろいろなことが起こる。特別な出来事である必要はない、むしろぼくらの出来事だ。ぼくはできるだけ人生に近いところで書く。結局のところ、人生を判断することはできない。そういうものなんだ。

音楽は好きじゃない

●時々ほかの芸術形態への言及があるね。とくに絵画と音楽だ。きみの本の中に出てくる音楽はきみの生活の中にあるものかな、それとも二つの世界は別物なんだろうか？

はっきり言えば、ぼくは音楽が好きじゃないし、そんなに聴くことはないんだ。道路であまり退屈しないように、車の中では聴くけどね。ぼくが聴いていた音楽は、シェイラ、[*30]ディック・リヴァーズ[*31]だ。レヴェルが分かるだろう。思春期にハイチでみんなが聴いていたものだ。近所の女の子たちは歌詞をぎっしり書き込んだノートをもっていたものだ。フランス語の歌では、ぼくはみんなが好きなものが好きだ。ブレル、[32]ブラッサンス、[33]フェレ[34]だね。好きなのは歌詞だけ、あるいは、ある種の生き方だけだ。ブレルはその強烈な情熱ゆえに、ブラッサンスは、表面的には穏やかだけど実際はとても非妥協的な反画一主義ゆえに、そしてフェレは、贅沢なアナーキーさゆえだ。ぼくの理由も平凡だね。ハイチの音楽は、ぼくの思春期に根本的な位置を占めていた。ぼくにとってそれは不安な時代と結びついていて、デュヴァリエ政権の狂気の時代を生きるのを可能にしてくれたんだ。でも、それはぼくにとって辛いものだった。なぜなら、結局のところ、ぼくは音楽が好きじゃなかったし、一方が他方を引きずりこむように、ダンスができなかったからだ。それなのに、ぼくの周りでは、ダンスというのはぼくたちニグロの血管の中を流れているということしか話されていなかった。ニグロは自分の人生を踊る。でもぼくはそうじゃなかった。ダンスという、このエアポケットしかなかったんだ。踊りながらなら、何をしてもよかった。彼らはそのことを垂直の性交って呼んでいた。ぼくはテーブルに座ったまま待ちあぐねていた。女の子たちはぼくのことを内気だと思っていたね。それで彼女たちは、

＊30 **シェイラ**　一九四五—、フランスの歌手
＊31 **ディック・リヴァーズ**　一九四五—、フランスのロック歌手
＊32 **ブレル**　一九二九—七八、フランス語圏ベルギーのシンガーソングライター、俳優、映画監督
＊33 **ブラッサンス**　一九二一—八一、フランスのシンガーソングライター
＊34 **フェレ**　一九一六—九三、モナコ公国出身のシンガーソングライター

言葉で奏でる音楽さ。ぼくは白いページのフロアの上で、語たちを踊らせるんだ。ぼくが書きながら音楽を奏でているというのは本当だよ。

あの手この手を使ってぼくをダンスフロアに引っぱり出そうとした。いちばんきれいな女の子たちがだよ。パヴェーゼ[*35]はそれをセックスで経験したんだ。それはもうちょっと辛いことだよね。いつも逃げなければならない、ダンスホールを後にしなければならない瞬間があるんだ。ぼくが音楽家になったのは不思議だね。

●ああ、そう……。

言葉で奏でる音楽さ。ぼくは白いページのフロアの上で、語たちを踊らせるんだ。ぼくが書きながら音楽を奏でているというのは本当だよ。ぼくは微笑み、動き、書く。くつろいで、ダンスをリードしている。

●きみがあまり音楽通でないのには驚いたな。本の中にはあんなに登場するのに。

ちょっと待って。思い出さなくちゃならないことがある。十一歳のときに強烈な音楽体験があった。プチ＝ゴアーヴの祖母の家にいたころのことだ。真夜中に一種の喧噪で目が覚めたんだ。それからリズミカルな、すばらしい、魔法のような音楽が聞こえた。ぼくは起き上がって、扉を開けた。午前二時に。ララ*36のグループだった。夜中に、町を走り回りながら音楽を演奏する農民たちだった。あまり快かったので、ぼくは抵抗できなくなって、彼らの後についていったんだ。彼らは丸い丘にある自分たちの家に戻っていった。ぼくは危うく彼らと一緒に歩いていくところだった。でも、いつもぼくは、彼らは子どもたちを捕まえるためにこうするんだと聞かされていたので、ソルダの丘のふもとで踵を返した。彼らについていくべきだったかもしれない。そうしたら、今頃、ララの素晴らしいミュージシャンになっていたかもしれない。もちろん、両親はぼくがどこに行ったかなんて知る由もなかっただろう。こんな熱は経験したことがなかった。今では、何がそこまでぼくを惹きつけたのか分かる。すべてが新しかったんだ。立ち止まることなく、町中を走りながら音楽を奏でるこの農民たちのグループ。サロンでのように規則に従いながら踊る必要がなく、走らなければならないということ。ララはけっして立ち止まらないので、来た道を引き返せないかもしれないということ。ララはぼくが受けたひそかな影響の一つだと思う。ぼくは動きの中で書くのが好きだ。文は短くていいけれど、リズムは決して止まってはいけないんだ。ララのようにね。

●『ニグロと疲れないでセックスする方法』の中には、どうしてあんなにジャズが出てくるの

＊35　**パヴェーゼ**　一九〇八―五〇、イタリアの作家

＊36　**ララ**　ハイチで一般に復活祭の週にパレードで奏でられる音楽。しばしばヴォドゥ教が実践される

かな？

たしかに引用がいっぱい詰まってるね。当時ぼくはジャズをまったく知らなかった。ほとんど聴いたことがなかったんだ。ポルトープランスにエゼキエルという、ジャズに夢中な友だちがいた。マイルス・ディヴィス[*37]に夢中だったと言うべきかな。彼はそれしか聴かなかったからね。ラジオ局で働いていたんだ。彼は一晩中続く番組をもっていた。ぼくは何度も彼のところに行ったものだ。ぼくは強迫観念にとりつかれた人たちが好きだ。多くの場合、彼らの強迫観念より彼ら自身のほうが好きだけどね。たぶんぼくがこの本の中にあんなにジャズを入れえたのは、エゼキエル・アベラールを讃えるためだね。動機はあまり探しすぎてはいけない。ぼくにとって、マイルス・ディヴィスと彼の友だちのすべては存在しなくてもいいんだ。それは造作もないことだろう。

●きみが自分で言うほど音楽の教養がないとは、信じがたいんだけど。

知っているだろう？　ぼくは無知の中でたくさんの仕事をしているんだ。知らないことを話すのって素晴らしいと思うよ。大御所ぶらなくてすむからね。そのほうが面白い。きっとぼくはこの技術をハイチのダンス音楽から取り入れたんだろう。言葉はいつでもまったく意味をもっていない。でも、リズムが保たれていれば許されるんだ。作家にとっては、それはもっと白熱したゲームだね。言葉を用いているんだから。しかしまだ可能ではある。ぼくはこの種の言説に関しては、もう一つ別の影響も受けている。それはアメリカの説教師だ。テレビでおばあちゃんたちからお金を集めて時間をつぶしている人たちではなくて、ハーレムの街頭に立って、黙示録を予告している人たちだ。ぼくは彼らの様子を見るのが好きだ。演説の声は次第次第に高まっていく。人びとは、世界の終焉前に彼らがやめることはないだろうと確信するまで、そこに留まっている。声が大きくなればなるほど、言葉は重要性を失う。この種の絶対的な師はそれでも、砂漠でただ一人福音を説く洗礼者ヨハネであり続けるんだ。

●きみはコンサートには行かない？

ぼくを死なせたいのかい？　音楽を聴くために座り続けるなんて！　音楽は走りながらしか聴くべきではないね。コンサートのようなやり方は、ハイチには存在しない。動かずに音楽を聴きにいくことなんか、しない。外国の歌手が来たときは別だけど。そういうときは、しばらくおとなしく聴いて、チャンスが訪れたらすぐ逃げ出すんだ。グループで何かちょっと食べにいって、それから踊りに行く。コンサートというのはララとは正反対だ。でも、ララはハイチ音楽の魂なのさ。本（『ニグロと疲れずにセックスする方法』）を書くために、ぼくはジャズに関する小さな本を買った。概説書だ。そして、ジャズについて書く人たちがみんなそっくりの

＊37　**マイルス・ディヴィス**　一九二六―九一、米国のジャズトランペット奏者

語彙をもっていることに気がついた。ぼくは自分の本の体裁を整えるために、この語彙の中にどっぷりと浸かったんだ。コーランについても同じことをした。コーランの戒律に関する本を買って、それを使った。中身はどうでもいいんだ。ぼくが関心を持っているのはリズムだ。だから、みんながページの隅々にぼくの人生を発見しようとしていると、笑っちゃうな。

●じゃあ、何が本当なんだい？

たくさんのことだよ。でも第一にエネルギーだな。ジャズにとってと同様だ。ジャズは、自分の本の中でたまに聴くので、実際には聴かないけれど。

ぼくたちに染み込むのは絵画だ

●でもきみは読者が欲しいんだろう……？

もちろんさ。一緒についてくるお金もだけど。

●お金の話はまたあとにしよう……。別の芸術についてだけど、きみは本の中でよく絵画のことも話しているよね。絵画はきみが親近感を感じる芸術かな？

そうだ、完全に……。

●画家になりたかった?

いいや、画家になりたくはなかった。嫌いだからではなくて、そんなこと考えたこともないんだ。画家になるなんて、一度も考えなかった。

●絵画とはどんな親しみ方をしている? 展覧会にはよく行く?

いいや、全然。ぼくは美術館に行くのはあまり好きじゃないし、展覧会を追いかけることもしない。絵画はたんに自分の内部にあるものだ……。

●きみは蒐集家?

とんでもない。ぼくがもっている数少ない油絵は、ポルトープランスの市場で買った安物だ。ぼくは町中を歩いて、見るんだ。ハイチではみんなが絵を描くから、簡単だよ。祖母の家には何枚か絵画があった。たくさんではないけどね。でもミレー[*38]の『晩鐘』のほかに、ヴィアール[*39]

*38 **ミレー** 一八一四―七五、フランスの画家
*39 **ヴィアール** 一八六八―一九四〇、フランスの画家

の海景画が何枚かと、ウィルソン・ビゴー[*40]（ビゴーはプチ゠ゴアーヴからあまり遠くないところ、ヴィアレという小さな村に住んでいた）が一枚、それにペティヨン・サヴァン[*41]も一枚あった。壁に偉大な画家たちの絵が飾られているごく平凡の家だ。それが、ぼくがハイチで好きなことだ。芸術が民衆の中にあるんだ。本当だよ。人びとが家に複製画をもっていることはめったにない。『最後の晩餐』や『晩鐘』を除けば（でもそれはむしろ宗教的な理由によるものだ）。油絵。上質な彫刻。ハイチの文化的水準はとても高いんだ。ぼくは絵画を知るために美術館に行く必要はなかった。ぼくの隣人たちはみんな、ちょっとしたお金を稼ぐために絵を描いていた。毎年ぼくは、ジャン゠ルネ・ジェローム[*42]がプチ゠ゴアーヴに来るのを見かけたものだ。彼のお祖父さんが、ぼくのうちから遠くないところに住んでいたんだ。彼は姉妹たちと一緒に来たんだけど、その姉妹たちはとても優しくて綺麗だった。ぼくは十歳だったんだけど、すでに女の子たちにとても興味があった。でも、自分から話しかけるようなタイプじゃなかった。彼女たちのことを遠くから観察していたんだ。ぼくは近所のあらゆる恋の駆け引きに通じていた。ジャン゠ルネ・ジェロームは、仕事しているところをぼくに見せてくれたものだ。彼は朝とても早く海の近くで絵を描いていた。彼のおじさんも画家で、プチ゠ゴアーヴの教会の穹窿さえ描いたんだ。おじさんはいつも酔っぱらっていた。ぼくはとても長いあいだ、優れた画家というのはアルコール中毒でなければならない、と考えていたよ。彼は同じ社会階層ではないと言われていた女性と結婚していた。ぼくにとってそれは完璧な芸術家だったね。社会的慣例を無視するアルコール中毒患者。彼の息子がうらやましかった。お父さんがカーニヴァルのためにすばらしい衣装をつくってくれていたからだ。ぼくはたくさんの画家たちを知っていた。

●それでも美術館に通った？

そうだね。ずいぶん遅くなってから、十九歳ごろ、友だちと一緒に。アートセンターがあったんだけど、一度も入ったことがなかったんだ。ある日、ぼくたちはかなり奇妙な建物の前を通った。大きな長方形をした、上品ではない建物だ。「おや、これ見ていこうよ」とぼくは友だちに言った。ぼくたちは中に入った。館長はプチ＝ゴアーヴの人だった。ぼくたちプチ＝ゴアーヴ出身の人間はいたるところにいるんだ。美術館という発想がぼくには理解できなかった。ぼくにとって、絵というのは家にしか飾られてはならないものだったから。それに、見るために絶対立ち止まってはならなかったしね。見られるためのものではなくて、ともに生活するためのものなんだ。ある絵とともに生活していれば、しまいにはそれを見なくても分かるようになるのさ。家に留まるには「ごてごて」しすぎた絵というのがある。批評家のミシェル・モンタ

＊40　**ウィルソン・ビゴー**　一九三一—二〇一〇、ハイチの画家
＊41　**ペティヨン・サヴァン**　一九〇六—七三、ハイチの芸術家、作家
＊42　**ジャン＝ルネ・ジェローム**　一九四一—九一、ハイチの芸術家

ス[43]は、サン＝ブリス[44]を手放さなければならなかった、とぼくに語ってくれたことがある。彼女は家でサン＝ブリスと生活することができなかったんだ。互いに向き合うのが困難だった。油絵を所有している人の感性が画家と同じレヴェルでないと、絵の魔法が作用しない。絵のほうがきみを所有してしまって、その反対ではなくなる。ぼくはほとんど毎日この美術館に戻った。一つしか大きな部屋（展示室）がなかったんだけどね。そして二カ月後には、どんな画家も一瞬にして特定できるようになっていた。ぼくは画家たちが発するエネルギーによって、彼らのことが分かった。これもエネルギーの問題だね。ぼくはハイチのプリミティヴ絵画と呼ばれるものが大好きだ。みんなはぼくがそう言うのを好まないけど。彼らにしてみれば、そんな言い方をするのはアメリカ人旅行者だけなんだな。現代画家たちだっているじゃないか、ってぼくに向かって言い放つ。問題は、現代画家たちのほうは、ぼくにはあまりいいと思えないことだ。なぜだか分からない。彼らが、自分たちが好まれないのは、ハイチ人が現代性への権利を奪われているからだという考え方から出発しているせいかもしれない。だから、出発点ではよいはずなのに、ある種の人種差別のせいで正当に認識されないのだ、という理屈になるんだ。ぼくは相変らず彼らがそんなにいいとは思っていない。感じられるものがないんだ。すごく気取っているけれど、十分なヴィジョンがない。テレマック[45]がいる。たしかにテレマックはいる。プリミティヴ絵画の話に戻ろう。彼らは特別な画家たちだ。下手くそでも芸術家に留まっている。ほかの人たちは、ものすごく才能があっても、けっして画家にはならないだろうね。これぞまさしく怒りの赤ってやつだ。認識されるようになったばかりだけど。ねえきみ、怒らないでくれよ。どっちにしたって、きみがハイチの医者たち――彼らはみんな蒐集家だ――の客間を飾るようになれば、金貨をたっぷり払ってもらえるんだからさあ。

●ハイチ絵画の何がそこまできみの心を打つんだろう?

ぼくはある小さな発見をして、そのことをけっこう自慢に思っているんだ。西欧の油絵のほとんどにおいては、消失点は絵の奥にある。絵の中に入り込むように誘っているかのようだ。そのようにして、見る者は画家の世界に身を落ち着け、検討し、見て、ぶらつくんだ。しかし、ほとんどの素朴派の絵ではすべてが同一平面上にあるので、最後には、いったいどこに消失点があるんだろうと考えてしまうんだ。ぼくはそれを探して、消失点になっているのが自分の神経叢だということを発見した。だから絵の中に入り込めなかったんだ。ハイチの絵画にはたくさんある市場の場面、そして、それらすべての人たち、すべての騒音、叫び声、笑い、商品を想像してみてくれ。そうしたものすべてが突然身体の中に入り込んでくることを想像してみて

＊43 **ミシェル・モンタス** 一九四六―、批評家
＊44 **サン＝ブリス** 一八九八―一九七三、ハイチの画家
＊45 **テレマック** 一九三七―、ハイチ出身、フランスの画家

くれ。何たる衝撃だろう！　しかし何たる音楽でもあることか！　音楽っていうのは音だけの問題じゃないよね。

ぼくは世界を食べてリズムの糞をする。

●きみは自分自身の仕事を明らかにしようとしているんじゃないかな？

　ぼくがこれほど自分の書き方、仕事の仕方について話すのは、ただたんにぼくにとって、すべてがそこに帰着するからだ。ぼくは世界を食べてリズムの糞をする。いたるところで文体を探す。それぞれの物の文体を。そのエネルギーを。そういうふうにして接触がおこなわれるんだ。ハイチの素朴派の画家たちは、ぼくに美学的にもっとも重要なことを教えてくれた。そしてたしかに、ぼくは文章を書くとき、彼らのようにしようとしている。つまり、読者を中毒にさせて、ぼくが彼に提示する世界以外の世界のことは考えられないようにさせている。ぼくは彼の内部に侵入し、彼の中に自明の理のように身を落ち着ける。このまま受け入れるかやめるか、どちらかだ。すぐれたプリミティヴ絵画の前では（ぼくは「プリミティヴ」という語が大好きだ）、提示されている世界は分析の対象としての世界ではない。修正すべきものは何もないし、何よりも、この椅子に座っているやつはあまりよく描かれていない、なんて指摘すべきじゃない。ここじゃそうはいかないんだ。そんな習慣は美術展のためにとっておくほうがいいね。

マティス、マグリット、そしてバスキア

●二、三枚の絵からきみの反応を聞いてみたい画家が三人いる。まず初めはマティス[*46]の「大きな赤い室内」だ。きみはなぜこの絵がきみの仕事と完全に一致すると思うのかな?

本能的なものだ。それを見た瞬間から。ぼくの眼に飛び込んできたんだ。何か、新しくて、しかもとても古いものが。まるで自分の内面を見ているような不思議な印象だった。色彩の力、喜び、そして鮮烈さ。ぼくはこんな世界に生きてみたかったんだ。それはとても若々しい。なのに、これはマティスが八十歳で描いた最後の大きな油絵だ。これほどの性欲! これほどの生命力! これほど自発的な喜びを与えてくれることができるものは、人食いしかない。愛する存在が自分の内部に住みつくためにそれを食べること。そして大きな絵の中にあるあれらの絵。こうしたことすべてがぼくにとても近いんだ。ぼくは自分が書いている本の中に、自分の本を描写するのが好きだ。まるで自分自身の世界を飲み込んでしまいたいという欲求のようだ

＊46 **マティス** 一八六九―一九五四、フランスのフォーヴィスムを代表する画家

ぼくはもう、自分の世界に住んでいない。世界のほうがぼくの中に住み込んでいるんだ。

ね。ぼくはもう、自分の世界に住んでいない。世界のほうがぼくの中に住み込んでいるんだ。それはぼくのお腹の中にある。それに、「大きな赤い室内」というタイトルも怖ろしいね。性器、性器、性器だ。大きな赤い膣だよ！　鮮やかな色彩（黒、黄色、赤、青）と深みの欠如によって、この「プリミティヴな」絵はぼくには、ハイチの偉大な画家たちの系譜に連なるものだと思える。ハイチの画家たちは室内を描くことは珍しい。ハイチではすべては外で起こるからだ。ほとんどのプリミティヴ絵画の画家たちは民衆の階級の出身で、家には人が多すぎるので、彼らは事実上、内面世界というものを考えたことがない。ハイチにいた頃、ぼくは昼食を済ませるとすぐ外出して、夜遅くまで帰らなかったものだ。生活は外で行われていたんだ……。「大きな外部」だね。それに家のドア自体が寝るときしか閉められなかった。いつもものが溢れ出している。モンレアルに到着してぼくが驚いたことの一つは、家というものが人間を入れるためにつくられた閉じられたお腹のように考えられていることだった……。「大きな内部」だ。辛い仕事と厳しい冬によって形成されたこの世界観に、ぼくは慣れていなかった。冷え冷えとした一日の労働を終えて工場から戻るとき頭の中にあるのは、大きな内部に戻ることだけだ。この鮮やかな色彩と視界に深みが欠けていることのせいで、ぼくはマティスの絵にすぐに親しみを覚えた。親しみ深くて、しかも斬新、それがマティスなんだ。

●きみの作家としての仕事とこの絵とは関係がある?

ぼくはあるがままの自分を書く。当時ぼくは最初の小説を書いていた。人生で初めて、日がな一日、古いレミントンのタイプライターの前に座って、高速でタイプしていた。ぼくの正面にマティスの絵の複製を置いてね。そして、少し疲れると、マティスの世界に浸っていたんだ。小さな花瓶の中に花束の鮮やかな色彩がある。それに野生動物の皮も。ぼくは何度も、どんなことがあっても絶対に、カーペットにリサイクルされたこれらの動物のようになってはいけない、と自分に言い聞かせたものだ。ぼくは檻の中の若い野獣だったからね。そして当時いちばん怖かったことの一つは、自分の根源的な本性だった。ぼくは外向きの人間で、内向きの人間にはなりたくない。飼いならされた存在、カーペットには。ぼくは野生の虎をカーペットにすることに成功した文化を不安まじりに眺めていた。カーペットだと思っていたものが、実際は犬に追われている猫だと分かるまでには、ずいぶん時間がかかった。その頃ぼくは偏執狂っぽかったんだな。でも、自分の皮膚を救う*47ことを常に考えていないニグロは、死んだニグロだ。ぼくが『ニグロと疲れないでセックスする方法』のいくつかの章を書いたのは、こういう精神

*47 **自分の皮膚を救う** 命拾いする、という意味

状態の中でだった。

●きみの感想を聞きたいもう一枚の絵は、マグリット[*48]の「これはパイプではない」だ。この絵もきみの仕事とかなり近いように思えるけど。

『若いニグロの手の中の柘榴は武器か、それとも果物か?』の扉には、「これは小説ではない」とある。ぼくはマグリットのことを考えながらそう言っているんだ。マグリットの絵では、パイプが示されているのに、それはパイプではない、と書かれているよね。でもそれは本当だ。パイプならふかせなければならないが、パイプの絵ではそれは不可能だ。これは絵だ。ところで、ここにポルトープランスで生まれて、ハイチのある小さな地方都市で送った幼年期について本を書いたのに、カリブのカルベ賞を取っていながら、自分はカリブの作家ではないと断言するやつがいる。それはパイプではない。ぼくとしては、これは異国趣味にたいする戦いの一部なんだ。ぼくはこの件ではちょっと言わせてもらいたい。ぼくの人生と、ぼくがそれをどうしたいかに関わっているんだから。ぼくは自ら進んでカリブの作家なわけではない。紋切型の既成の現実を信じるより、ぼくのほうを信じてほしい。彼はポルトープランスで生まれたからハイチの作家だ。ぼくはハイチ人で、作家

Dany Laferrière
Cette grenade dans la main du jeune Nègre est-elle une arme ou un fruit?
roman
vlb éditeur
『若いニグロの手の中の柘榴は武器か、それとも果物か?』

だけど、だからといってハイチの作家ではない。もしぼくがこのことを絶えず繰り返したら、彼らの頭の中に叩き込めるかもしれない。他方で、ぼくが断言することはぼくしか拘束しない。誰かが反対のことを証明しようとするのを阻むものは何もない。ぼくがこういうふうに考えるのは、『若いニグロの手の中の柘榴は武器か、それとも果物か?』は小説ではありませんよね、と落ち着き払ってぼくに訊ねた人たちがいるからだ。ぼくは、それが小説でないと証明するものは何もないと答えたけど、人びとは本の中にそう書かれていると反駁したんだ。カナダでもっとも権威ある文学賞である総督賞の審査員が、親切にこうぼくに打ち明けてくれたことがある。ぼくの本を採用しなかったのは、最初の文のせいでそれを小説に分類できなかったからだ、とね。冗談が分からないやつはまったく困ったもんだよ。

●まさに、バスキアが描いたこの本の表紙の挿絵「不快な自由主義者たち」について話したいんだけど。

マティスのすべてがぼくの関心を引くわけではない。マグリットについては、ちょっと冷たいと思う。バスキアにおいては、彼個人と画家としての彼の両方にとても興味がある。彼が歩んだ道筋についてもだ。彼の仕事のすべては、ぼくが自分の本の全体に与えたタイトルである

＊48 **マグリット** 一八九八—一九六七、ベルギーの画家

『アメリカ的自伝』というタイトルを持つこともできただろう一種の自画像になっているんだ。彼はニューヨークの中心で自らを描く。街頭で落書きから始めた。彼はマンハッタンのヴィレッジでマドンナに出会った。彼女は当時売り出し中だった。一五年後にホイットニー美術館でバスキアの大回顧展が可能になったのはマドンナのお金によるものだ。しかし、バスキアはコカインの過剰摂取で死んでしまっていて、ニューヨークの知的体制派によるこの公認の儀式に出席できない。彼の父親はハイチ人で、母親はプエルトリコ人だった。バスキアは有名になるためにあらゆることをした。絵画は彼にとって、栄光に到達するための方法だったんだ。彼は自分の名前が発せられるたびに人びとのあいだに何かを呼び起こすことを望んでいた。最初、彼はニューヨークの壁に自分の名前（当時はサモという筆名だったが）を書くことしかしていなかった。ああ、大都市の無名性！　とくに移民の息子にとっては。尊敬されるために、名をなそうとするこの意志。最初、ぼくが物書きになるずっと前、工場で働いていた時期の真っ只中、自分のポスターを作らせて、町の壁という壁に貼りたいと思っていた。自分の写真と名前を上に書いてね。そのほかは何もなしに。何のためかって？　みんなにぼくのことを知ってもらうためさ。ぼくが人間だっていうことを、みんなが知ってくれるようにだ。ぼくに気づいてもらうためだ。なぜなら、たまたま人びとの視線がぼくに落ちると、自分が壁と同じくらいすべすべしているような気がするんだ。視線がぼくを見ずに滑っていく。それは大都市におけるすべての人の状況だ、って言うだろうね。でもそれがよりつらい人間もいるんだよ。もしぼくがこのつらい時期を経験しなかったら、孤独なだけでなく、存在していないって感じる時期を経験しなかったら、こんなに怒り狂って物を書いていただろうか。そもそも、物書きになっていたかどうか？　若きバスキアの作品を見てぼくがもつのは、そういう印象なんだ。それは芸術ではなく、正当防衛だ。バスキアよりさらに厳しい地区出身のもう一人のニューヨークの住人についても同様だ。ボールドウィン、ハーレム出身のジェームズ・ボールドウィンで、彼の最初の作品は『誰もぼくの名前を知らない』という魅惑的なタイトルだった。なんという怒りだろう！　ボールドウィンは、彼の父親――継父――が自分自身の名前を嫌っていたからそれを書いたんだ。ボールドウィンは彼にこう言ったかもしれない。「父ちゃん、父ちゃんが恥じているこの名前をぼくは世界中で名高いものにしてやる」とね。ニューヨークの壁に自分の名前を「タッグづけ」することから始めたバスキア、父親に名前をプレゼントしようとしたボールドウィン、そしてモンレアルの壁をぼくの名前と写真しかないポスターで覆うことを夢見ていたぼく。人びとは訝しがるだろうね。「こいつはいったい誰だ？　ダニー・ラフェリエールっていうのは？　歌手か、サッカー選手か、犯罪者か？」と。

●きみはその栄光が欲しかったけれども、バスキアのように評判を落とさずにそれを望んだわけだね？

ぼくがバスキアと決定的に違うのは、彼が死に急いだ点だ。ピカソ[*49]はこの栄光を楽しむ時間があった。彼は自分がピカソだと思うために名声が訪れるのを待ちはしなかった。ピカソは誰も彼のことを知らなくても、いつも有名だったんだ。彼は変人だよ。長生きしたしね。それに「隣の部屋」には次々に後を継ぐあれらの若い女性たちがいた。「おれは隣の部屋に女がいないと絵が描けない」と彼は言った。これ以上、何を望めるかい？　そしてバスキアについては、二十六歳で死んでしまってばかなことをしたものだときみは言うよね？　バスキアは硬直化したから死んだんだ。彼は自分自身に裏切られた。自分のゲームの中で肥大していった。それが自分自身で規則をつくったゲームだってことを絶対に忘れちゃいけない。きみはどんなばかばかしいことだって言えるよ。自分でそれを信じていなければね。彼は自分が本当にバスキアだと信じはじめていた。その時点から、真面目な気持ちが訪れて、もうなす術がなかったんだ。彼は若くして死にたかったんだよ。ジミ・ヘンドリックス[*50]、ジョプリン[*51]、イエス（彼はマンハッタンでの三年間の栄光の末に、彼と同じように金曜日に死んだ）、チャーリー・パーカー[*52]みたいに。見かけ倒しさ！　最後のほうは、もう描けなくなっていた。ランボーのように出発するかわりに、ニューヨークに留まっていた。偽物のバスキアを描きはじめたんだ。自分自身の戯画を。そこまで来ると、彼にはもう過剰摂取という出口しか残っていなかった。もはや「おれはチャーリー・パーカーのように偉大になりたい」ではなくて、「ジミ・ヘンドリックスと同じくらい若死にしたい」だった。彼は絵画に重要性を与えることから始めたけれども、一度も画家だったことはないんだ。他人にとって彼は画家だったけれど、彼にとってはバスキアだったのさ。スターというのは身体だった。名声は身体に向けられている。身体の紋章だ。彼はたんにこう言うべきだった。もう何も失うものはないのだから「おれはもう描くものがない」とね。ところが描き続けるふりをして、嘘の中に嵌まり込んでいったんだ。そして生きるエネルギーを失った。ランボーは詩をつくらないのだから詩人ではない。彼は人が「雨が降る」とか「暑い」というように、ランボーを演じている。彼はアフリカに出かけて、別の仕事をして死んだ。詩人として死んだわけではなく、それが彼の力だ。ぼくには目に浮かぶね。ピカソが自分のアトリエを永遠に去るときに、「パブロ、おまえは画家ではない、もう十分だ」と言い放つのが。そしてぼくは、彼が長いあいだずっと「パブロ、おまえは画家ではなくて、たんにピカソだ」ということばを青酸カリのカプセルのように携帯していたような気がする。そして彼は別の仕事をしたかもしれない、……ランボーのように銃を売る商人になったかもしれないね（十分ピカソの手に負える商売だ）。ところがバスキアは彼の画家としての時代は終わっているのに猶予をもらおうとしている。いずれにしても、あらゆるスターにとってと同様、彼の売人

＊49 **ピカソ** 一八八一—一九七三、スペインの画家
＊50 **ジミ・ヘンドリックス** 一九四二—七〇、米国のミュージシャン
＊51 **ジョプリン** 一八六八—一九一七、米国の作曲家、ピアニスト
＊52 **チャーリー・パーカー** 一九二〇—五五、米国のジャズミュージシャン

は町で一番だった。彼は一九八八年八月十二日、マンハッタンの彼のロフトで死亡しているのを発見されることになる。

●それで、ダニー・ラフェリエールが筆を折る可能性はある?

彼はそうするだろう、きっと。ぼくはそう願っている。

憎しみはよい動機である

●文学の話を続けよう。『限りなき午後の魅惑』の中に、「ぼくはただ一つの目的のためにこの本を書いた。ダーに再会するためだ」と書かれているね。きみをエクリチュールに向かわせたのは、いつも同じ動機だったのではないだろうか? ある人物に再会する、ある雰囲気をふたたび見出す、過去を想起する、思い出を喚起する、といった動機だったのでは?

ぼくの本の中に多くの想起があるというのは本当だ。過去を想起したり、現在を語ったりするのは、ぼくにとってはとても楽にできることだ。ぼくはどちらかというと物語作者だ。だけど『ニグロと疲れないでセックスする方法』はそのような趣旨で書かれたわけじゃない。動機は過去とはまったく関係がなく、むしろ現在と関係していた。ぼくにとってはきわめて新しい現在とね。ぼくは未知の国にいた。モンレアルで罠に捉えられていたんだ。ぼくは運悪く、自分がハイチではジャーナリストだったと話してしまったんだけど、そうするとそこにいたみんな、とくにアフリカ人たちが、ぼくは気が違ってしまったという噂を広めて、ぼくを誇大妄想狂扱いしたんだ。だって、彼らにしてみれば、ぼくはジャーナリストではありえなかったからね。

●なぜ?

当時、ぼくはモンレアルの空港で掃除夫をしていたんだけど、それはかなり不思議な階層だった。ぼくらハイチ人は何人もいた。夜勤だった。ぼくはトイレに追いやられたんだけど、空港のトイレほどひどいところはない。人びとは通り過ぎるだけだから、何にも注意しないんだ。いつもとても汚い。夜働いていたから、服装なんてまったくいい加減だった。ところが毎朝、ぼくは同僚たちがトイレで着飾っているのを見たものだ。彼らはそこからスーツ姿で、アタッシェケースを下げて出てきた。まるで自分たちが入国管理の係官か何かみたいにね。彼らにどうしたのか訊ねたら、知らんふりされた。最後に彼らの一人がぼくに説明してくれた。ぼくたちが当直を終える頃、ハイチ行きの便があったんだ。それで、彼らは自分たちが空港のトイレ掃除をしていたと、誰かにハイチで報告されたくなかったってわけだ。

●きみが作家になったのは、気狂い扱いされたから?

そうじゃない。でも、すでに我慢の限界だったね。それによってぼくの怒りは増した。ぼくには自分と同じ頃モンレアルにやってきた友人たちがいた。彼らには彼らを待っている親戚がいたので、大学にも行けた。それでぼくのことを見下して、憐れむようになったんだ。ぼくは近道をしなければいけないと自分に言い聞かせた。夕方、穴の開いたポケットの中でこぶしを握り締めて帰宅したものだ。お腹には怒りをためて。詩人のジャン・ブリエール[*53]はこのことを「空のない地平線」と呼んでいる。結局、ぼくは古いタイプライターを買った。レミントンだ。そしてひときわ陰気なある夜、ローラーに一枚の白紙を巻きつけて、この最初の文をタイプしたんだ。「信じがたいことだが、ブーバがチャーリー・パーカーのこのレコードをかけるのはこれで五回目だ」とね。彼らはぼくがジャーナリストだと信じようとしなかったんだから、ぼくには作家になることしか残されていなかったんだ。

●今では、反撃の味をゆっくり味わっているかな?

すごくね!　ぼくは自分のことを軽蔑したやつらをうんざりさせるためにも書いている。彼らは嫉妬する前にぼくを軽蔑することから始めた。だからぼくは年に一冊ずつ本を出版する気になったんだ。彼らがこの本を読んで、ぼくの彼らにたいする行為(単に書くということだけど）が熟慮の末のものだと知ったら、ぼくを絞め殺したくなるやつらをぼくは知っている。意地悪なやつらっていうのは、自分たちが残酷さを独り占めしているといつも思い込んでいるものだ。なんておめでたいんだろう！　ぼくが八年近く、毎年新しい本を出版してきた理由の一つはそれだ。ぼくが本や映画のシナリオを書いたり、テレビで文化時評をしたりしてきたのはすべて、それが彼らを極度に苛つかせるからだった。そして誰かがぼくに、彼らは脳卒中寸前だったと教えてくれたら、ぼくは掛け金を倍にしたものだ。一九九七年にぼくは二冊の本を出版したけれど、それはただ彼らを怒り狂わせるためだった。ああ、復讐っていうのは、なんて快いんだろう！　でもカトリック教会は反対のことをぼくたちに言うんだ。カトリック教会だって、じつは毎朝、一握りの罪人《つみびと》たち——その中には殉教者になった者もいる——がどうやってあらゆる時代に通用する最大の洗脳を行ってきたか語っているのにね。あんたたちの説教は胸に収めておいたほうがいいな。あんたたちの軽蔑がぼくの人生に同じほどの重要性をもっていたなんて思わないでくれ。このことをぼくが話すのは、繰り返しになるが、あんたたちをうんざりさせるためだ。でも、一人の人間がタイプライターの前に何カ月も座って自分の心の中を掘り下げるのには多くの理由があるんだ。誰も、作家自身でさえ、そこから一つ取り出して、これだ、と叫ぶことなんてできないんだ。ちぇっ！

＊53　**ジャン・ブリエール**　一九〇九—九二、ハイチの作家

ぼくは世界を変革したいのではなくて、むしろ別の世界に住みたいんだ。

●その場合、文学は陸上競技やボクシングやサッカーが果たすものと似た役割を担っているのかな? 運命を逃れるための社会的上昇の道具、ということだけど。

ぼくはいつも文学をそういうものとして見てきた。芸術自体が目的となった芸術について考えたことは一度もない。社会参加する芸術というものも考えたことはない。ぼくは世界を変革したいのではなくて、むしろ別の世界に住みたいんだ。どうして世界を変革する義務が課せられるのは、孤独で参っている貧しい移民であるぼくのような人間にばかりなんだ。ぼくは新しい国で辛うじて生き延びれているんだ。オリンピックで陸上競技を見るたびに、なんでぼくにはこういう才能がないのだろうと思うよ。それに、優勝したあとも、誰も彼らのところには、フランス語圏について、独裁体制について、あるいはグローバル化についてどう思うかなんて聞きには来ないしね。人びとは八〇〇メートルや一万メートルの気高い勝者を無遠慮に見て、拍手喝采する。彼らは好きなだけ気取って歩き、国旗を身にまとってトラックを回ることだってできる。もしぼくが自分は現在四〇〇メートルの最高の作家だと告げたら(八〇〇メートルと三〇〇〇メートルは本物のヘビー級に譲るけれど、四〇〇メートルなら今のところ誰もぼくに勝てないと思う）……、まず、みんなはぼくが見栄っ張りだと言って、それから、文学はスポーツとはまったく違う、と言うだろう……。なぜ、作家だと違うんだい？　なぜ、ぼくらも敵を打ちのめそうとしないのか？　なぜ、ぼくらの勝利を騒がしく祝わないんだろう？　心配しなくてもいいよ。ぼくはそれをしたんだから。ぼくは二四年前、夏服を詰め込んだ小さなスーツケース（母がそこに冬のもっと寒い日のために何枚かの木綿の下着を滑り込ませてくれていた）をもち、ポケットに二〇ドルばかり入れてモンレアルに到着したことを忘れなかった。そして今や、一〇冊の小説と三冊のシナリオ――そのほかはもう分からないけれど――を世に出した小さな企業のトップにいるんだから……。

工場の時代

●工場で働いていた時代のことを話してくれないか。それはきみが書くものや、きみの書き直しの取り組みにどんな点で影響を与えていたんだろうか？

ぼくはポルトープランスの旧友、ロラン・デジールに出会った。彼はもう二人の友だちピエール・オポンとジャック・イレールの家にぼくを連れていった。それがそもそもの始まりだ。すぐに、一緒に生活したくなったんだ。四つの異なる気質。ロランは細かいことにうるさくて、少し病弱で、いつも健康上の問題を訴えているんだけど（ハイチの秘密警察員《トントンマクート》が至近距離から彼を撃ったんだ）、辞書を暗記している（彼はいつもそれを勉強している）。『ニグロと疲れないでセックスする方法』のブーバの人物描写のモデルは彼だ。ジャックは楽天家で、熱狂的で、感受性が強い（彼はひっきりなしに泣いていて、女の子たちは泣いている大柄なニグロの前で途方に暮れてしまう）。ピエールは実際的で、考えに窮することがけっしてなく、明晰で力強い精神の持ち主だけど、とてつもない虚言癖をもっている。ぼくたちは長い夜を空疎な議論にふけったものだ。建物中でぼくたちの笑い声が聞こえていた。ぼくたちの二人が働いているときは、もう二人が食事や文学や映画を引き受けていた。だから、ジャックとピエールが疲れて仕事から帰ってきたら、ロランとぼくが、彼らが働いていたあいだに逃したことについて説明してやっていた。ぼくたちはしょっちゅう仕事を変えていた。当時は、仕事を見つけるのは難しくなかった。地下鉄の切符を買って、工業地帯に行くんだ。いつだって三ドル一〇セントくらいの最低賃金をもらっていたので、仕事を見つけるのは難しくなかったね。ぼくはモンレアルのほとんどいたるところで働いたよ。それはけっして定期的な仕事ではなかった。朝電話がかかってきて、たとえばトマトピューレの製造工場に送られるわけだ。そこで一、二週間過ごすと、別のところに送られるんだ。たいてい休暇に出かけた人の交替要員としてね。そうやってぼくたちはさまざまな種類の機械の動かし方を学んだ。ぼくは仕事を変えるのが好きだ。だって、いちばんひどいのは単調さだからね。賃金はとても悪かった。移民の仕事だ。いちばん大変だったのは、夜勤をしていたときだ（真夜中の零時から朝八時まで）。昼間眠ることができなかった。

ぼくはよくトイレで、目の前に新聞を大きく広げて寝ているところを目撃されてしまった。男友だちどうしはうまくいった。互いに助け合っていたからね。ところが女の子たちもいて、そのせいでグループがめちゃくちゃになった。それはキャロルだった。ピエールがぼくたちの反対を押し切って結婚したんだ。ジャックはかみさんのヤニックと別居していた。そしてロランはグループのせいで妻を失った（彼女はひっきりなしに電話をかけてきたけれど、彼は出て行こうとしなかったんだ。ある日、テレビでマルローの死が告げられ、ぼくたちは彼の人生の総決算をしていた。『人間の条件』はどんな意義があったか？　彼は天才だったのか、それとも道化師だったのか？　ぼくたちは彼がその両方だったと結論した。午前二時頃、ロランのかみさんが電話してきて、もう彼女のところには二度と戻って来るなと言った）。ぼくはといえば、マギーのことを待っていたけれど、落ち合ったのは何年も後のことだ。これらの年月がぼくにどういう影響を与えたかって？　それは決定的だったよ。ぼくはこの時代のことをある小さな本の中で語った。『甘い漂流』というその本はぼくがとても好きな本で、自分の本の中でいちばん容易く読めるものだ。ぼくがモンレアルに到着したとき、ぼくは自分の人間形成において何かが欠けていることを知っていた。自分の人生に責任があると知ることは、人生を直視するぼくの方法を劇的に変えたな。それに、ぼくはそれまで肉体労働というものをしたことがなかっ

大学の課程を避けて肉体労働を選んだことが、ぼくのかなり身体的な文学観にとっては決定的だったと思う。身体に主たる重要性を与える文学だ。

た。すべてが頭の中で起こっていた。ところが今や身体のそのほかの部分が汗をかく番だった。大学の課程を避けて肉体労働を選んだことが、ぼくのかなり身体的な文学観にとっては決定的だったと思う。身体に主たる重要性を与える文学だ。

おれの小説、おれのたった一つのチャンス！

●この意志、この企ては最初から断固たるものだった。きみが『ニグロと疲れないでセックスする方法』を「おれの小説、おれのたった一つのチャンス」という一文で終えたとき、それはあらかじめ決定された企てだったのかな？　きみのたった一つのチャンスだったのかな？

これが計画的な犯行だったかどうか知りたいんだね。そうでもあり、そうでなくもある。そうだ、というのは、ぼくがその本を書いているあいだずっとそのことを考えていたからだ。そうでない、というのは、そういうことすべての中にはかなりのおめでたさがあるからだ。若か

り し頃のぼくにとっては、劇的な瞬間だった。ぼくは上昇するけれど、別のチャンスもあるだろうということはもちろん知っていた。でも重要だったんだ。それなのに、ぼくはバーに原稿を忘れた。危うく探しに行かないところだった。ぼくのうちからとても遠かったんでね。冬で、マイナス二八度だった。怠惰だよ。ぼくはすでに『乱痴気騒ぎのパラダイス』という最初の小説をなくしていた。『ニグロと疲れないでセックスする方法』の中にタイトル（それだけが残っていた）を挿入したけどね。[*54] 三年間の仕事が消えてしまった。でも、それを探しにいこうとは全然思わなかった。ぼくについてきてくれたのは、友人のリオネル・ゲルデスだった。ぼくは少し迷信的で、それをなくしたとしたら、それは価値がなかったからだと思っていたんだ。

●どっちの本のこと？

『ニグロと疲れないでセックスする方法』のほうだ。

●で、『乱痴気騒ぎのパラダイス』のほうはどうなった？

完全になくしてしまった。引っ越しの最中だった。段ボール箱と、洋服、本、食料、炊事道

＊54 **『ニグロと疲れないでセックスする方法』の中にタイトルを挿入した** 『すけこましニグロのパラダイス』と若干異なる

ぼくはいつもこうだった。猪突猛進型であると同時に、くったくのない性格。この二つの性格がぼくの本の中で入り混じるんだと思う。

具を詰め込んだ緑色の袋をいくつか、階段のすぐ足元の歩道に置いたまま部屋に上がってビールを飲んでいたんだ。もう一度降りてみたら、段ボール箱と袋がなくなっていた。跡形もなかった。ぼくたちは急いで界隈を回ってみた。ゴミ収集車が通り過ぎて、もう遠くに行ってしまっていた。町を回ってみたけれど、見つけられなかった。自分に言い訳するために、本がよくなかったからだ、と自分に言い聞かせた。だから『ニグロと疲れないでセックスする方法』をなくしたときも……、同じ説得手段を持ち出した。ぼくにはロシア貴族的な一面があって、誰にも気づかれずにすっからかんになるまで賭けることができるんだ。愚痴をこぼしすぎるのは好きじゃない。

●きみのそういう性格は亡命のせいで培われたんだろうか、それともハイチにいる頃からそうだった?

ぼくはいつもこうだった。猪突猛進型であると同時に、くったくのない性格。この二つの性格がぼくの本の中で入り混じるんだと思う。それが時折人びとを混乱させるんだ。彼らに言わせれば、優しさと皮肉っぽさは共存できないんだ。二つの性格のうちのどちらかは偽物に違いないんだ。しかし、多くの人間がこうだ。あるものにたいしては皮肉っぽくて、別のものにたいしては優しい。ぼくにはこれがそんなに信じがたいものには思えない。ところが批評家たちはぼくを二つに切り分けなければならないと思い込んでいる。あるいは、一方が他方に先立っているのだと断言しなければならないとね。若かった頃、彼は反体制的だったけれども、時間とともに落ち着いてきたんだ、というふうに。人間にたいする何て短絡的な見方なんだろう！

●それにしても、きみはこの問題になると怒りが鎮まらないね！

愚かなことはいつだってぼくを怒らせるんだ。

幼年期は子どものものだ

●本を見ると、いくつかの献辞が見つかるけれど……、それらはいつもとても念入りだね。

それはぼくにとって重要だ……。本に書かれていることはすべて本の一部だからね。

●たとえば、「メリッサへ。彼女がまったく知らない世界、しかし彼女の父親の世界を。それが旅というものでもある」という献辞[*55]だ。メリッサというのはきみの長女だね。この二つの文の中には多くのことが詰まっているよね?

全行程だ。ぼくの家はおそらく植民地時代からハイチにいる。ところが突然ぼくは悲惨な状態で国を離れることになる。父もその二〇年前に同じことをした。ぼくはモンレアルに居を構える。ぼくには三人の娘がいる。彼女たちは北米で成長する。彼女たちの感性はすべてそこで形成されるんだ。ぼくにとって、自分の領域は重要だ。彼女たちにあまりハイチの話をしたくなかった。両親がそこの出身だから少しは話すけれど、ゲットーは嫌いなんだ。子どもの頭の中に別の世界——この場合、どちらかというと虚構の——を根づかせるのは好きじゃない。ぼくはハイチから切り離されてはいない。家には故郷を思い出させるものがたくさんある。絵画、料理、言葉、ぼくの好みのいくつか、友人、祭り、政治、ぼくの本などだ。しかし、長女がニューヨークで生まれ、下の二人はモンレアルで生まれたことを忘れるわけにはいかない。それに、彼女たちは雪が大好きだ。北国の娘たちなんだから、当たり前だね。彼女たちの部屋には、ハイチの絵もあればケベックの絵もある(とくに、彼女たちがとても好きな田野辺[*56]の絵が一枚。雪の中で遊んでいる子供たちの絵だ)。それに、アメリカの歌手たちのポスターや、フランス旅行から持ち帰ったエッフェル塔やノートルダム大聖堂の小さな彫像も。娘たちはポルトープランスには何度も滞在したことがあるので、知っているけれども、プチ=ゴアーヴは見たことがない。それは長女がぼくをからかうために言うように、「神話的な場所」だ。娘たちは三人ともフランス語と英語で『コーヒーの香り』を読んだ。それでも、自分が幼年期を過ごした町を子どもたちが一度も見たことがないのを承知しているっていうのは、ちょっと辛いことだね。ぼくのことで娘たちが知らないことがたくさんある。そういうものは学べるものじゃない。それを感じるためには、そこで生まれなきゃならない。感覚だけがそれほど遠くまで行けるんだ。知性には限界がある。メリッサが『コーヒーの香り』を読み終えたとき、彼女はぼくのところにやってきて、ぼくがこんな幼年期を過ごしたことに驚いていた。彼女はぼくが意のままに使える競技場のように広い領域に感動していた。ダーがみんなのことを知っていたからプチ゠ゴアーヴの町がぼくのものだったっていうのは本当だ。ぼくはどこにいても安全だと感じていた。娘はぼくにこう言った。「パパはこれを全部もっていたのに、わたしは子どもの頃ずっとテレビの前に座らせられていたのね！」と。もちろん娘は自分の生い立ちを悲観的に見ているにすぎないのだけど、海を前にして大きくなれば、テレビの前で幼年期を過ごす人より開けた視界をもつようになるのは事実だ。しかし、幼年期は人それぞれだし、蓄えているイマージュも人それぞれ、旅もまたしかり、だ。

●子どもたちにもっとしっかりしたハイチ文化を授けることをきみに阻むものは何もなかっ

＊55　**献辞**　『限りなき午後の魅惑』の献辞
＊56　**田野辺**　一九三七―、日系カナダ人の画家

ぼくは人が自分で道を見つけるのに任せたい。とくに娘たちを亡命文化に浸らせたくなかった。

た……。

そういうやり方にぼくはいつも怖れを抱いていたんだ。国民文化にあまり影響力をもたせすぎると、日常生活の文化を忘れてしまう。人びととの関係、周囲の人たちといったものを。夜明けの詩情、雨の音、蝶などは、どこでもたいてい見つかるものだよね。ぼくは人が自分で道を見つけるのに任せたい。とくに娘たちを亡命文化に浸らせたくなかった。ぼくは亡命者たちがいつも同じ話を繰り返し、同じ歌を歌い、同じダンスを踊って自分の子どもたちの人生をめちゃめちゃにするのをあまりにたくさん見てきたからね。そんなこと、吐き気を催させるよ。子どもにたいして、そういうことをするもんじゃない。自分の人生を生きさせるべきだ。自分が経験した悲劇や自分が抱いている幻想は、自分のためにとっておけばいいんだ。ぼくは毎週行われる集会のせいですっかり気がめいっている少年を知っている。彼の両親や両親の友人たちはそこでバルバンクールのラム酒（ハイチの有名なラム酒）を飲み、自分たちの失われた青春に熱い涙を流してスペイン語の哀れっぽい歌を聞きながら、デュヴァリエやアリスティッド[*57]のことばかり話しているそうだ。ところが、彼らが踊りたいときは、タブー・コンボ[*58]のレコードをかけて、もう泣いてはいないはずだ。毎週行われる葬式だね。生命力溢れる若者にとっては、何という光景だろう！　とくに、何と恥ずかしいことだろう！　彼らは本当にほかに何もやることがないんだ。結局のところ、彼らがとくに残念がっているのは、ハイチで好きなように使っていた多くの使用人や特典、法を曲げる力、下の階級の者たちにたいする生殺与奪の権利、若い使用人の女性にたいする初夜権といったものなんだ。それも国民文化だ……。この若い友人によれば、彼らがあらゆる毛穴から染み出してくるのを隠そうとするのは、このサブカルチャーらしい。立派な言説はあっても、現実はまったく別なんだ。子どもたちは言うことは聞かなくても、多くのものを見ている。あんた方はいくらでも話せるし、酒を飲んでもいいし、泣いたっていい。でも変わらない何かがある。それはあんた方の性格だ。文化で性格を隠すのは難しい。土台はいつだって浮上しうるんだ。

政治は好きじゃない

●きみの言うことは分かるけど、政治的な闘争的態度、政治参加《アンガージュマン》は、とくにハイチでは、作家たちにとって主要な動機になっている。ジャック・ルーマン、アレクシ、ドゥペストルの

＊57　**アリスティッド**　一九五三―、ハイチの元司祭、元大統領
＊58　**タブー・コンボ**　一九六八年設立ハイチの音楽グループ

系譜だ。作家ではなく、人間としてのダニー・ラフェリエールは、政治から距離を保っているんだろうか？

ぼくの中には、一方に人間がいて、他方に作家がいるわけではない。それがハイチ文学にぼくがもたらすただ一つの小さな新鮮さだ。問題は、ハイチで「政治」という語を発するとき、それが何を指しているのかを知ることだ。たくさんの偽物の答えがあるからね。多くの人たちにとって、政治をやるというのは、現行の権力にたいして陰謀を企てるために、無遠慮な耳のない閉ざされた場所に集結することを意味している。ところがそういう連中は、近所に飲料水を運ぶために集まろうとする品位さえ持ち合わせていないんだ。彼らにとって、政治とは政府が行うことを言葉で正すことだ。でもぼくにとっての政治は私生活の中から始まる。国を形成するのは、これらの私生活の合計なんだ。ぼくの言うことは、第三世界の国の状況の中で理解しなくてはならない。ぼくの本の中でいちばん政治的なのは、ぼくの考えでは『乙女たちの好み』だ。私的な側面と公的な側面の両方で問題提起されているからね。独裁的状況における性の問題ということだ。そして、ぼくにはこれらの娘たちがもたらす答えがかなり気に入っている。つまり彼女たちは、思春期から若い女性にいたる自分たちの生（本の中では十四歳から二十歳）を並外れた生命力として了解しているんだ。彼女たちの闘争は独裁体制にたいしてだけでなく、人生を破壊しようとするもの、退屈で死にそうにさせるもの、うんざりさせるもののすべてに向けられている。それがどんな階層に属するものであってもね。

●ある党の中での政治参加は？

知らない。

●それでも、きみは世界で起こっていることに耳を傾けているのでは？

そうでもない。しかし耳をふさいでいるわけじゃないよ。たぶん、ほかの人たちよりは知っているかもしれないけれど、そんなに耳を傾けているわけではない。それはまさしく、「政治とは何か？」という問いのせいだ。ハイチでは、なす術がないようにするために、いつだって高すぎる条件が課せられるんだ。すぐ手の届くところにある水汲み場の問題を解決する代わりに、国家でさえ解決できないような壮大な問題のほうを選ぶんだ。

●ダニー・ラフェリエールは水汲み場を修理するだろうか？

より正確に言えば、ぼくはむしろ水汲み場を修理させようと試みるだろう。機械音痴だからね。ぼくが「問題を解決する」と言っても、水汲み場を修理しはじめるようにみんなに頼もうってわけじゃない。一つの国というのはモーターじゃないからね。ぼくは問題の物質的な面についてだけ話していたわけじゃないんだ。いつだってどこからか始めることはできて、それはけっ

ぼくはともかく、ハイチには知的で行動力のある人間がいないという印象を持たれたくないんだ。さもないと、地図上から消えてしまうからね。

してぼくたちの扉から遠いわけではない、と言いたかったんだ。大事だと思うよ、始動装置っていうのは。行動に加わっているという気がすること。そうすれば少なくとも、毎週涙を流す悲しい光景を自分の子どもたちに見せずにすむからね。

●どこで行動すべきか示すのは作家の仕事かな？

分からない。ぼくはともかく、ハイチには知的で行動力のある人間がいないという印象を持たれたくないんだ。さもないと、地図上から消えてしまうからね。そういう雰囲気だけは、断固として批判する。ぼくたちはフランスから長広舌をふるう癖は受け継いだけれど、その経済的健全さや政治的均衡は受け継がなかったんだ。

クールな顔で何かをする

●きみが計画した賭けに勝つために、きみのほうでもいくつかの切り札を用意したね。その戦法について話してもらえないかな。そして、それらの戦法のどこまでが予想されたもの、前もって考えられたものだったのか、また、時とともにそれを変更する必要はなかったのかどうか？

最初からぼくは文壇への登場を包括的に考えたんだ。一冊の本を書くには、苦悩、個人的な思い出、悪夢、夢、幸福な瞬間などの手持ちの貯えの中から話題を取り出さなければならない。手持ちのもので十分でなければ、躊躇せずに自分の友だちや他人の本の中から盗んでくる必要もある。ピカソは言った。「おれは盗むんじゃなくて、取るんだ」とね。それからタイプライターの前に座って、それら全体が自分の身体の中を通り、これらの事実、感情、話が自分の血でふくれあがって自分自身の世界観になるようにしなければならない。それが終わっても、まだとても重要なことが残っている。タイトルを選ぶことだ。タイトルは著者の個人的な感情を裏切らずに、読者の注意を引きつけるものでなければならない。ぼくは批評にとってだけ好ましい文学的なタイトルは望まなかった。フランス文化よりアメリカ文化に近い何かが欲しかったんだ。結局のところ、ぼくはアメリカ大陸にいるんだからね。自分たちがヨーロッパにいると思っているのはケベック人だけで、移民たちはみんなケベック州が北米大陸にあることを知っている。そもそも、本自体（『ニグロと疲れないでセックスする方法』）がアメリカ風に書かれていた。外見はクールだけど、じつは、そんなにクールなわけじゃない。辛うじて字の読めるやつ

予想もしていなかった場所で一杯食わされた、という欲求不満を引き起こす感覚が生じるんだ。

によって、こんなふうに紙の上にたたきつけられたもの、という印象だ。ぱらぱらめくってみると、おや、彼はこんなことを知っているんだ、続けていくうちに、キーツ[*59]やヴァージニア・ウルフ、ボードレール[*60]、レナード・コーエン[*61]を味わうことのできる洗練された（そいつの文化的見解によれば）作家を前にしていることに気がつくんだ。あれっ、彼が性について言っていることは面白そうだぞ！　そいつはあらためてタイトルを見て、女の友だちにその本を送って冗談を言おうと思った。さっきより少し注意深く読み続けると、突然、規格外だと思っていた文もじつはきわめて古典的だと感じるようになるんだ。そこから、予想もしていなかった場所で一杯食わされた、という欲求不満を引き起こす感覚が生じるんだ。ぼくの究極的な目的は文化という概念について考えさせることなんだ。

●それは危険が多くないかな？　読者は誤解するかもしれない。

ぼくは何かを構想するとき、ある程度の危険はつきものだと思っている。でも実際には何の危険もないんだ。それが徹底して自分であり、自分の性格だから。ぼくはこういう人間で、そのまま受け入れるか、やめるかのどちらかだ。ぼくが本の中で言っていることは、ぼくが友だちと話していたことと同じだ。たとえばフェミニズムについては。

フェミニズムについて

●フェミニズムについては、どう言っていた?

ぼくがモンレアルにやってきた当時、フェミニズムのすべての議論はセックスに集中していた。女性たちは、射精するとすぐ自分たちに背を向けて鼾をかきはじめる男どもにうんざりしていた。この点に関しては、男たちはこういうふうにして自分たちの力を誇示していたんだ。女性の快楽というものは存在していなかった。女性たちは内戦状態寸前だった。だって人びとの生活にとって、セックスというのはどうでもいいものじゃないからね。グラフ雑誌の中には、男の代わりに電気振動マッサージ器を使うことを勧めるものもあった。ぼくはといえば、男性優位が別の方法で行使される国の出身だ。女性に死ぬほど快楽を味わわせる必要がある。彼女

＊59 **キーツ** 一七九五—一八二一、英国のロマン主義の詩人
＊60 **ボードレール** 一八二一—六七、フランスの詩人、評論家
＊61 **レナード・コーエン** 一九三四—二〇一六、カナダのシンガーソングライター

が自分の名前を忘れるまで、言葉の使い方を忘れて擬声語でしか話せなくなるまで、許しを請うまで、ちょっと息をさせてくれと懇願するまでだ。男のほうは、女が枕に顔をうずめて喜びで静かに泣いているのを聞かないかぎり、勝利を収めたことにはならない。そうなって初めて、そうなったときだけ、彼は眠りに落ちることができるんだ。ぼくの国では、夜は昼を予告するものだと言われている。だから、ぼくがベッドにおける持論を展開しようとしたとき、女性たちに好まれそうな別の見方とともに登場したわけだ。ところが、別の面においては、ぼくはとても遅れていた。ケベックの男性たちから多くを学んだよ。彼らの精神的優雅さは素晴らしいね。ぼくたち——ぼくのハイチ人の友だちのことだけど——は、夜、女性とどう振る舞ったらいいか知っている父親たちから受けたよい教育のおかげで、夜はたしかに勝利を収めることができた。しかし、昼間はまったく無能だった。ぼくたちの父親は家事を分担することなどまったく考えていなかった。彼らは、西欧の男性が男らしさを失ったのはまさしくそこだと思っていたんだ。女性に意見を言わせることなどなかった。言説というものは男に限定された領域だと思っていたからね。しかし、太陽が沈んで、より神秘的で、より非民主的で、より危険な領域に入るやいなや、昼のあいだ失っていた全能力を取り戻したものだ。

●『ニグロと疲れないでセックスする方法』でも、ほぼ同じことを言ってるよね。

『ニグロと疲れないでセックスする方法』では、ぼくは人種的対立という側面から性的関係について語っている。一種の序列をつけたけど、それはちょっと眉に唾をつけて理解する必要がある……。そもそも、ぼくが言うことはいつでもちょっと眉唾で受け取らなければならないことは、きみも気がついているよね。さもないと、ぼくたちは同じ波長にはいないことになってしまう……。

●心配しないで……、続けて……。

ユダヤ＝キリスト教的な序列においては、相変わらず性的な合目的性においてだけど、白人男性がいちばん上に位置している。白人男性に快楽を与えるのは白人女性の役目だ。ニグロの女性は序列のいちばん下に位置している。だから、ニグロの男性に快楽を与えなければならないのは彼女だ。真ん中にニグロの男性と白人女性がいる。女性としては（相変わらず、男性を女性より優位に位置づける序列に従ってだが……、聞き捨てならないと思うけど、最後まで言わせてくれ）、彼女は男性に快楽を与えるために存在している。しかし白人女性としては、男性ニグロより上に位置している。だから、この種の性的興奮をもたらす、かなり興味深い小さな変動が現れるんだ。これがその動揺の瞬間だ。関係の中でどちらが優位に立つか？　男が女より優位に立つのか、それとも白人女性が男性ニグロより優位に立つのか？　すべてが決まるのはこの震動の中でだ。権力闘争は恐ろしいものになるだろう。ニグロ男性が最終的に優位に立つだろう。彼にとって、それがただ一つのチャンスだからね。彼は、夜が明ければただちに、

ぼくは幻想の相互作用を暴露することによって、体制を解体しているんだ。

白人女性が全権力を取り戻すことを知っている。ニグロ男性は激高しながらそれをするだろう。しかし、これほどの情熱を注ぎ（おお、はかないものと知っている権力の中に注ぎ込むことのできる情熱よ）、これほど肉食性の食欲を示し、これほどの憎しみを込めて（性行為においては、愛情より憎しみのほうが効果的だ、と『ニグロと疲れないでセックスする方法』の話者は言う）、これほどの優しさも込めて白人女性とセックスしたのは久しい。こうしたことすべては記念すべき夜を作り上げるけれど、あまり頻繁に繰り返しすぎてはいけない。幻想は短命だからね。

●きみはセクシャルなニグロという古い神話に論拠を提供しているんじゃないかな？

反対だ。ぼくは幻想の相互作用を暴露することによって、体制を解体しているんだ。

「ぼく」って？

奴隷制の負債について

●本の誕生の話に戻ろう。きみは出版制度にも関心を持っていたよね？

とても。この件でぼくが興味をもっていたのは、作家より、出版社や取次会社や本屋に会うことだった。それらがどんなふうに機能しているか知りたかったんだ。何かたくらんでいたわけではなくて、たんに明晰さにとりつかれていたんだ。ぼくは社会がどのように動いているのか知るのが好きだ。夢見るのは嫌いだ。ぼくの夢は現実が過剰になったものだ。だから、ぼくのほとんどの本では、ぼく自身のやり方を説明するという自殺的な試みがされているんだ。たとえば『ニグロと疲れないでセックスする方法』では、ぼくがミズと呼ぶ若い娘たちは、自分たちが誰を相手にしているのか分かっていない。彼女たちにとって、それらは若いニグロにす

ぼくには原理原則で戦う習慣はない。勝つために戦うんだ。そう話しているのは、ぼくの内なるアメリカ人だ。

ぎない。ところが読者のほうは、どんな人間を相手にしているのかとてもよく分かっているんだ。語り手（本の中では作家だが）はたしかにこう言っている。「歴史はぼくたちのことなど興味ないし、ぼくたちも歴史には興味ない。それはお互いさまだ」と。奴隷制の負債に関するばかみたいなこの議論から少し遠ざかるために、彼は少しあとのほうでこうも言っている。「西欧はもはやアフリカに何も負ってはいない」と。

●ほかの人たちにとっては、それは真剣な議論だ……。

そんな無駄口をたたいていたって、二〇年もかかるだろう。そんなばかばかしいことに使う時間はぼくにはない。アメリカインディアンはマンハッタンを取り戻そうとしてとてつもない時間を費やした。ニューヨークのこの広大な地区（一つの都市に相当する面積だ）が彼らのものだと言ってね。彼らは一口のパンと引き換えにアメリカ政府に売ったんだが、全てのアメリカインディアンの酋長が契約にサインしたわけではなく、結局その契約は無効だったようだ。ばかばかしいことだよ！　奴さんたちはアメリカ国家があれらすべてのビルとセントラルパークと一緒にマンハッタンを返してくれるだろうって固く信じていたんだぜ。ユダヤ人たちは本当に力があるし、ナチが自分たちの財産を盗んだことを証明するありとあらゆる書類をもっているけれど——そしてこの話は五五年かそこら前のことにすぎないのに——、自分たちの権利を主張するのに苦労しているんだ。カナダの大富豪のブロンフマン[*1]が世界ユダヤ人会議の議長の資格で、スイスの有力な銀行がまだ所有しているユダヤ人の財産の件でその代表取締役社長に会いにいったんだ。それなのに、彼には椅子も差し出されなかったんだぜ。

●きみはすべて忘れるべきだと思っているのかな……。

ぼくには原理原則で戦う習慣はない。勝つために戦うんだ。そう話しているのは、ぼくの内なるアメリカ人だ。やむことのないうめき声をめぐって行われる無数のシンポジウムに参加したくはない。しかしこの戦いを続けているアフリカ人たちは、ぼくにたいしてあまり興奮してはならない。ぼくはこの点では「犠牲者」だってことを彼らは忘れてはいけない。ぼくがアメリカにいるのは、売られたか捕らえられたからだからね。したがって、何が何でも訴訟を起こさなければならないというなら、それはアメリカ大陸からなんだ。ぼくは、この件では金を要求してはいけないと思っている。金持ちは金を払うのが好きじゃないからね。むしろサーヴィスで払ってもらわなければならない。限度を決めてだけど。たとえば、五年間、ニグロ（とな

＊1　**ブロンフマン**　一九二九—二〇一三、カナダの実業家

ると、ニグロ性の具体的な証拠を示さなければならないね。だって、ちょっと浅黒い多くの白人が人種的定義の多様な隙間に潜り込もうとするだろうから）は飛行機やバス、そしてとりわけ船で、金を払わずに旅行できるとか、白人が経営しているレストランで食事ができるとか（一つのレストランが一日に提供することを義務づけられる無料の料理の数を決めておかなければならない）、これもまた金を払わずに、店で服を入手する、などだ。公的機関、あるいは民間でも、職務に割当数《クオータ》が導入されるだろう（ヨーロッパでは奴隷制がみんなの利益にかなっていた、ということを忘れないようにしよう）。ぼくはすでにこれほどうまみの多い仕事に身を投じそうな弁護士が一〇〇人も目に浮かぶよ（ついでにすぐ言っておくけど、彼らの報酬も債務の一部だ）。結構だ。幻想家の中には、この機会に、奴隷制によって生じた大きな苦痛を究極的に償うものとして、ニグロがヨーロッパのすべての国においていちばん上に位置することを要求する者もいるだろう。しかし彼らは、金の卵を産む雌鶏を殺すことが目的ではないと知っておくべきだね。だから、さあ、そこの若造たち、どいて、どいて！

●きみはこうやって、すべてをばかにするのかな？

国際機関で重要なポストに就いていることを口実にして、気ちがいじみた、多くのエネルギーを要するプロジェクトを正当化している人たちが大勢いるじゃないか。彼らのほうこそ、ぼくたちをばかにしているとは思わないかい？

犠牲者の立場

●きみは奴隷制のテーマに関心をもったことは一度もないの？

このテーマはある種の作家たち、すなわち、文学というものは人種の擁護とは無縁の私的な問題だと考えている作家たちにずいぶん迷惑をかけてきた。そういう作家たちは、入植者を誹謗するという目的以外では問うことを了承しがたい過去の核心にメスを入れることはきわめて困難だと感じている。犠牲者はいつだって正しいからね。だから、二〇〇〇年のあいだ、人びとは同じ決まり文句、同じ神話、同じ寓話を繰り返してきたんだ。子どもの頃ぼくは、植民地の過去について何か別の話をしてくれたらどんなにいいだろう、と思っていたのを覚えている。すべてがぼくには滑らかすぎて、あまりに筋書通りだった。クロゼットの中に骸骨がいるんだと漠然と感じたね。何かが隠されているんだと。後になってから、奴隷の中には、アフリカの自分自身の兄弟によって白人の奴隷商人に売られた者がいることを知った。ニグロ女たちの中

子どもの頃ぼくは、植民地の過去について何か別の話をしてくれたらどんなにいいだろう、と思っていたのを覚えている。

には、ほかの奴隷を軽蔑するために、主人にたいして自分たちの性的な力を利用した者がいることも知った。そしてとくに、もっとも容赦ない拷問人が奴隷の中から集められたことも知った。フランス人なら、ドイツ占領下でフランス社会のかなりの部分が示した態度を考えてみれば、このことは容易に理解できるだろう。現在なおハイチで起こっていることは、植民地の過去と直接関わっているということを知っておかなくちゃならない。そうしないと、あれほど苦しんだ人たちがこれほど熱狂的に拷問者の側に回ることを理解するのは難しい。この暴力の核心に、ある秘密が隠されているんだ。そしてぼくが関心をもっているのはその秘密であって、犠牲者は悪を知らない、という国家的なプロパガンダではないんだ。汚れのない過去を捏造するあらゆる民族にとって、重要な文学を産み出すことは困難だろう。作家というものは、自分の作品の登場人物に厚みを与え、自分の物語に本質的な見方を与えることができるためには、過去のすべての土塊を表面に浮かび上がらせようとしなければならないんだ。ぼくたちが創造しなければならないのは、生身の人間であって、錆びないロボットではない。

●きみは自分だけ得をしようとしていないか?

もちろんさ……。ぬかるみの中を苦労して歩くのが、ぼくの仕事だ。プロパガンダの澄んだ水のほうは国家の役人に任せておく。彼らの標語は非の打ちどころのない清潔さだ。もし問題をしっかり隠せば、最終的には消えるだろう。思いやりでよい文学は生み出せない、というジッドの教訓はいまだに有効だ。

●これらの作家たちが、人類の歴史における悲劇的な時期である奴隷制について書く義務から逃れる方法はあるだろうか？

あるよ。デュヴァリエを知った作家たちがそうだった。独裁体制が奴隷制を少し陰に隠したという、ただそれだけの理由によるのだけど。悲劇は、似たり寄ったりの新しいものにとって代わられないかぎり生き続ける。ぼくは独裁体制が奴隷制と比較可能だと言うつもりはないけれど、そんなにかけ離れているわけではないんだ。そして独裁体制の下で生きている者たちにとっては、それが完全に占拠しているんだ。

●ハイチ文学の中に何か別のテーマはありそうかな？

ハイチ文学だけじゃなくて、ハイチ芸術全般の中になら……。

●亡命は？

亡命はむしろ独裁体制と結びついている。まったく同じと言ってもいい。海外への移住だろうか？　一九八六年二月七日にジャン＝クロード・デュヴァリエが出て行ってから、ハイチ人亡命者はいなくなった。いるのは海外への移住者だけだ。そして、一九一五年のアメリカ合衆国による占領、あるいはデュヴァリエ親子による独裁体制（一九五七—八六年）以上に重要な二十世紀ハイチの出来事は、北米への大規模な移住だ。それに、ハイチ文学のコーパスから完全に断絶した文学が現れはじめている。

●海外移住者と亡命者はどこが違うのかな？

亡命者は出身国を政治面からしか見ないけれど、海外移住者は自分が住むことに決めた新しい国で起こっていることにも関心がある。

ニグロの何がそれほど女の子たちを興奮させるのか？

●結局のところ、北米大陸でストーリーが展開するきみの本の大部分、とくに『ニグロと疲れないでセックスする方法』に登場する明晰で教養ある人物は、どんなメッセージを発しようとしているんだろうか？

彼は二人のニグロの若者を示したいんだ。この二人は西欧文化を知りつくしていて、もし白人だったら、テレビでどんなテーマについてだって気取っておしゃべりしているような人物なんだが、実際はモンレアルのど真ん中で、人間以下の経済状況で暮らしている。彼らはたしかにユーモアもあり、絶えず笑い、ものを書き、茶を飲んで、女の子たちに会うことだってできる。彼らはたまたま汚いアパートで極貧の生活をし、ろくなものも食べずに安酒を飲み、仕事もなく、どうやって持ちこたえているのか知るのも容易でない状況だ。それが、冬が容赦しない北米の都市での厳しい現実だ。冬はよくアパートを温めて、肉を食べ、温かいもの（ブーツ、手袋、マフラー、オーバーコート）を身に着けなければならないが、そうしたものはすべてとても高価だ。それなのに、彼らは働いていないんだ。彼らはたしかに幸福そうな印象を与えるけれど、苦悩はそこに、その下に隠されている。家賃を払えない苦悩。もちろんそのほかの出費もある。しかもこれらの人物はトルストイやプルーストの読者で、ラファエル前派を愛好する教養人でもある。イノシシのほうに突進したオデュッセウス[*2]についてぼくの友人であるホメロスが言っていたように（幸いなことに、アイディアに詰まると、窮地から救い出してくれる友人たちがいる）、「命じているのは空腹だ」[*3]。だから、ぼくには、文学を唯美主義者の営みと考えることは難しかったんだ。しかしだからといって、それが芸術でないというわけではまったくない。ぼくは証言するために書いているわけではなくて、家々の上を飛び、譫言を言い、十全に生きるために書いているんだ。

＊2　**オデュッセウス**　ギリシア神話の英雄。ホメロスの叙事詩『オデュッセイア』の主人公
＊3　**命じているのは空腹だ**　『オデュッセイア』第六歌参照

●きみは『若いニグロの手の中の柘榴は武器か、それとも果物か？』の中で語っているけれど、中身よりもタイトルのほうがずっとよく知られている過度にメディア化した本（『ニグロと疲れないでセックスする方法』）の著者になるという、もう一つの危険はなかった？　みんながタイトルは知っているけれど読んだことはないものの著者になるという危険は……？

いいや、まったくその危険はなかった。他人はそう感じたかもしれないけれども、ぼくはそういう体験はしなかった。それが人の気を引くだけの新奇な小物ではないことをぼくは知っていたからね。ぼくはこの本の中に外見上は軽薄な思考のかたちでいくつかの手榴弾を仕掛けておいたんだ。「ニグロとセックスするのは気持ちがいい。しかし一緒に眠るのはもっといい。」いずれにしても、それはもっと危険だ。一般的には、人は一緒に眠るよりはセックスする方が好きだ。なぜなら眠るのは他人の中に入り込むことだからだ。白人の若い娘にとって、モンレアルのカルチエ・ラタンでニグロと一緒に眠り、ドゴン国で目覚めるのはとても深刻なことだ。このアパートに漂っている途方もない自由は、そこを欲望の場所にしていた。人びとはそこに惹きつけられていた。若い娘たちは自分が世間から裁かれはしないと知っていた。そもそも、人は同輩によってしか本当の意味で裁かれることはないものだ。人種的な隔たりがあらゆる妄想をかき立てていた。安酒を飲んで、非常に従順なこれらの若い娘たちをものにしていたんだ。

●すばらしい娘たちをものにするのは、どちらかというと肯定的だ。安酒を飲むのは、それより明らかに否定的だ。それは人生の目的ではないのかな？

よい酒を飲んだことがないと、違いが分からないんだ。よい酒がなかったので、ぼくは安酒を称えた。ブコウスキーが彼のアル中女たちを褒めるのにちょっと似ているね。本を出版してから数年後に、ぼくはある若い女性に会ったんだけど、彼女はこうぼくに言った。「ラフェリエールさん、あなたはわたしを大いに助けてくださいました。以前わたしは安ワインを飲みながら自分が情けなかったのですが、あなたが安酒を褒め称えるのを聞いてから、安酒を飲むのを誇りに思います。」彼女はいい酒を買うお金がなかったんだ。このことをいささか高貴な感じで言った。安酒を押しつけることができるには、本の語り手がもっているある種の優雅さが必要だね……。よく見ると、この本の中には、それにぼくの仕事全般にも、かなりダンディズムが込められているんだ。

●ダンディズムというのは、どんな状況にあっても自分自身の行動様式を持つという意味だろうか？

そうだ。これらの女の子たちのほとんどはブルジョワ家庭の出身で、マギル大学（モンレアルの英系地区にある名門）に通い、将来が保証されている。そんな彼女たちにぼくは何を提供しようというのか？　モンレアルのど真ん中の、大学から一五分のところにある第三世界だ。ぼくは彼女たちに少しばかりの危険を提供した。麻薬も暴力も使わず、ぼくはむしろ幻想の中で働くんだ。彼女たちがプリンセス、ママと一緒の少女とは見られず、たんに男のあばら家にいる女としか見られないような場所を提供したんだ。要するに、ぼくは、いや、語り手は――ぼくはこの運のいい奴と自分を同一視してはならないからね――、彼女たちに運動の絶対的な自由を提供したんだ。だからこそ、この本は若い娘たちにたいして、こんなに長いあいだ、これほどの影響力を与えたんだ。モンレアルの英系地区で、ある女の子に会ったんだけど、彼女はぼくに言った。もう待てなくなって、ジャマイカ人の恋人のために自分でそれを英訳したそうだ。「彼がわたしとセックスしているときに彼の頭をよぎることが今ではすべて分かっているし、彼がなぜこんなにしょっちゅう暗闇に一人で座っているのかも分かっている、と彼に伝えるために……」ね。ぼくはニューヨークで別の女の子にも会った。彼女はトロントから来ていたんだけど、インド人で、両親はニューデリーにいた。彼女は、ぼくの本を読んでから、トロントを離れてニューヨークで暮らすようになり、そこでたくさんの人と出会ったそうだ。中にはハイチ人も一人いた。彼女は女性ながら、ぼくの最初の小説の語り手そっくりになろうとしたんだ。彼女はちょうど自分の最初の本を出版したところで、それは実際『ニグロと疲れないでセックスする方法』への返答だ。彼女はぼくに言った。「わたしはあんたがしたことを全部したのよ。故郷を離れて他所で生活するようになったし、悲惨と自由の中で生活して、今では小説家よ」とね。ミナ・クナールは現在ではニューヨークのもっとも優れた若手作家の一人だ。

●ということは、タイトルが『白人女と疲れないでセックスする方法』でもよかったということを裏付けるんじゃないかな？　結局、実際もそうなんだから。

ああ、そういうタイトルでもよかったかもしれない。でもそれじゃ面白くない。ニグロが『ニグロと疲れないでセックスする方法』と言うほうが複雑だ。

●もちろん。しかし結果はそれだ。

ぼくはそうは思わない。タイトルの中では、ニグロは疲れることがなく、時間に関する好奇心をかき立てる問いを発しているのは白人女性のほうだ、ということが暗黙の了解になっている。彼女は自分のほうがいつも先に疲れるという原則から出発している。ところがある若い女性がタイトルを変えて、『ニグロを疲れさせずにセックスする方法』にしようとしたんだ。ぼくは、若い女性たちから、どうすればこんなに際限なくセックスができるのかと訊ねられたら、

ぼくは彼女たちに少しばかりの危険を提供した。麻薬も暴力も使わず、ぼくはむしろ幻想の中で働くんだ。

いつもこう答えるんだ。「ねえ、そんなこと、いたって簡単さ。彼にさせておけばいいのさ」とね。

準備

●本の結果の一つは、ぼくが理解しているところによれば……

……西欧の若い娘たちをニグロの若者たちの腕の中に押し込んだことだ……

●そう。あるいは少なくとも、著者の腕の中に？

ぼくの立場になりたいのかい？　いいだろう。でも、人びとは別のものも見ていた。もちろん、この薄い本は若い男の子たちよりはるかに若い娘たちのために考案された小さな手榴弾だった。自由気ままな暮らしは誰にも関係しているけどね。ぼくはそこに少しも性的なものを見ず、たんに友情や気ままな生活を見ただけだという読者たちに出会った。彼らはそもそもそういう生活を自分の友だちと送っているんだ。だから、この本はいろいろな角度から眺められるんだ。それに、ケベックだけでも、この本に関して一七本の博士論文が出たそうだ（雑誌『ユダヤ論壇』による）。取り上げられたテーマはさまざまだ。人種差別、セックス、憂鬱、孤独、宗教、不動性（アン・アルボール大学のパトリック・ドッドによるこの研究は気がきいている）、等々。これらの要素はたまたまそこにあるわけではない。

●きみは本やカバーやタイトルだけでは満足しなかった。「発売前のプロモーション」もあったね。

ぼくは、アフターサーヴィスはしなかった。きみが仄めかしたいのがそれならば、だけど。本の最後の一文を覚えているかな。「ぼくのたった一つのチャンス」だ。本当の最後の一文はさらにダイナミックだ。「行け」だから。ぼくもこの本を助けなければならなかった。発行人のジャック・ランクトが出版のときにぼくに手紙をよこしたんだ。「この小さな本は爆弾です。これを読んでわたしは笑いました。ブコウスキーのときのようにです」とあった。想像できるかい？　ぼくは有頂天だったよ。この人はぼくのことを理解してくれていた。彼はぼくが何を言いたいのか分かっていたんだ。しかしそれだけでは十分でなかった。ぼくは気づいていた。どんなへぼミュージシャンでも、レコードを出すとすぐポスターをつくらせるってことにね。ぼくも自分のポスターがほしかった。写真家の友人たちに、この本を書いていた当時定期的に行っていた場所でぼくの写真をとってくれるように頼んだんだ。ぼくは裸足で公園のベンチに座っていた。彼らはぼくが木立ちの真ん中にいるところを撮りたがった。でもぼくは木立ちなんかに用はなかった。木立ちのためにそこにいたわけじゃない。ぼくは都会に住むネコ科の動

ぼくは都会に住むネコ科の動物だ。都会がほしい、本物の都会、大気汚染、人びと、車、地下鉄。雌牛ではなくて車が。

物だ。都会がほしい、本物の都会、大気汚染、人びと、車、地下鉄。雌牛ではなくて車が。

●本物の演出だね？

ぼくの場合いつでも、実生活と夢見られた生活とは一体だ。さしあたり、ぼくは自分のタイプライター——携帯用の小さなレミントン——と、白いズック靴と、茶色の袋に隠したモルソンビールの大瓶をもっていったんだ。というのも、公衆の面前でアルコールを飲むことは禁止されているからなんだけど。しかし、小袋の中に何が入っているかなんて、警察は知らないことになっている（なんという欺瞞だろう！）。ぼくはジーンズの裾をまくって裸足になる。これはマルケスから拝借したアイディアだ（グラッセ社から出た彼の本の裏表紙の写真）。ぼくはニグロの原始的な面を思い起こさせるために裸足なんじゃなくて、こういう感じですっかりくつろげる人間なんだ。ぼくは書いているものに視線を落としている（顔の半分は太陽に照らされ、もう半分は影になっている）。それはぼくの人格の二つの様相を正確に要約している。ぼくは物乞いしているところではなく、書いているところだ。仕事をしている作家なんだ。

戦争が始まる

●入念に作り上げられた、相当に手の込んだイメージだね……。

いくらやっても十分っていうことはないからね。未加工の芸術の側面、見た目は稚拙でも、控えめながら微妙な変化に富む側面があるんだ。この写真をしばらくのあいだ解読することができる。それはまるでありのままに撮られたように見えるけれど、じつはすべて入念に考えられたものだ。ぼくはポスターを作っている友人のところに写真をもっていった。彼はぶつぶつ言いはじめて、こんなのだめだ、裸足の作家なんて、と言った。作家には威厳が必要だと思ってたんだな。彼にしてみれば、ぼくは（またもや！）野蛮なニグロに関する古びた紋切型を強調していたわけだ。彼はビール瓶が気に入らなかった。どうも、ぼくはアル中ニグロのイメージを裏づけていたらしい。ぼくは彼にこう言った。すべてをニグロの話に引き戻すのはやめてほしい、自分はニグロとしてここにいるんじゃなくて、ビート族の作家としているんだ、と。アメリカ文学の中には、ヘミングウェイ、ケルアック[*4]、ブコウスキー、ミラーという一つの系

*4　**ケルアック**　一九二二―六九、アメリカの作家

譜がある。酒を飲むクールなやつらだ。彼は、とんだ茶番だ、と反論した。ぼくが酒を飲まないことを知っていたからね。ヘミングウェイは、偉大な作家の真似をすることから始めなければならない、と言っている。それはぼくにとってとても都合がいい。「見てみろよ」とぼくは彼に言った。「きみはニグロの話しか見ていない。白人の若い北米人に意見を聞いてみろよ。次々に名前を挙げるはずだぜ。ケルアック、ミラー、ブコウスキーなどの。分かるだろう？　自分の世界に閉じこもっていちゃいけないよ。」彼は値段を負けてくれそうだったので、ぼくは少し調子を弱めた。そして彼が作ってくれたポスターをぼくが町中のバーに自分で貼りに行ったんだ。

●それを本が出る前からやったんだね！

本が出たのは金曜日だけど、土曜日にはドゥニーズ・ボンバルディエ[*5]とインタヴューがあった。テレビに出るのは生まれて初めてだった。すべてを試みるために、ぼくには七分間の時間が与えられていた。もし番組がうまくいかなかったら、ぼくはドゥニーズ・ボンバルディエをひっぱたいてやろうと決めていた。それは彼女にたいして何か恨みがあったからじゃなくて、たんに、そうすれば翌日のニュースになること間違いなしだと思ったからだ。ぼくはしゃべりすぎちゃいけなかった。口数が少なすぎてもだめだった。ボンバルディエは本の中でとほぼ同じようにインタヴューを始めた（ぼくは本の中でぼくにインタヴューしている彼女を紹介していたからね）。

――あなたは女性がお好きではないのかしら？　とボンバルディエが攻撃してくる。

――ニグロもです、とぼくは言い返す。

こうしてぼくの最初の七分間のテレビ出演は始まった。ぼくが冗談を言うためにここにいるわけではないと見て、ボンバルディエは反撃してきた。

何の問題もない。その日、ぼくはすこぶる調子がよかった。ぼくたちはとくにセックス、ニグロ、白人女性、バー、皮肉などについて話したけれど、ありがたいことに、文学については話さなかった。ボンバルディエは、文学というものはぼくにとって、小さな閉じられた部屋の中で、証人のいないところで作られるものであることをよく理解していたんだ。ぼくは、ある文の中で形容詞をどこに置けばいいかといった悩みは、自分のために取っておく。もう終わりだ！　テレビカメラが消える。技術者たちはみんなぼくを褒めてくれる。ボンバルディエはぼくのことを優しい美しい目で見つめる。みんなはぼくに素晴らしい将来を予言してくれる。ぼくは通りに出る。たった一人で、喜びと、生まれつつある栄光を噛みしめながら。モンレアルの通りを、何かが起こったという不思議な感覚を味わいながら歩く。ぼくはモンレアルの家という家に侵入するために、ブラウン管の中に入ったところだ。ほら、ニューフェースの登場だ、

＊5　**ドゥニーズ・ボンバルディエ**　一九四一―、カナダのジャーナリスト、テレビ司会者

毎朝モンレアルの通りを運転して書店回りをした。自分の本をウィンドーに飾ってもらうように、本屋に懇願した。

と人びとは互いに言う。彼はどんな話をしていた？と番組を見なかった人は訊ねる。分からないな。セックスとか、ニグロとか、白人女性とかの話だったと思う。でも確かなことは、ドゥニーズ・ボンバルディエがあんなに陽気なのを見たのは初めてだった、ってことだ。やつが彼女に何をしたのか知らないけど、とにかく彼女は興奮しきっていたみたいだ。でも彼はどうして番組に出ていたんだい？　彼の職業は何だい？　知らない。たぶんミュージシャンじゃないかな。彼が何の仕事をしているのか、よく分からなかった。こんなコメントがあったらいいなあ。「彼がどんな仕事をしているか知らないけれど、ドゥニーズ・ボンバルディエは興奮しきっていた。」以前、移民たちは自分の国について郷愁にとらわれた本を書くのが常だった。でも、そういう本では、彼らは大衆向けの番組に出るチャンスはあまりない。ぼくは知らないバーに入って（癌があると知らされたときや、宝くじに当たったときなどにやることだね）、ダブルのウイスキーを飲んだ。いつもと同じように、誰もぼくに話しかけてはこなかった。でもそんなことはこれが最後だろう。翌朝には名声がドアのところでぼくを待っていた。管理人がぼくにおめでとうと言ってくれた。隣人たちもぼくを祝ってくれた。そしてぼくがやってくるのを見るといつもは顔をそらせるあの若い女性も、今回はにっこりしてくれた。すべてが望み通りに運んだ。人間誰しも、一生に一瞬だけ栄光を味わう権利があるんだ。

●つまり戦略の成功だね？

そんなに急がないでくれよ。まだ仕事は終わっていないんだから。これを現実の中で具体化しなければならないんだ。政治家たちが言うように、投票場に行かせなくちゃ。そこで、書店が動きはじめる。ぼくはこんにちはと言って、すぐに引き上げるために行ったわけじゃない。ねばったよ。戦わなくちゃならなかった。三〇〇ドルで車を買った。フォード・ピントを。毎朝モンレアルの通りを運転して書店回りをした。自分の本をウィンドーに飾ってもらうように、本屋に懇願した。聞いてくれた本屋もある。拒んだ本屋は、翌朝も間違いなくぼくの顔を見たね。三週間後には、ぼくはベストセラーのリストの四番目に入っていた。ぼくはアニー・コーエン＝ソラル[*6]がサルトル[*7]の分厚い書誌を手にしてモンレアルを訪れたときのことを覚えている。サルトルの巨大なポスターが至るところに貼ってあった。ぼくはサルトルに嫉妬した。死んでなお、彼は力強く歩き続けていた。彼はしかし、人生の五〇年間を毎日一〇時間書いて過ごしたんだ。ぼくは自分の小さな本でサルトルと競い合うことはできなかったけれど、アニー・コー

＊6　**アニー・コーエン＝ソラル**　フランスの文筆家。サルトルに関する著書多数

＊7　**サルトル**　一九〇五—八〇、実存主義を代表するフランスの哲学者、作家

エン＝ソラルならぼくの力の及ぶ範囲にいた。エリザベット・マルショードンがローリエ通りにある彼女の洒落た書店エルメスにアニー・コーエン＝ソラルを招いたときのことだ。ぼくもそこにいた。誰もぼくのことを知らなかったけれど、誰かがぼくを指さすと、二、三人がやってきて、あの面白そうな本の著者はぼくか、と皮肉っぽい調子でぼくに訊ねた。女性のうちの一人が是が非でもそれを買いたがった。アフリカに出かけようとしてる女友だちがいて、彼女に冗談を言いたかったんだ。みんなはアニー・コーエン＝ソラルに非常に敬意を払って話しかけていた。するとすると突然、コーエン＝ソラルがぼくのほうを向いて、共犯めいたウインクをしたんだ。彼女が無名の若い作家に親切にしてくれるのはよいことだったけれど、ぼくのほうは彼女の親切なんてどうでもよかった。戦闘状態にあったからね。とにかく、コーエン＝ソラルはサルトルのせいでそこにいたけれど、ぼくは自分のためにいたんだ。ぼくはたぶん取るに足らない存在だったけれど、自分自身を代表していた。ぼくにとって、優しい共犯めいたウインクを受けるべきなのはアニー・コーエン＝ソラルのほうだった。最悪なのは、彼女がそのことを知らなかったことだ。ぼくはまた、自分の小さな本が、サルトルに関する彼女の分厚い書誌をレースで破るだろうとも知っていた。サルトルは結構。しかし、人種間のセックスにたいする西欧的食欲を前にして、何かなす術をもっている者などいるだろうか。白人女性にのしかかったニグロは『存在と無』[*8]に打ち勝つのだ。サルトルと彼の巫女は退場せよ。

●それはラフェリエール流の実存主義かい？

だからぼくは、若い作家がぼくに助言を求めるために控えめな笑みを浮かべて揉み手をしながらぼくに近づいてきても、騙されたりしないんだ。彼らがみんな、ぼくをこっぱみじんにするための爆弾（彼らの原稿）をポケットに入れていると思い込んでいることを、ぼくは知っているからね。自分のほうがあのばかなラフェリエールより一〇〇倍もうまく書けると請け合って、毎年ぼくの発行人に原稿を送ってくる若いニグロがいる。この怒りは書くのを助けてくれる。優しい恋愛詩を書きながらだって、自分のうちに同じ怒りを秘めることはできるんだ。それは善悪とは無関係だ。芸術の問題さ。

誰が一五〇ページの小さな爆弾を望んでいるだろうか？

●さっききみは出版社が「すぐに印刷を始めた」と言ったね。なぜほかの出版社ではなくてランクトだったの？　ほかの出版社にも頼んではみたのかな？

＊8　**『存在と無』**　サルトルの主著

そう、ほかのところにも頼んではみた。ハイチの出版社も一つあった。新視点《ヌーヴェル・オプティック》という小さな洒落た出版社で、よい返事をくれていた。ところが最初に電話してきたときは、本は春に出ると言っていたのに、数日後には、秋になると言ってきたんだ。ぼくはなぜそんなに急に変更されたのか訊ねたけれど、とくに理由はなく、たんに考えが変わっただけだ、という答えだ。この出版社はしょっちゅう考えが変わると知っていたので、他所にいくことを考えたんだ。そんなとき、ランクトがこの素晴らしい手紙を送ってきた。だから了承したんだ。

●ケベックのほかの出版社にも依頼してみた?

みんな断ってきた。フランスの出版社にも原稿を送ったけれど、同様だった。おそらく、了承するか拒否するかのどちらかで、四の五の言うことじゃないんだろう。

●結局、戦略は成功して、そのときから、きみは『若いニグロの手の中の柘榴は武器か、それとも果物か?』の中で分析しているある種の名声に到達した……。この名声は、きみがしきりに欲しがっていたものだよね。しかし、きみの期待を超えていたんじゃないだろうか? きみはがっかりした? それとも反対に完全に満足した?

ぼくはそのためにずいぶん働いたんだ。名声がやってくるのはとても早かったけれど、ぼくはある意味でそれを待っていた。この本を書いたのは、有名になるためだけじゃない。『若いニグロの手の中の柘榴は武器か、それとも果物か？』の中ではっきり説明した通りだ。ぼくは自分の言葉を持てない社会では生きている実感が持てないんだ。テレビで他人が四方山《よもやま》話をしているのを見て、思った。「これこそがぼくの居場所だ」と。あれこれのことについて自分の意見を言うのは、ぼくの好みにぴったりだ。みんなはぼくを若い労働者としか見ていなかったけれど、ぼく自身は社会アナリストができると感じていた。文化的生活にも入り込んで、ついでにケベックの将来について鋭い考察を投げかけるのを阻むものは何もないだろう。すべて、にこにこしながらだけど。というのも、ここの人たちはうぬぼれ屋があまり好きじゃないからね。少し前から喋りまくっているぼくの話を聞いて、ぼくがそうした人間の一人だと思っている人たちは、とんでもない思い違いをしている（いずれにしても、ぼくは彼らにたいして、キリスト教的な空疎な道徳を振りかざして一緒にそこから抜け出そうと助言したりはしない）。だって、ぼくは世界でもっとも控えめな社会であるケベックから自分の「率直さ」を得たんだから（そこまで謙虚なのは、重大な欠点だと思う）。

●つまり、その後の数週間、数カ月、きみは大いに気取って喋りまくったわけだ。

ぼくは自分の言葉を持てない社会では生きている実感が持てないんだ。

あらゆる主題についてね。本がすでにいくつかのテーマを扱っていたから。ジャズや、コーランなど……。

●コーラン？

コーランに関しては危うく問題を起こすところだった。ぼくは最初、トロントに住んでいるやつから脅迫状を受け取ったんだ。彼は他人の宗教を尊重すべきだということをぼくに理解させた。それから、ぼくの家からあまり遠くないところにある小さな店で働いているムスリムがいる。彼はぼくがコーランをばかにしていると思ったんだ。ぼくは彼に説明した——本当だよ——、全然そんなことはなくて、ぼくがコーランを使ったのは、こういう状況では聖書より面白いと思ったからだ、とね。ぼくは北米の無信仰な生活とコーランの厳格さとを対比したかったんだ。結局のところ、それは単なる舞台装置だったんだけど。

●ジャズみたいに？

ジャズについてやったこととまったく同じだ。彼は、敬意が欠如していると強く主張した。ぼくは彼に謝った。ぼくはある種の雰囲気をつくるためにいくつかの節が必要だっただけで、それ以上ではなかった。幸い、彼はぼくのほかの部分を気に入ってくれていていた。というのも、彼はテレビでぼくが話しているのを見ていたけれども、本のほうはそんなに読んでいなかったからね。それが有名になることの問題点だ。みんなが自分のことを知っているけれど、誰も自分の本を読んでいない。数年後、『悪魔の詩』をめぐるラシュディ[*9]とホメイニ師[*10]のもめ事を知ったとき、ぼくは「ああ大変だ」と思った……。ぼくのはラシュディの長広舌からはほど遠いけど。

●きみの最初の小説は、どれもとても短いね……。

それは映画の影響だ。ほとんどの映画は九〇分だ。これはとてもいいと思う。あまり長くてうんざりさせるのは避けなければならない。当時ぼくはウディ・アレン[*11]のファンだった。彼は九〇分でとてもうまくやっていた。ぼくのたった一つの不安は読者を退屈させることだ。暇を告げるタイミングを知らないお客は嫌いだ。九〇分あればすべて言えるし、立派な映画監督たちはそうしてきた。映画が文学とは完全に違うことは知っているよ。映画は観るものだけど、文学は想像するものだ。文学は雰囲気を作り上げるためにより長い時間を要求する。映画だったら一〇秒で簡単にできることだけど。どっちにしても、規則なんてたいしてあるわけじゃな

＊9 **ラシュディ** 一九四七—、英国の作家
＊10 **ホメイニ師** 一九〇二—八九、イラン最高指導者だった一九八八年、ラシュディが発表した『悪魔の詩』を冒瀆的とみなし、著者に死刑を宣言
＊11 **ウディ・アレン** 一九三五—、米国の映画監督、俳優

い。空間を要求するのは物語だ。二〇〇ページ必要な人もいれば、最低でも八〇〇ページは必要な人もいる。でもぼくはスピードが好きなんだ。物事が迅速に進むのが好きなんだ。長いあいだぼくのモットーは「下手でも速く」だった。ぼくはタイピストのカール・ルイスになりたかった。一〇秒以内に一冊作ること。まあ、小説の場合は一〇日だけど。ぐずぐずするのは好きじゃない。校正や仕上げに時間をかけるのも、ぼくの好みじゃない。ぼくの頭の中はいつも気まぐれな思いつきで沸き立っていて、無駄にする時間はないんだ。理想は、ニグロを一人雇うことだな。ほかの人たちが家政婦を雇うようにね。アメリカ人は重量のある文学を制度化してすべてを台なしにしてしまった。彼らにとって、偉大な作家は九五〇ページの分厚い本を書かなければならない。並みの作家でも四五〇ページ以下ではだめだ（それでもすでにフランスの作家にとっては相当の重さだが）。ぼくにとっては二五〇ページ（三〇〇ページまでは行けるけど）がちょうどいい。ぼくはよく一二〇ページの本や、七五ページの本でさえ、楽しいと感じる。そういうものはしょっちゅう読み返せるからね。いつも同じ喜びをもって読み返せる本の一冊は、フレデリック・ヴィトゥー[*12]の『今やロジェはイタリアにいるらしい』という薄い本だ。たった六三ページの本だけど、ぼくがよく知っているタイプの男についての感動的な描写なんだ。というのも、ぼくの親友の一人（彼も今では「帽子のない国」[*13]にいるはずだが）であるイヴ・モンタがこの魅力的なロジェにそっくりだからなんだけどね。ぼくはロジェのようなやつのいない世界なんて考えられない。たぶんぼくは食べるのが速くて、食べ終わるとすぐテーブルから立ち上がってしまうので、本も、薄いのをとても急いで書くんだろう。しかし、これは確実な論拠にはならないね。もしそうだとしたら、食事に時間をかけるフランス人は、延々と続く本しか生み出さなかったはずだ。

名声——もう三〇〇〇回以上も同じ質問だけど

●名声、栄光には、いつかは飽きるよね……。

まずは、喜んで味わわなくてはいけない。何も悪いことはない、誰も殺したわけじゃないし……。一度、モンレアルで、七月の真っ盛りにサン＝ドニ通り[*14]で、テラス・バーの前の歩道に立っていたときのことを思い出すな。主人が出てきて、どうぞテラスにお座りください、と言うんだ。ぼくとぼくの友だちに一杯ごちそうしますよ、と付け加えてね。ぼくは冗談で、ここにいます、歩道に、と言った。そうしたら、彼は歩道のど真ん中にテーブルを置いたんだ。これを

＊12　**フレデリック・ヴィトゥー**　一九四四—、フランスの作家、アカデミー・フランセーズ会員
＊13　**帽子のない国**　死者の国のこと
＊14　**サン＝ドニ通り**　飲食店や書店が立ち並ぶ学生街の目抜き通り

見てぼくはテラスに行って座った。そうしたらすぐさま赤ワインが一瓶出て来たよ。近くにいたやつが、自分はだいぶ前からビールを待っているのに、スターのほうに優先権があるみたいだね、とぼくにあてつけるように言った。ぼくは彼のことをよく知っていたので、反論した。ほんの二カ月前に、ハイチ人たち――ぼくが一度も会ったことがないやつら――がウェイターと口論したせいでぼくはこの店に入ることを禁じられたのだけど、耳を貸さなかったんだ、と。

●だけど、巻き返しばかりじゃないだろ? 同じことの繰り返しだってあるよね。

ボルヘスによれば、人を有名にするのは繰り返しだ。だけど、しまいには完全にうんざりさせられるね。こんなのありえない、彼らはもう二度とぼくにこの質問をすることはないだろう、と思う。ところが質問はやってくるんだ。「どうしてあなたはマイアミに住んでいるんですか?」とね。もう一〇年前からそこに住んでいて、この質問には少なくとも三〇〇〇回は答えているのにだよ。すぐに挟み討ちに遭うことになる。本当のことなんだから同じことを言うか(三〇〇〇回名前を訊ねられた場合、うんざりしてもその都度同じ答えをするしかない)、あるいは毎回ちょっとずつ変えて答えるか、のどちらかだ。頭がおかしくならないためには、少し変化をつけて答えるよね。三〇年間同じエピソードをもち出すのを自分で聞きたくはないもんね。新聞や雑誌、それに他所から来た人たちも夢中になる質問がある。冬をどう思いますか? あ、長く続くかもしれないね。道端で出会ってびっくりする人もいる。――あなたはマイアミで生活しているのに、どうしてモンレアルにいるんですか?　——飛行機で来ました。それはケベック人ともハイチ人とも、フランス人ともヴェトナム人とも関係ない、名声というものがもつ奇妙な効果の一つだ。つまり、相手を間抜けにしてしまうんだね。ニューヨークで、ぼくがとても好きな俳優と突然すれ違ったとき、ぼくにも同じことが起こった。彼の場所はスクリーンなのに、道で何をしているのかって、危うく彼に訊ねそうになったよ。

●消耗する?

ああ、ほかに言うことがなければ。幸い、ぼくにはまだ自分の頭陀袋《ずだぶくろ》に二、三のことが残っていた。それにポケットのいちばん奥には秘密の武器も隠されていた。それはダー、いつもロッキングチェアに座って、プチ=ゴアーヴからぼくに微笑みかけてくれていたぼくの祖母だ。こう言いながら、ぼくには目の前に祖母が見えるんだ。祖母の足元のコーヒーメーカーもね。ぼくは心臓のそばの、ある隅っこに、コーヒーの香りも留めていた。いつ何時でもその場から離れることができると知っていたんだ。祖母が、誰にも、何にも縛られない方法を教えてくれていたからね。

●きみが作っておいた計画の中に、脱線したものはある?　失敗は?　二度と繰り返さない戦略は?　良きにつけ悪しきにつけ、きみを驚かせたことは?

『甘い漂流』はぼくにとって重要な本だけど、批評にはほとんど無視された。でも、ぼくはそれがよい本であることを諦めたりはしないよ。

まさか！　ぼくは自分の周囲の世界を理解しようとしているけれど、臆面なくやろうってわけじゃない。たとえば、ぼくは読者の反応を予定に入れたりはしないし、重要なのはそれだけだ。残りは技術的な問題だ。不快なことはさんざん経験してきた。いっときふさぎの虫にとりつかれることはあるけれど、また元気になるんだ。ぼくはそういう人間で、自分は変えられない。自分の運命を憐れむのは好きじゃない。ある本が自分の思っていたようにうまくいかなかったとしても、翻訳でチャンスがあるかもしれない、と言い聞かせるんだ。ぼくは絶対に不満を言わないので、みんなはぼくがいつも万事うまくいっていると思い込んでいる。『甘い漂流』はぼくにとって重要な本だけど、批評にはほとんど無視された。でも、ぼくはそれがよい本であることを諦めたりはしないよ。それは自分の本であって、おそらく『コーヒーの香り』とともに、もっとも真摯なものだ。もっと歓迎してもらえなかったのが、つらかったな。

読者の反応

●きみにとってもっとも近しい四つの場所の読者、すなわち、きみが生活してきたハイチとケベックとアメリカ合衆国、それにフランスとその読者も入れるとして、それらのあいだに受け止め方の違いはあるかな？　本によって、あるいは場所によって、より歓迎されていると感じることはある？　よりよく理解されているとか、よりよく耳を傾けてもらっているとか？

そうだね。ぼくの本の受け止められ方は国によっても、性別によっても、人びとの宗教や感性によっても異なる。とても複雑だ。『ニグロと疲れずにセックスする方法』について言えば、ケベック人のあいだでは熱狂的だったけれど、ハイチ人のあいだでは明らかに否定的だった。ハイチ人はこの本のすべてを嫌った。タイトルも、テーマも、文体も、要するに全部だ。救済の余地なし、というわけだ。彼らにしてみれば、もしほかの人たちが気に入るとしたら、それはぼくが道化師であり、裏切り者である証拠なんだ。彼らは、ぼくがこの本を書いたのは白人たちを面白がらせるためだと思っている。そのほかのアンティル諸島の人びとも、あまり気に入らなかった。ケベックでさえ、みんなが好んだわけではない。女性たちの大部分はこの本を愉快だと思ったけれど、男性たちはその中の何が愉快なのか分からなかった。

●そのことは一五年後も続いているんだろうか？

そうだね。ぼくの読者の大半は女性たちだ。しかし、この読者の中にも、いくつかのグループがある。とても高齢の女性たちは、ぼくが祖母や母、あるいは叔母たちのことを話している本に夢中になる。ぼくが幼少期を過ごした場所を想起するときも、彼女たちは気に入る。愛情のこもった、より優しい本（『コーヒーの香り』、『限りなき午後の魅惑』）が彼女たちの支持を得る。一方、若い女の子たちは、より暴力的で、都会的な、北米を舞台にした本（『ニグロと疲れずにセックスする方法』、『エロシマ』、『若いニグロの手の中の柘榴は武器か、それとも果物か？』）のほうを好む。年配の女性たちは、どちらかというと、政治的悲劇、あるいはまた、その神秘とともにハイチを語った本を読む（『帽子のない国』や『狂い鳥《カツオドリ》の叫び』）。しかし、ぼくは『主人の肉体』が大好きな八十歳の女性にたくさん会うよ。この本はポルノすれすれなのにね。

●どうしてきみはこういうことをそんなに正確に知ることができるんだい？

一五年来、いくつものブックフェアを駆けずり回って、読者と対話しているからね。そういう場所は、読者と出会える素晴らしい場所だよ。

●ハイチ人たちのはっきりしなかった反応に、何か進展はなかった？

彼らは『コーヒーの香り』には抵抗できなかったな……。でも、『ニグロと疲れずにセックスする方法』について意見を変えたとは思えない。ときおり、ポルトープランスで青年に会うと、ぼくのところにやってきて、絶対に秘密を守る約束で、『ニグロと疲れずにセックスする方法』が面白かった、と打ち明けてくれることがある。ハイチ人にとって、ぼくを作家にした本は『コーヒーの香り』なんだ。小学校でも使われている。何度か、『コーヒーの香り』の中から初等教育証書のための国家試験の書き取りが選ばれたことがあった。そのことはとても誇りだよ。ハイチのインテリゲンチアでさえ、ぼくの祖母ダーの見事な顔の前では降参しなくちゃならなかったんだから。これは多少、庶民の圧力によって実現した。小学校の教師たち、単なる読者、ほとんど本を読まない人たち、青少年がこの本を受け入れたんだ。本はカリブのカルベ賞を受賞した。典型的なカリブの本だ。

●そのほかの読者は？　フランスの読者はどう？

まだフランスの読者をあまりよく知らないんだ。ぼくの本はセルパン・タ・プリューム社から出版されていて、これまでのところ、反応は興味深そうだ。新聞・雑誌は、ぼくにたいしてはややためらいがちだ。ぼくは自分が知らない読者を獲得しはじめている。もう何冊か出版されれば、情勢がつかめるだろう。批評に関しては、まだぼくのことをうまく言い当てられてはいない。

一五年来、いくつものブックフェアを駆けずり回って、読者と対話しているからね。そういう場所は、読者と出会える素晴らしい場所だよ。

いないと思う。こいつは誰だ？　カリブ人のようには振る舞わないやつだ。ときおりぼくはこう思うんだ。もし、ぼくがダン・ミラーといったような名前で、最初に英語で本を出版していたら、『ヌーヴェル・オプセルヴァトゥール』誌や『リベラシオン』紙が、ぼくを見つけ出すためにマイアミのあばら家にジャーナリストを送り込んでいただろう、と。ある意味で、ぼくの問題は、民俗的要素が十分じゃないことだと思う。でも、ぼくは読者を獲得するだろう。ベルトに十冊の本をぶら下げているからね。彼らがどの本を評価してくれるか、今に分かるだろう。

●アメリカ合衆国では？

アメリカ合衆国では素晴らしい歓迎ぶりだ。ぼくの本が最初に英訳で出版された英系カナダでは、とくに。残念ながら、アメリカ合衆国では、販売の壁に穴をあけることはできなかったけれど、批評家たちの歓迎は想像を超えていた。最初の一冊から、彼らはぼくのことを真剣に取り合ってくれた。『ニグロと疲れずにセックスする方法』については、ぼくはボールドウィン、デューク・エリントン[*15]、ミラー、マーチン・ルーサー・キング[*16]にたとえられた。ぼくの作家としての故郷であるケベックを除けば、いちばん真剣に取り合ってくれたのはアメリカ合衆国だ。カナダもだけど。

カナダの批評家たちはアメリカの新聞をたくさん読むんだ。『ニューヨーク・タイムズ』で大きな記事になれば、通常は、カナダの新聞・雑誌も追従する。正直に言おう。カナダの批評家たちはぼくをよく扱ってくれた。

●きみのほかの本はどうだった?

ぼくの七冊の本が英訳されているけれど、どれも歓迎された。驚くべきことに、ぼくの本はカナダの小さな出版社から出版されていて、普通ならアメリカの大きな新聞・雑誌——『ニューヨーク・タイムズ』、『ロサンゼルス・タイムズ』、『ワシントン・ポスト』などのことだけど——はマージナルな出版社から出た本のことなど意に介さないんだ。ところが、ぼくの場合は、毎回、感嘆してくれた。

●きみの本はいくつの言語に翻訳されている?

そんなに多くはないよ。英語、スペイン語、イタリア語、オランダ語、ギリシア語、朝鮮語、スウェーデン語だ。

---

*15　**デューク・エリントン**　一八九九—一九七四、米国のジャズピアニスト、作曲家

*16　**マーチン・ルーサー・キング**　一九二九—六八、米国の牧師、アフリカ系アメリカ人の公民権運動指導者

●きみが話している場所とは無関係な国から興味深い反応はある？　たとえばスウェーデンや韓国からは？

韓国からは、ある。いくつかの小学校では、『コーヒーの香り』が必読書になっているはずだ。彼らはぼくに一度も会ったことがなく、ぼくが誰だかほとんど知らない。おお主よ、彼らがぼくを作家と見なさなければならないとは！

●彼らはフランスやケベック、あるいはフランス語圏の批評と比べて、何か新しいものをもたらしてくれるかな？

彼らは自分たちの感性でぼくの本を読むべきだ。ぼくは英語以外、朝鮮語もほかの言葉も読めない。一度、イタリア語の長い記事を受け取ったことがあった。ぼくは自慢げにイタリア人の隣人のところに行って、だいたいどんなことが書いてあるか読んでくれるように頼んだんだ。彼はそれを読んで、暗い顔をしてぼくに返した。記事はまさしくぼくの本を酷評したものだった。彼はまるで自分がその記事を書いたかのように気まずそうだったので、ぼくは彼を慰めなければならなかった。ぼくは外国語で書かれた記事を受け取るけれど、人びとを困らせないように、もう読んでもらわないんだ。朝鮮語で書かれた記事を見て、書いた人がぼくを罵っているのか、それとも褒め称えているのか、想像するんだ。

●ケベックでは、いつも同じ出版社から出しているんだね？

そうだ。ジャック・ランクトがぼくの共犯者になった。ぼくは彼と一緒にスタートして、いつも彼の出版社から出している。彼が自分の出版社であるVLB（「偉大な文学のための小さな出版社」）をソジッドに売ったときも彼についていき、彼がソジッドを離れてランクト社を設立したときもいつも一緒だった。ぼくはそういう人間なんだ。簡単に基地を変えたりはしない。それにぼくは、強大すぎず、しかし躍動感があって、とても人間的な出版社が好きなんだ。そして、ときどき自分の発行人とおしゃべりができるのがね。発行人と会うのが難しい会社にはいたくないな。ぼくの本が翻訳されている外国でも同じことだ。いつも同じくらいの大きさの会社で、同じくらいの人間的な温かみ。文学気狂いのランクトとは、あらゆる試みについて一緒に議論し、あらゆる作戦を練って、あらゆる失敗もした。彼はどんなに悪いニュースもぼくを打ちのめすことはできないと知っていたんだ。最初ぼくが彼に、たとえば、文学賞なんてどうでもいい、と言っていたとき、彼はぼくが冗談を言っているか、あるいは気取っているんだと思っていたんだ。賞をくれるなら、ぼくは喜んで受け取るけれど、真剣に考えたことは一度もない。ぼくが関心をもっているのは読者であり、彼らだけだ。自分がこれほど苦闘したのは、彼らの手の中にぼくの本を押し込めるためだった。彼らにぼくを受け入れるか、拒否してもらいたいんだ。ぼくがベルナール・ピヴォの「温床《ブイヨン・ド・キュルチュール》*17」という番組に出演したとき、ランクトはとても感動していた。そのあとぼくたちはラム酒カフェに行って一杯やり、もう一度計画について話し合った。そこまでよじ登ることができて、自分たちは抜け目がなかったと思った。どちらかというとランクトのことだけど。彼にとってそれは、出版人としての仕事にお墨付きをもらったようなものだったんだ。ぼくのほうも、フランスの読者にたいして道が開けることになったのだから、満足だった。ランクトとぼくは少し違っていた。彼にとってはフランス、ぼくにとってはアメリカだったんだ。ランクトは、『ニューヨーク・タイムズ』の第一面を飾る大きな記事より『ル・モンド』[*18]の囲み記事のほうが好きだ。ぼくはその反対だ。これはよいコンビなんだ。

●ランクトの人物描写をしなければならないとしたら……。

彼は自分だけで出版社を切り盛りする一匹狼だ。一時は、たくさんの子どもたち（半ダースはいるはずだ）の世話をしながら、自分で掃除をしたり、電話に応対したりしていたこともあった。彼は世界中で最高の父親だ。彼が子どもたちに接する態度を見るだけで、自分の本を託したくなるには十分だ。彼は素晴らしい読者で、気に入ったときは情熱が溢れ出し、自分が面倒を見ている作家たちのことを好かないやつらはみんな車で轢き殺しかねないほどだ。彼のオフィスは雑然とした堆積なのに、一五年間、ぼくのものを失くしたことは一度もない。写真一枚、読者からの手紙一通でさえ。ぼくたちはかなり頻繁に電話で話をするけれど、けっして長話はしない。お互いにとても近しいけれど、ちょっとした距離を保つことによって、友情が長続きしているんだ。互いをよく知っているんだと思う。ぼくたちはお金のことや原稿のことで議論になったことは一度もない。思い返してみても、ランクトとぼくは、ぼくの本のことで議論をしたことがまったくない。文学については、ある。ぼくたちは貪欲な読者だからね（彼はぼくがボルヘスやソフォクレスのことを話すのを聞くのが好きで、ぼくは、彼の飽くことを知らない好奇心に感嘆する）。彼には欠点がある。少し短気で、ぼくは彼が不平を言いすぎるように思うことがたびたびある。それに嫉妬深い（道端で別の出版社を見てはいけない）。でも彼は、すごく温かくて、素朴で、けた外れに誠実で、際限なく寛大なんだ。ぼくの発行人であり、友であるジャック・ランクトには抵抗できないね。

●そして、きみのフランスの出版社はどう？

セルパン・タ・プリューム社とは、一緒に仕事を始めたばかりだけど、これ以上の会社は望むべくもなかった。有能で、人間的な温かさ。まさしくぼくが欲しかったものだ。好感の持て

＊17 **「温 床《ブイヨン・ド・キュルチュール》」** 一九九一年から二〇〇一年まで続いた、ピヴォが司会をつとめるフランスのテレビ番組。多くの作家が招待された

＊18 **『ル・モンド』** 主として中道左派が購読するフランスの夕刊紙

るチームだよ。

●大きな出版社がアプローチしてきたことはある？

ぼくは全然ガリマール社[*19]向きじゃない。別に反感をもっているわけじゃないけど、ぼくの好みじゃない。落ち着きすぎている。ガリマール社から本が出版されるというのは、ちょっと紳士ぶっている。それに第三世界の国々では、ガリマール社から三、四冊本を出したとたんに、国が外務省の何か（ペルーやスウェーデンの文化担当官の職）を提供してくれるね。だからセルパン・タ・プリューム社がぼくにはとても似合っている。自分に必要なすべてだ。

●でもきみはフランスでベルフォン社からも出しているよね。

一九八九年のことだった。ベルフォンはとても優雅な人だ。ぼくは彼のことを知らなかったんだけど、パリにいたときに電話をかけてみたんだ。彼が電話に出て、ぼくたちは会った。ごく簡単なことだった。波長が合ったんだね。彼はその晩予定していたパーティーにぼくを招待してくれた。エリートがみんなそこにいたんだけど、ベルフォンはみんなにぼくを紹介してくれた。ぼくの横では、ユベール・リーヴス[*20]でさえ精彩を欠いていたね。みんなはベルフォンが、一冊しか本を出したことのない男に執着しているのを興味津々で見ていた。パーティーのあと、ぼくはしばらく前からパリで生活しているケベックの若い女性の小説家とビールを一杯飲みに行った。彼女は唖然としていたよ。「こんなの一度も見たことないわ。パリの大手出版社が一冊ちっぽけな本を出版したばかりの人間をこんなふうに迎えるのなんて。みんなあそこにいたのよ。カヴァナ[*21]だって。それなのにベルフォンはあなたにしか興味がなかったんだから。あなたのケースだったら、せいぜい叢書のディレクターが会ってくれるのが関の山だわ。ねえ、いったい何をしたの？」「ああ、ベルフォンに電話して、金曜日に帰るんで火曜か木曜しか会えないんだけど、って言ったら、木曜日で了解だ、って答えたんだ。」彼女は口をぽかんと開けてぼくの話を聞いていた。だからついでに彼女に説明した。ぼくは何も得ていないよ、もし本がうまくいかなかったら、ベルフォンにふたたび会う機会は皆無だろう、とね。本はあまりうまくいかず、それ以来、ベルフォンには会っていない。でもそれでいいんだ。チャンスはくれたけど、失敗した、もういい。それは『ニグロと疲れないでセックスする方法』だった。一冊の本がパリの扉をこんなに叩いたのを見たことはないよ。ケベックで初版が発行された直後に、ランクトはパリに在庫を送ったんだ。三〇〇〇部近くもだ。ところが不幸なことに、表紙の絵

＊19　**ガリマール社**　一九一一年創立の、フランスを代表する出版社
＊20　**ユベール・リーヴス**　一九三二―、ケベック出身の天体物理学者、作家
＊21　**カヴァナ**　一九二三―二〇一四、フランスの作家、『ハラキリ』や『シャルリ・エブド』を創設した風刺漫画家でもある

あまり注意を払っていないふりをしながら、本の感覚的な世界に侵略されるに任せて、速く読まなければならない。

はランクトが無断で複製したマティスの油絵だった。マティスの相続人たちが本を回収させた。これが最初の企てだ。次はベルフォン事件、すなわち二度目の企て。ベルフォンは一銭も損しなかった。ジェ・リュ社[*22]に本を売却する時間があったからね。三度目の企ては、ランクトの出版社だったＶＬＢ社を買収したソジッド社が運だめしをする（キャンペーンのために専属の広報担当者を置いたり、ルーヴルのレストランで報道関係者たちと朝食をしたり）。すべてうまくいったけれど、本は動き出さない。そして四度目の企て。今や、セルパン・タ・プリューム社がそれを出す。今回はチャンスがありそうだ。なぜなら、初めて、本が何か演技をするように頼まれた興味をそそる物《オブジェ》ではなくて、総括的な出版計画の中に完全に組み込まれたものと見なされているからだ。

ダニー・ラフェリエールを読む方法

●きみは警句のかたちで、ヘミングウェイは立って、セルヴァンテスは病院で、プルーストはベッドで読まなければいけない、と言ってるね。じゃあ、ダニー・ラフェリエールはどう読むべきかな?

ああ、速く読むべきだ。

●読者に何か助言はある? 速く、というのは最初から最後まで休まずに、という意味かな?

そうだ。しかし、気取らないようにしなくてはいけない。作家の姿勢はあるけれど、読者の姿勢というのもある。プレイヤード*23の一冊を手にしているなら、部屋着を着て腰掛け、インディアペーパーのページをめくらなければならないけれど、ぼくの本はそうじゃない。あまり注意を払っていないふりをしながら、本の感覚的な世界に侵略されるに任せて、速く読まなければならない。ぼくは速く読まれるように書いているんだ。一つの文が終わったら、次の文が駆けつけるようにね。しかし、そうは言っても、用心すべきことがある。速さの概念だ。母はいつもぼくに言っていた。ぼくは食べるのが速すぎて、料理を味わう時間がないと。ぼくは食事をよく味わいながらでも、とても速く食べることはできると断言する。ぼくは書くのが速いし、

＊22 **ジェ・リュ社** 一九五八年設立のパリの出版社
＊23 **プレイヤード** ガリマール社から出版されている古典叢書

読むのも速い。でも全部覚えている。幼少期のごく最初の頃の出来事も、細かいことまで全部思い出せる。ぼくのテクニックは、けっしてメモを取らず、記憶力をぜったいに疑わないことだ。間違えることもあるけれど、そのときはこの欠陥を赦してやるんだ。ぼくはすべてを覚えているという原則から出発する。いずれにしても、ぼくの人生に起こったたくさんの出来事においては、ぼくはただ一人の証人だからね。ぼくが興味あるのはけっして事実の正確さではなくて、それらがぼくのうちに引き起こした、そして今なお引き起こしつづけている情動だ。

●どの本でも、方法は同じかな？　『ニグロと疲れないでセックスする方法』と『コーヒーの香り』は同じ方法で読むべきだろうか？

そう、だいたいは。でも浸透のしかたは違うね。

ぼくはアメリカにいる

●さっき話題になった戦略では、北米世界に根を張ろうとする決然たる意志が、ともかく処女作にはあったね。きみは自国や移民や政治闘争について語るハイチの作家にはなりたくなかった。自分をよそ、「アメリカ」に位置づけていた。このアメリカ性は、ほかのハイチの作家たちより突出したかたちで組み込まれるための意図的な戦略だったのかな？　それともアメリカ性は、きみ自身の人格を形成していたいくつかの要素をも、きみにもたらしていたんだろうか？

これは選択だ。ぼくは最初の一行を書くずっと前からアメリカを選んでいた。アメリカのほうがプリミティヴ絵画に近いと感じていたんだ。そして、見かけよりずっと複雑だとも。そのことがぼくを惹きつけた。以前ぼくは、ヨーロッパ文化の中に浸っていた。それが一般に与えようとしている印象よりも単純なのではないかと思っていたんだ。いつも「すなわち」という、とてもフランス的な表現に好奇心をもっていて、どうして直接説明しないんだろう、と不思議に思っていたな。それはアメリカの言葉や流儀には存在しない様式だよ。アメリカの言語は、理解するほうが得なようにできているからね。ヘミングウェイは拳の一撃（彼はボクシングが大好きだった）と心の一撃が優雅に混じり合う文体を確立した。ぼくが素朴で直接的な文体と呼ぶもの（ヘミングウェイがちっとも素朴でなどないことは承知しているけれど）、それは、自分の感情を説明したり、分析したりしようとせずに、はっきり表現できる能力のことだ。自分の頭の良さを何らかの方法で示すために文章の中に何かを差し挟んだりせずに、一言で言うなら、自分の情動を信頼する能力のことなんだ。

ぼくは、彼がボクシングをするようなやり方でものを書きたかったなあ。蝶の優美さと結びついた象の強さだ。

●客観化しない、ということかな?

外見上はいっさい。情動も、ニュアンスをつけることはできる。しかし、もしぼくが、たとえば、「おれは有名になりたい」と言うとしたら、この欲望をやわらげ、より受け入れられやすくしようとして何かを付け加えるということは、いっさいしないだろう。きざなやつだと思われるのが怖いからね。自分が何を言っているのかちゃんと分かっていることを示すために、うすら笑いを浮かべることもしない。それは、最後に自分を裁けるのは自分だけだ、という考え方による。かつては、他人の評判を気にせずに自分が何者であるかを言えるこの権利は、ヨーロッパの君主たちにしか与えられていなかった。それが今日では、アメリカの平民の手中にあるんだ。

●モハメド・アリ*24の方法と似ているね?

彼は、ぼくがいつも興味を持ってきたやつだ。彼はボクシングをリングの外に出した。詩人ボクサーという言葉は、彼以前には撞着語法だった。彼は白人ボクサーに「Only a nigger can call me nigger.（ニグロだけがぼくをニグロと呼べる）」と言い放って、人種差別の議論をリング上に持ち込んだんだ。彼はまた、白人で人種主義者でもあるアメリカのためにヴェトナムに出征することを拒否して、個人の良心の問題も提起した。そのために代償も払ったけどね。しかし、こうしたことすべてを、信じがたいほどの優雅さでおこなったんだ。ぼくは、彼がボクシングをするようなやり方でものを書きたかったなあ。蝶の優美さと結びついた象の強さだ。

●このようなアメリカ性、人や物に近づく際のこうしたやり方は、きみに何をもたらすのかな?

生き方だ。それが後に、文体にもなった。ある種の身体的な自由。自分がどこにいるかを常に知るようにぼくを仕向ける、現在にたいする感覚だ。

●そしてハイチは、何をもたらすだろう?

歴史感覚だね。

●では、ヨーロッパは?

ヨーロッパはぼくに記憶に関する感覚をもたらしてくれる。

---

*24 **モハメド・アリ** 一九四二―二〇一六、米国の元ボクサー

●その記憶には植民地化も含まれている?

ヨーロッパはぼくにとって、植民地化だけを意味するものじゃない。古代にまでさかのぼる専門的知識の所産である洗練されたやり方もある。それも人類の遺産の一部だ。この遺産は精神的な様相からだけ分析されてはならない。ローマやプラハをぶらついていると、過去や人間精神の豊かさを感じるね。素晴らしいよ! ぼくはいつも感嘆してしまう。ヘミングウェイとともにパリを称賛するね。パリは混じりけのないダイヤモンドだよ。だけど、ぼくが反抗して、自分のアメリカ性を主張するのは、この生き方が規範を自任しようとするときだ。そのとき、これらの国で生まれたわけではない人たちすべてに、学習することを強要するようになる。なんて屈辱的なことか! ヨーロッパ的洗練〈対〉アメリカ的卑俗さ。そうすると、あらゆる種類の編入に頑固に抵抗するぼくの精神は、おのずとアメリカ的卑俗さを選ぶことになるんだ。

アフリカはぼくには存在しない

●きみはさっきカリブについて、このカリブときみがとることのできる距離について、話してくれた。ハイチについて、アメリカについて、ヨーロッパについて、移民、人種差別について話してくれた。アフリカについてはどう？

アフリカはこれまでのところ、ぼくには存在していないんだ。残念なことに。ぼくがアフリカについて知っていることは表層的だ。虚構のアフリカだ。すべては、ハイチで、一九二八年に出版された『おじさんはかく語りき』というジャン・プライス＝マルスの本とともに始まった。この本の中で、プライス＝マルスはぼくたちハイチ人がヨーロッパを真似するやり方を痛烈に批判して、ぼくたちの深い根源、ぼくたちの起源に立ち戻ることを提案していた。アフリカに戻るべきだ、と言うのだけれど、どのアフリカにかい？ 現在のアフリカ文化にかい？ 過去のアフリカ的価値観にかい？ それに、そうするためにいったいぼくたちは何を使えるだろうか？ ヴォドゥ教、ぼくたちの踊り、ぼくたちの聖歌。こうした文化はたしかにハイチに存在していた。しかし、それに近かったのは、もはや農民たちだけだった。ぼくたちの本当の文化を学び直すためには、ハイチの農民たちのところに戻らなければならなかったんだ。それに、ブルジョワジーにいたるまで誰もが、自分の系統樹から、かつてはひた隠ししていたアフリカ人の祖先を引き出してきた。でも結局のところ、それはある上流気取り《スノビスム》を別の上流気取りに取り換えることにすぎないよね。ぼくたちはあまりに重苦しいフランス文化の支配から、何としても抜け出す必要があった。文学流派、流行、美食術、すべてが一〇年遅れてパリから来ていたんだ。自分たちの独立をとても誇り高く、ひっきりなしにわめいていた国民にとって、これ

ぼくたちが三〇年代初頭にハイチで崇めていたアフリカは、アフリカには存在していなかったわけだ。

は受け入れがたいことだった。アフリカは、フランスの覇権にたいして盾の役目を果たしていたのさ。しかし、アフリカはとても遠くて、すべてが実体を欠いていた。人びとは幻想のただ中を泳いでいた。ハイチでは誰も、当時アフリカで何が起きていたのか知らなかった。ぼくたちが三〇年代初頭にハイチで崇めていたアフリカは、アフリカには存在していなかったわけだ。それは根こぎにされた者たちの記憶からぼくたちが再建したアフリカだったんだ。アメリカで、自分たちのアフリカ的アイデンティティの奪回を試みたのは――国家的レヴェルで、という意味だけど――、ぼくたちだけだったと言わなければならない。

●それはインディヘニスモに帰着したんだね。

ぼくたちは黒人主義《ノワリスム》の熱狂的な時代を経験した。ハイチ人の大多数は黒人で、それに少数のムラート[*25]がいる。ムラートは長いあいだ公職の重要なポストをすべて占めていた。大統領が常に黒人であったにもかかわらずだ。黒人たちが次第に政治的空間と、彼らの人数に比例した経済利益の分け前を要求するようになった。このような要求は一九四六年にエスチメ大統領が就任したときには好ましい反響を呼んだ。肌の色の問題に関する議論は、この時期白熱し、社会を黒人派とムラート派に二分した。こうしたことすべてがわれわれをまっすぐフランソワ・デュヴァリエに導いたんだ。彼は黒人たちに、彼らと同じ肌の色をした独裁者は白人やムラートの独裁者よりいつだって好ましいと思い込ませてしまったんだ。

●結局、きみはアフリカを知らないんだね？

知らない。いつか知る日が来るとは思うけど。今は考えていない。人びとはいつも、すべてのハイチ人はアフリカのことを考えなければならない、アフリカに行くことを夢見なければならない、とぼくの頭に叩き込もうとしてきた。デュヴァリエがその大げさな文体で「養母《アルマ・マーテル》」と呼んでいたアフリカを受け入れなければならない、と。もしぼくが作家としてそこに招かれたら、喜んで行くだろう。そこで友だちも敵もできるだろう。アフリカを、神話としてではなく、人びとが生きるために組織される場所として扱うつもりだ。もっとも、そういう企図には、地球上のどこにおいてもそうであるように、困難が内在しているけれど。ぼくはハイチとともにしているように、アフリカとともに行動したい（ここでいうアフリカは大陸であって、国ではない）。

＊25　**ムラート**　白人と黒人の混血

●きみがハイチの現実を離れてからだいぶ経つね……。

ぼくはハイチの現実を見据えて生活しようとしている。しかし、それは次第に難しくなってきている。なぜならぼくの場合、数字が重くのしかかりはじめているからだ。ぼくは今四十七歳で、ハイチを離れたのは二十三歳のときのことだ。ハイチの外で生活するようになって、今年で二四年になる（ハイチを離れてからの年月のほうが一年多くなり、それがぼくの秤に重くのしかかっているんだ）。

●その変化はどんなふうに感じられるのかな？

一度、ぼくはポルトープランスに数日滞在したとき、昔のクラスメートに会った。彼は一度もハイチを離れたことがなかった。ぼくたちが四方山話をしていたら、突然彼が、彼とぼくは石と鳥のように互いに違っている、と言ってぼくに痛烈な一撃を食らわせるんだ。それは、どういうことかい、とぼくは彼に訊ねた。ぼくたちは同い年だし、同じ界隈で育ち、社会階級も同じだし、学校にも一緒に行ったじゃないか。どうしてきみはそんなこと言えるんだい？すると彼はこうぼくに言い放った。もう二〇年も、自分は毎日恐怖の中で生活していて、理由もなく人びとが死ぬのを見て、ばかげた暴力行為を目撃し、自分の目の前にやってきたやつが自分を殺すかもしれないと思わざるをえない……、とね。ぼくは唖然としてしまった。というのも、その状況は七六年にぼくがハイチを出たときとまったく同じだったからだ。二四年間、毎日このような圧力を加えられたら、ぼくも同じ影響を受けてただろう。おそらくぼくも石のように固くなっていたに違いない。実際のぼくは、今では鳥のように軽やかに感じられるけれど。この会話は長い間ぼくを動揺させた。

帰郷

●ハイチに戻ることは考えている?

外国にこれほど長く暮らしてしまうと、死ぬためでもなければ、そう簡単に戻れるとは思わない。結局のところ、人はけっして離れた場所には戻らないんだ。戻った振りはしていても、自分の深いところでは、それはもう自分の知っている国ではないし、自分はある朝、国から逃げたときの青年とは完全に異なる人間だということを分かっているんだ。もちろん、戻った人たちはいる。最初は、ある種の熱狂で国に順応しようとする。それがうまくいかないと分かると、今度は、多少変えはするものの、向こうで送っていた生活様式を取り戻そうとするんだけれども、それも完全に不可能だと知ることになる。誰でも、理由なく殺されうる国で、どうやってモンレアルやパリで送っていたのと同じ暮らし方などできるだろう? どこにもいない、というほとんど不条理な感覚。まるでモンレアルとポルトープランスのあいだで、空中に宙づりにされているようだ。

●それで、きみは?

ぼくはもう、根っこという言葉ではものを考えない。マイアミはぼくにふさわしい。この都市とは、本当の意味でのいかなる関わりも持っていないからだ。ぼくはちょっと、さっき説明したような、二つの都市のあいだに挟まれたような状況だ。ただし、空中に宙づりにはなっていない。ぼくはマイアミにいる、ということはつまり、どこにもいないということだ。ある意味ではマイアミがとても好きだけど、それはモンレアルでも、ポルトープランスでもない。マイアミは郊外のようなものなんだ。そう、ぼくはマイアミ、すなわちポルトープランスとモンレアルの郊外に住んでいるんだ。ぼくの町であるポルトープランスとモンレアルはスペクトルの両端にある。ハイチは暑すぎる(とりわけ政治的に)。それにたいしてモンレアルは寒すぎる(果てしない冬)。ハイチ人は誇大妄想狂なのにたいして、ケベック人は小さなパンのために生まれたと信じている(もうそんなこと言わないよね!)。ハイチ人は独裁体制の強迫観念に、ケベック人は独立にとりつかれている。ハイチ人は絶えず政治情勢について話していて、ケベック人もそうだけど、それ以外にもとくに気温のことを話す。こういう比較は何時間でも続けられるよ。ハイチで二三年間(人格形成期)を過ごし、ケベックで二四年間(決定的な時期)を過ごしたあとでは、ぼくは自分が、見た目には似ていない二つの民族の好ましい混合物のように感じる。正反対のものどうしは一緒だとうまく行くんだ。それにぼくは、ハイチ人たちはケベックにもっともよく統合されたコミュニティーをつくっていると思っている。とにかく、もっとも多くの作家を産み出したコミュニティーとして、勝利の栄冠を勝ち取っている。

●国の観念についてはどう思っている?

「ハイチ」という言葉はぼくのからだの中に染み込んでいる。世界のどこにいても、この名前を聞くと、ぼくの心臓は即座に鼓動が激しくなる。ときおり地下鉄の中で、ぼくの隣りで誰かが新聞を読んでいて、突然ハイチが話題になっていることを知ると、ぼくは何としてもその記事を読まなければならない。ハイチはあまりに重くなってしまって、ぼくはもう抱えることができなくなっている。それはちょっと、子どもが重くなりすぎて、腕に抱えてベッドまで連れていくことができなくなったのを発見するみたいなものだ。支えはしたいけど、子どもも歩いてくれなくちゃならない。

ぼくはもう、根っこという言葉ではものを考えない。

●つまり、きみは日常的にハイチについて情報を得ているんだね……。

いや、めったにない。ぼくの心を打つのは「ハイチ」という言葉だ。ハイチで何が起きているか知るために新聞を買いに走るわけではない。しかし「ケベック」という言葉も、ぼくにはとても存在感がある。ぼくはハイチで生まれ、ケベックに亡命した。考えてもみてくれ。ぼくは人生の二つの主要な出来事に関して、まったくコントロールできなかったんだ。それにたいして、一九七六年にモンレアルに到着してからは、サン＝ドニ通り三六七〇番地に小さな部屋を選んだ。ぼくの本当の国？　それはポルトープランスにもモンレアルにもなくて、むしろこの二つの都市の中間にあるんだろう。それは何が起ころうとも生き延びようとするぼくの決意によってのみ存在するんだ。ぼくは降参することを拒否した。いっとき、モンレアルの旧市街の無料公営給食や公園のベンチの世話になったこともある。でもぼくの人生の決定的瞬間は、あの気難しい管理人がぼくの手に小さな鍵を渡してくれたときだった。三階の、ヌードダンサーたちが踊るバーのすぐ横の、ぼくのアパートの鍵だ。部屋は独房のようなものかもしれなかったけれど、この鍵はぼくが地球上でもっとも自由な人間だと歌っていた。すべてを失くしていたぼくだけど、モンレアルに定住した最初の一カ月間で二、三度鍵を失くした後は、一度も失くしたことがない。この部屋はぼくの島だった。

偉大なアメリカ的小説

●さっきわたしたちは、文学上の計画、運命から逃れるためには最初にどのような戦略を立てるべきか、話していた。すべてがきわめて入念に準備されていて、一冊の本の計画だけでなく、何冊もの本の計画、さらにはいくつものタイトルを持った一連の作品についての計画もあったのではないかという印象を受けた。『ニグロと疲れないでセックスする方法』を書きはじめる前のダニー・ラフェリエールの計画はこんなふうだったと言えるかな?

いいや。『ニグロと疲れないでセックスする方法』を書きはじめる前に全体的な計画があったことは覚えていない。この本を書きながら、二冊目についてのアイディアがあったとは思わない。作家になろうという考えを持っていたとも思わない。それは確かだ。ぼくは『ニグロと疲れないでセックスする方法』の中で一冊の本を書いていた。タイトルは……『すけこましニグロのパラダイス』といって、その本のいくつかの抜粋をヴューとブーバの対話の中に挟み込んだんだ。ぼくの目的は、ヴューがしている仕事、彼が準備している本を物理的に見せることだった。発行人のランクトが、そうするとテクストが重くなるので、本のリズムを壊すそれらの抜粋は削除すべきだとぼくに納得させたんだ。それでこの部分を二年後に『エロシマ』というタイトルで発表した。

●あの小説を一つのチャンス、生き延びるための方法だと考えていたとき、そのあとのことはどう想像していたのかな？　小説家になっていなかったとしても、もう工員は続けたくなかったのでは……。

自分がこの本を書いているのを見て、この本がぼくにチャンスを与えてくれるだろうと感じていた。工場から出るチャンスだ。作家になるだろうとも、何かが起こるだろうとも思っていなかった。当時ぼくはロラン・デジール（本の中のブーバ）と生活していて、料理を作ったり、女の子をナンパしたりして、人生を発見しているところだった。それだけだ。この本を書きながら、気分がよかった。自分に関係があることをしていたからね。一時期、ぼくは、あらゆる店、本屋、レストラン、映画館、政府のオフィスなどがあるモンレアルの大きなビル（デジャルダンの複合施設）で清掃人をしていた。ぼくは夜間、午前零時から朝八時まで、床を掃除する仕事をしていた。朝六時にはもう人びとが現れはじめ、ぼくが仕事を終えたときには、床はふたたびぼくが到着したときと同じくらい汚れてしまっていた。ぼくは一度も仕事の全体を見渡して感嘆する暇がなかった。ところが小説を書いているときは、自分の努力が指のあいだからすり抜けてはいかないだろうと感じたんだ。もちろんぼくはそれを読者のためにしていたわけだけど、ぼくも最初の読者だったからね。

有名なリスト

●結局、『ニグロと疲れないでセックスする方法』は成功を収める。そのほかの本はいつ形をとりはじめたんだろう?

ぼくは居心地が悪かった。二冊目を書くことを考えていなかったからね。『エロシマ』を出版するのを承諾するまで二年間ためらった。ぼくは、二冊目はない、と友だちと賭けをしていたんだ。そんなの優雅じゃないからね。ダンディーは同じことをけっして繰り返さないものだ。それはぼくにとって、たいそう悪趣味なことだった。三年間黙っていた。そのあいだにモンレアルを離れて、家族と一緒にマイアミに住むようになったんだ。

●その引っ越しはどんなふうに行われたのかな?

ぼくは新しい町を発見して、とても興奮していた。ハイチ人、ケベック人、キューバ人、南

自分がこの本を書いているのを見て、この本がぼくにチャンスを与えてくれるだろうと感じていた。

ある日ひらめいたんだ。一冊の本を何巻にも分けて書くことができる、というアイディアを。

米の人々、映画スター、北国の厳しすぎる冬から逃げてきた旅行者。まさしくボイラーだった。ぼくはリトル・ハイチに行って同国人たちに会った。彼らの大半は、サメに出くわし、ウィンドワード海峡の荒波を超えてから、脆い小舟で到着したばかりだった。今やハイチは飛行機で一時間半の距離だった。ぼくはまだモンレアルのテレビで働き続けていた。当時はとてもせわしない時期で、文学のことを考える時間はなかった。ぼくはもう一つ別の言語（ぼくは英語をまったく話さなかったし、マイアミの第一言語であるスペイン語はなおさらだった）で、アメリカのあらゆる文化の混交から生まれた別の文化の中、新しい気温（モンレアルで冬に凍死するように、マイアミでは夏に熱中症で死ぬ可能性があった）の中、別のリズム（南国のリズム）の中に定住しようとしていた。こうしたものすべてが同じアメリカの中にあったんだ。そのうえ、ぼくたちにはまだ家がなかったので、妻の姉妹の家でとても狭いところに居候していた。引っ越しのとき、末娘は生後やっと半月だった。そうしたかなりつらい状況の中で、ある日ひらめいたんだ。一冊の本を何巻にも分けて書くことができる、というアイディアを。そして、その全体の中に『ニグロと疲れないでセックスする方法』や『エロシマ』も組み込めるんだ、と。アメリカ大陸におけるぼくの漂流を詳細に述べる、長い自伝を語るというアイディア。ぼくはこの建物の基礎を固めなくてはならなかった。起源、始まりに関する問いだ。家の中に隅っこを見つけて、一カ月間、夢中でプチ＝ゴアーヴでの自分の幼年期を語った『コーヒーの香り』をタイプした。この熱を利用して、一〇冊の本の全体的なプランを考え、それに一歩一歩従った。いや、ほぼ従った、というほうがよいかもしれない。本はその順番に出版されたわけではないからね。ぼくが自分の家をもてるようになったときに最初にしたことは、自分のタイプライターのすぐ上に、それらのタイトルが書かれた小さな紙きれを貼ったことだ。今では、その一〇冊の本は出版されて、それら一〇巻はたった一冊の本をなしている。ぼくはそれに執着している。それはぼくがいつも望んでいたものだ。『アメリカ的自伝』という全体的なタイトルを持った、たった一冊の本だ。

遠くで書くこと

●きみの仕事の全体を見ると、いくつかの本に関してはときおり、書いている場所と本の中に喚起されている場所とのあいだに空間上や時間上の隔たりがあることに気づくね。この時間的であると同時に空間的な距離について話してもいいかな？　ハイチにいるときより、モンレアルやマイアミにいるときのほうが、ハイチについての本を書くのは楽かな？　モンレアルにいると、モンレアルについて書くのはより難しいだろうか？　書くのにもっとも都合がいいのはどんな状況だろう？

空間に関する問いはとても重要だね。それは一般的に、距離の問題をも引き連れてくることになる。ぼくたちはとくに書くことについて話しているけれども、距離の概念は読書においてもある役割を担っていることにぼくは気づいた。きみが挙げた三つの場所では、ぼくは同じ本を別のやり方で読むことができる。もしぼくがケベックの小説をポルトープランスで読むとしたら、マイアミや、とりわけモンレアルでそれを読むのとは違う味わい方をすることになる。ぼくがポルトープランスにいると、たいていの場合モンレアルが恋しくなる。そういうときは、ケベックの下手くそな小説だって好きになるだろうね。ぼくは文学以外の理由で読むこともあるんだ。ぼくがマイアミにいて、ハイチの友人たちが彼らの本を送ってくれると、直接的な現実や地方色の向こう側にぼくを行かせてくれる距離を保ちながらそれらを読む。もしそれが原稿の段階なら、筋が一定のリズムで進展していくのを妨げているいくつかの風景描写を削除するか、外国の読者には何の意味もない事実にたいするいくつかの暗示を取り除くように彼らに助言することもしばしばだ。ぼくは同時に内部と外部にいる理想的な読者なんだ。

●書くときも、同じ問題が生じるんじゃないだろうか？

さらに驚くべきやり方でだ。新しい環境がぼくのような作家にたいしてどんな影響を与えるかを考えるとき、人びとは即座にモンレアルか北米を舞台にした小説に目を向ける。彼らに言わせれば、ハイチが舞台になっている小説は、ぼくの感性からストレートに出てきているんだ。彼らが言うことは部分的には正しい。しかしぼくはどこかで、ポルトープランスを離れなくても、ジャズやコーランに関してやったように、モンレアルの町に関して文献調査をし、残りは想像することによって、『ニグロと疲れないでセックスする方法』を書くことができただろう。もちろん、それはそう簡単なことではないけれど、結局のところ、ぼくは当時、マギル大学の女子学生は一人も知らなかったし(あの本に詰め込まれたミズたちはみんな英語話者で、ぼく自身はそれまで英語話者と知り合いになったことはなかった)、本の中に引用されている本をすべて読んだわけでもなく(でも、話者のほうは読んだはずだよ)、そのほかの細かい重要な部分についても、いっさい知らなかったんだ。ぼくはよく——信じてもらえるよね——自分の想像力を使った。それは、程度の差こそあれ、ポルトープランスにいてもできただろう。それにたいして、もしぼくがハイチを離れたことが一度もなかったら、『コーヒーの香り』をこんなふうに書くことは不可能だっただろう。ぼくはそれをハイチとは別の国で、ハイチ人とは別

もしぼくがハイチを離れたことが一度もなかったら、『コーヒーの香り』をこんなふうに書くことは不可能だっただろう。

の読者を想定しながら書いたんだ。このことは、その影響がほとんど目には見えないからなおさら、きわめて重要なことだ。たんに、ほんの少し感性をずらすだけだ。この本はハイチで、ハイチ人によって、ハイチ人のために書かれた場合よりずっといいものだ。それが非常識な状況だとは言いたくない（フランス人はフランスで、フランスの読者のために書く。もっとも、フランスの作家は、覇権主義的な長い伝統により自国以外でも読まれることを予想していて、それが作品の素材を大きく変えているけどね）。たんに、ぼくの本はそのことによって民俗的要素が減っていると言いたいだけだ。とくにぼくがハイチについての本を書くとき、ハイチ人読者と分かち合う一種の親密さがあって、それが他者と交わりたいという欲求をぼくから奪ってしまう可能性があるんだ。現地でのみ消費される本というのは存在する。だからといって、ハイチで書かれた本がすべて、ハイチ人の興味しか引かないという意味ではないけどね。

●異国情緒に誘惑されることはできるだろうか？

自分自身にたいして異国的であることはむずかしいね。完全な文化変容の場合は別だけど。グリッサンはこのことを、成功した植民地化[*26]のケースと呼んでいる。

●旅行や絵葉書などによって魅惑したい他人にたいする異国情緒というのはありうるんじゃないだろうか。

異国的な果実を消費することを望めるのは外国の読者のほうだ。しかしとても悲しいのは、外国人の消費のためにわざと異国的な芸術を生産するときだ。それはハイチのプリミティヴ絵画ではよく起こることで、何度もハイチの市場を崩壊させた。『コーヒーの香り』を書いたとき、ぼくの頭の中に異国情緒はなかった。祖母のダーに再会するために、自分にたいして幼年期を語りたかっただけだ。

本の時、過去の時、見出された時

●今度は時間によって課される距離について話そう。ほとんどすべての本が時差をもって書かれている。書いた時間と本の中を流れる実際の時間が同じなのは『帽子のない国』だけだ。

この『アメリカ的自伝』シリーズの全体が時間を捕まえるためのレースだ、とも言わなければならない。最後の『帽子のない国』でぼくはその時間を捕まえることができたと思ったけれど、実際は捕まえられず、そのためぼくは物悲しい気分になる。もちろん、『帽子のない国』(一種のセゼールの『帰郷ノート』)のタイトルを、プルーストの『見出された時』に倣って『見

＊26　**成功した植民地化**　『アンティル論』(一九八一年)参照

出された国』とすることもできただろう。

●すでに『乙女たちの好み』があったんだから、なおさらだね。それにもちろん……「乙女たちのかげ[*27]」も。

同様に、記憶についての際限のないすべての言及もだ。まあ、プルーストはプルーストだ、と言っておこう。ぼくの本の中にはいくつもの時間がある。ふたたび訪れてみたい過去の時間、話が展開する現在の時間、本を書いている時間。『コーヒーの香り』は直説法現在で書かれている。ぼくはけっして過去を再現したかったのではない。毎回、幼年期を生き直したかったんだ。現在というのはぼくの気分がいい時間だ。話が現在形で語られていても、しばしば別の時間の中にいることを示す何らかのしるしがある。

ぼくの本の中にはいくつもの時間がある。ふたたび訪れてみたい過去の時間、話が展開する現在の時間、本を書いている時間。

●きみの時間はけっして厳密な正確さで配置されているわけではないね。

たしかに、不正確さに満ちている。ぼくは何度か、書いている時間と本が出版される時間を一致させようと試みたことがあった。しかし、そこにぼくが語っている物語の時間が加わると、わけが分からなくなってしまうんだ。それはすべて、ぼくの時間に対する妄執から来ている。ぼくの人生からも。というのも、ぼくはほとんどの本に自分の年齢を書き込んでいるからね。ぼくの周りで回っているこれらすべての時間の渦に捉えられたかのように感じて、しまいには憔悴してしまうんだ。小さい頃ぼくは、現在形で語られる話しか好きじゃなかった。祖母が過去の話をしてくれるときは、それらの話がたった今起こったばかりか、もっとよいのは、今目の前で起こっているようにぼくが感じるような話し方をしてくれたものだ。伝説は嫌いだった。実際、現在というのはぼくにとって人生そのものだ。だから、ぼくが本を書くとき、いつも現在を再発見するようにアレンジするんだ。『コーヒーの香り』は過去形で始まる。「ぼくは幼年期をポルトープランスから数キロ離れたプチ＝ゴアーヴで過ごした」というふうにね。しかしすぐに現在に入るんだ。『乙女たちの好み』はぼくの青少年期にいた素晴らしい乙女たちを描写したものだけど、それでさえ、現実の時間によって書かれた章から始まる。その時間というのは、ぼくがマイアミでレモンド叔母さんの小さな家にいて、母がぼくに送ってくれた手紙の束を叔母さんがぼくに渡してくれる時間のことだ。

●きみの本の中では、いつも何かを介して動きが起こるね。

＊27 **「乙女たちのかげ」** プルーストの『失われた時を求めて』の第二編『花咲く乙女たちのかげに』への暗示

ぼくがミキの近況を知るのはこれらの手紙によってだ。ミキっていうのは、ぼくが完全に忘れていた青少年期の人物の一人なんだけどね。そんなふうにして、マイアミでバスタブに浸かっている話者に過去が侵入してくるんだ。たしかに、話者は自分の話を間接的に語っている。彼が姿を見せたり、自分の感性を見せたりするのは、いつも誰か別の人物を通してだ。

不動性の書

●ハイチの時期と北米の時期が補完あるいは対立しているのと同じように、きみの本の中では、動きのある人物とじっと動かない人物、観察する者とその周りで動いている世界とが対立または補完関係にあるね。

まず、ぼくにとって大事なことは、古典的な規則にしたがって物語を書くことなんだ。つまり、筋が一つの時間、一つの場所で展開するということだ。こうしたことすべてがしっかり配置されて、読者がどんな物語叙述の中にいるのか感じ取れるようになれば、ぼくはそこに考えうるあらゆる幻想を滑り込ませることができる。『コーヒーの香り』を例にとってみよう。これはきわめて古典的な本だ。物語の舞台はハイチの小さな地方都市だ。主要な登場人物は祖母と彼女の十歳の孫だ。二人は家のヴェランダに座っている。祖母は家からけっして動かないだろう（彼女は多くの時間をヴェランダで過ごす）、一方の子どもはときどき友だちと町の中を散歩する。人びとも、物も、動物も、すべてが不動の祖母の周りを回っている。『ニグロと疲れないでセックスする方法』のブーバは小説のほとんどの部分でソファに寝っ転がったままだ。彼の友だちのヴューは（『コーヒーの香り』の中でヴューゾがダーのためにするように）出かけて、町の噂を彼に伝える。『エロシマ』では、冒頭から主要人物があからさまな言葉で不動性に関する問いを発する。「何が起こっても、ぼくはベッドから動かないだろう。」『乙女たちの好み』では、ぼくたちに話をしてくれる思春期の少年は、彼が母親によって囚われの身になっていると感じている閉じられた場所から、もう一つ別の閉じられた場所へと移動して時を過ごす。その場所は乙女たちの家の中にあって、彼は秘密警察員を逃れてそこに隠れにいくんだけどね。二つ目の場所はさらに息苦しいことが分かるんだ。というのも、彼は欲望の炎の真っただ中にいるからだ。ぼくはいつも、地獄より天国のほうが暑いと思っていた。

●そうした事実確認は後験的《アポステリオリ》な分析かな？

もちろんさ……。最初はそんなこと考えなかった。しかしむしろ、仕事が進むにつれての分析、と言ったほうがいいかもしれない。ぼくにいくつかの微妙な変化を指摘してくれたのは読者や批評家たちだ。また、ときには日常生活における観察だ……。運動／不動のコントラストはぼくの深い性質の一部なんだ。ぼくは椅子から動かずに、座ったまま何日も過ごすことがあ

ぼくの内部には少なくとも三人住んでいるんだ。一人は不動のまま、もう一人は常に動き回り、三人目は窓に肘をついて通りで起こることを眺めている。

る（書くことも考えることもせず、たんに夢見ながら）。かと思えば、ときどき猛烈に動きたくなることもある。ぼくの内部には少なくとも三人住んでいるんだ。一人は不動のまま、もう一人は常に動き回り、三人目は窓に肘をついて通りで起こることを眺めている。

閉じられた世界に面した開かれた世界

●きみの本の中には開かれた場所と閉じられた場所の対立もあるね。『エロシマ』、『ニグロと疲れないでセックスする方法』、『乙女たちの好み』のように閉じられた場所が舞台になっている本がある。『コーヒーの香り』は、ある意味では、扉は閉まっているけれど、天井は開かれた世界だ。そのほかの本は完全に破裂している。目的はしばしば都市の新しい描写だ。たとえば『限りなき午後の魅惑』はプチ＝ゴアーヴの町全体を描いているのにたいして、『コーヒーの香り』のほうはむしろ、プチ＝ゴアーヴの二人の人間をクローズアップしている。『乙女たちの好み』はポルトープランスの家々の内部を描いているけれど、『主人の肉体』のほうはポルトープランスの完全に破裂した描写になっている。モンレアルで同様の構図が『甘い漂流』に見られる。そこでは新しい町で自分の生活を探している若い移民を示すためにパノラマ撮影の動きがあり、他方、『ニグロと疲れないでセックスする方法』は二人のニグロの若者が住むアパートの、閉じられたドアの向こうでどんなことが起きているか教えてくれる（カメラがこのような世界に侵入することはめったにないので、その意味で、ドアは厳重に閉じられていると言える。映画では一般に、ニグロたちは戸外にいるよね）。

●個人的に共鳴するものもあるんじゃないかな。内と外の概念はポルトープランスとモンレアルとでは同じではないよね。

ぼくは状況や人物の性格を観察することはできるけれど、そうしたものは、内的共鳴がなければぼくの内なる映画館に本当の意味で入り込むことはできないだろう。ぼくは場所にたいする感受性が非常に強い作家だ。ポルトープランスとモンレアルは正反対だね。ポルトープランスは人口過剰の町だ。それと比べたら、モンレアルは空っぽの町のように感じられる。ポルトープランスは夏の町（人びとは大部分の時間を戸外で過ごし、家に帰るのは夜、寝るためにだけだ）であるのにたいして、モンレアルは冬の町だ（冬が人びとを家の中に閉じ込める。なぜなら、アパートを出るやいなや、温まるためにバーに入らなければならないけれど、それには散財しなければならないからね。飲食代はまだ無料じゃないから）。しかし、ぼくがとくに衝撃

親密さというのは、ぼくがモンレアルに来る前はどんなものかまったく知らなかったものだ。

を受けたのは、内部空間の構成だった。ハイチでは、家にはいくつものドアや窓があり、牢獄にいるように感じることはけっしてない。ところがモンレアルでは、ぼくが生活していたちっぽけな部屋にはどこでもドアが一つしかなかった。ぼくは絶えず閉じられた、あるいは開かれた空間の中を行き来していた。モンレアルで二月に、零下二八度という気温のせいで自分の部屋に閉じ込められていたとき、ポルトープランスの開かれた空間を懐かしく思ったものだ。しかし、別の面では、それはぼくにたいして開かれた広大な世界でもあった。

●どんな世界かな？

親密さの世界だ。人生ではじめて、部屋の中に一人でいることができたんだ。

●でも孤独ではなかったかな……。

孤独は親密さとは違う。ぼくはポルトープランスでも孤独は知っていた。群衆の中にいても孤独であることはありうる。親密さというのは、ぼくがモンレアルに来る前はどんなものかまったく知らなかったものだ。

「ぼく」というのは誰なんだろう？

●わたしが取り上げたかったもう一つの様相は、語り手の「ぼく」と作家の「ぼく」の問題だ。本の中で使われている「ぼく」は同じ力、同じ真実性をもっているんだろうか？　ほかより本物の「ぼく」というものはいないんだろうか？

読みやすくするための、単なる語りの術策としての「ぼく」というものがいる。読者は「ぼく」に慣れているので、読者に「ぼく」を少しあげよう。それにたいして、もっとも頻繁に使われ、きわめて的確で、直接的で、本当に自然な「ぼく」というものもいる。『コーヒーの香り』の「ぼく」であり、『限りなき午後の魅惑』や『甘い漂流』、『帽子のない国』の「ぼく」だ。『エロシマ』の「ぼく」もいる（ぼく自身はこの日本人女性の部屋で生活したことはないけれど、そんなことがあったらとても気に入ったことだろうな）。それは幻想の「ぼく」だけど、本物の「ぼく」と同じくらい重要だ。感染した「ぼく」は他人の「ぼく」を吸収する（自分よりむしろ友人に起こった出来事を利用する）。それに世代的な「ぼく」を加えることもできただろう。それは、同時代に、同じ独裁体制下で一緒に成長した者たちの全体だ（そのときぼくは、語り手の「ぼく」にこれらすべての感性を溶かしこもうとする）。一度、ぼくはこう言われたこと

ぼくはよく、自分の小説は、自分の感情の自伝、自分の現実と幻想の自伝だ、と言うことがある。

があった。「きみの本を読みながらぼくは泣いたよ。きみが描いたのはぼくの人生そのものだったから。」たしかに、ぼくは自分の「ぼく」を豊かにするために、他人の人生のある時期をこかしこから盗むことがあった。ある個人に関する正確な事実のみを叙述する厳密な伝記の問題をうまくかわすため、ぼくはよく、自分の小説は、自分の感情の自伝、自分の現実と幻想の自伝だ、と言うことがある。ぼくという人格のさまざまな様相のうちのどれ一つとして、ほかの様相以上に本物だということはないんだ。

●完全な虚構、絶対的な虚構、すなわち幻想でも体験された現実でもないものに取り組もうと思えばできた？　人物を創造して、体験されたものではない時間や空間にその人物を連れていくことは？

分からないな。『主人の肉体』のいくつかの中編には、語り手の「ぼく」がいない。でも、そこでさえ、それが「ぼく」の別の形態、すなわち、他人の仮面をかぶった「ぼく」じゃないかどうか、確信はない。繰り返すけど、ぼくの立ち位置は、自分は作家じゃない、ということだ。作家じゃないんだから、自伝にしか取り組めない。

死は、見たくない

●『帽子のない国』は、ハイチの暗喩によれば、死を想起させる。死はきみの作品全体にきわめて色濃く現前しているね。それはきみにとりついた何か、常にきみと共にある何かなんだろうか？

それは何にもまして、ぼくが見たくないものだ。妻はそのことを知っている。誰かが亡くなると、いつもぼくはどう反応してよいか分からない。ほかの人たちのようにできないんだ。哀悼の意を表するのが嫌いで、それがどんなものか分からないし、どうしたらいいのかも分からない。死にまつわるしきたりは完全に嘘っぱちで、ばかげていて、奇妙で、要するに猥褻な気がするんだ。そう、たぶん……、死は猥褻なんだ。人生が劇場だとしたら、けっして舞台の裏側に行ってはならない。操り人形の糸や、お粗末な機械や、夢の仕掛けを見るために。ぼくは死にたいして何も不満があるわけじゃないけど、この好奇心がぼくに強い嫌悪感を抱かせるんだ。レモンド叔母さんは、ぼくが棺に入った祖母を見に行くようにと言って、ぼくと争ったことがある。ぼくはそうしたくなかった。そうすることに何の意味も見出せなかった。彼女は何としてもぼくが棺に入った祖母の写真をもっていることを望んでいたんだ。率直に言って、ぼ

率直に言って、ぼくにとって、人は死なない。

くにとって、人は死なない。人は死ぬことができるという事実をぼくが受け入れれば、ことはずっと簡単だろう。そうすれば、なんの謎もなくなるだろうから。もし人が死なないとしたら、何が起こるのか？　死とは何なのか？　ぼくは、幼くして亡くなった少女のことを覚えている。ぼくたちは同い年だった。次のような問いがぼくにつきまとうことになった。もしあの子が死んだなら、どうしてぼくの心の中で生き続けているんだろう？　どうして何年も経ってから、あの子の夢を見るんだろう（彼女は八歳でなくなったのに、夢の中では十六歳になっていた）。人が死んでも、ぼくは悲しくさえなれないんだ。正直に言って、死と悲しみのあいだの関係が分からない。それにぼくは死にまつわるすべてのしきたりが嫌いだ。身体を起こすこと、涙、棺、納棺、大泣き、喪。『コーヒーの香り』のヴューゾの友だちの一人であるフランツは、彼が長いあいだ計画してきたパーティーをすることをどうして死が阻むのか、理解できない。どうしてこんなに重いしきたりがあるんだろう？

ハイチ的な死

●この死滅の不在は、極度にハイチ的なものだと考えられるだろうか？

死に関する西欧的な考え方がぼくから離れないとはいえ、たしかにぼく自身の中にある回答、ハイチ的回答もある。ぼくはいつも祖母と過ごしてきたけれど、彼女にとっては、けっして誰も死なないんだ。はるか昔に死んだ人も、じつは死んでいないんだ。ハイチ人は、西欧において死亡の原因と考えれられているもの、すなわち病気や殺人や死に至る事故などをまったく考慮しない。その人の年齢がいくつであれ、死の原因が何であれ、いつも悪魔が関わっているんだ。その人は「食べられた」というのが慣用的な表現だ。喪に服している家族を訪れるといつでも、頃合いを見て離れたところに連れていかれ、自分はその人が死ぬことを知っていた、夢でそう伝えられた、何よりも、その人を「食べた」のが誰か知っている、と説明されることになる。ぼくの伯父のロジェは、もう七〇年以上前に近い親戚の一人によって「食べられ」、生後三カ月で亡くなったけれど、ダーが死の床でまだ彼の名を呼んだので、死んでいないんだ。それに、すでに説明した通り、ロジェは家の中で成長し続け、赤ん坊に接するように彼に接する者は誰もいなかった。彼はぼくの母より一歳年上だったので、彼の歳を知っていたし、格好

ヴォドゥ教というのは別の時空で生きる可能性なんだ。

も想像できたからね。だから、ロジェ伯父さんはぼくたちから離れたことは一度もないんだ。これがハイチにおける死だ。ヴォドゥ教というのは別の時空で生きる可能性なんだ。そこは、死後には自分の運命を知るために復活と「最後の審判」の日を待たなくてはならないカトリックの空間とは異なるものだ。この長い待機は常にハイチ人を震えさせてきた。「最後の審判」を待って墓の中に留まっていなければならないという考えは。妙策は「最後の審判」があまり遠くないときに死ぬことだろうね。そうでなければ、ひどく退屈してしまう恐れがある（人類の歴史のいちばん最初の頃に死んだ者はどうなるのだろう？）。こんなふうに増殖した考え、意見、信念がぼくの死に関する見方を作り上げ、ぼくがどうして死についてこのような書き方をするのか説明してくれる。ただし一つだけ、個人的なことで、文化とは結びついていないけれど、死にたいする一種の不安が残っている。ある日ぼくは祖母に、死についてどう思う、と訊ねたことがあったんだ。祖母はゆっくりと自分のコーヒーを飲み終わってから、ぼくにこう答えた。「今に分かるよ」と。それはぼくの不安をやわらげてくれる答えではなかったし、科学的な答えでも、宗教的な答えでさえもなかった。その答えが短かったにもかかわらず、あるいは短かったがゆえに、今でも、これほど謎めいた現象にたいする答えとしてはもっとも自然なものに思えるんだ。

そしてその中に神が?

●ある人びとにたいしては、宗教が答えをもたらしてくれる。きみは宗教とはどんな関係を保っているんだろう?

宗教的現象というのは、ぼくがほとんど熟考したことのないものだ。それは、自分の仕事の中にはっきりと、ものすごく存在していると他人から指摘されるまで、自分では完全に隔たっていると感じている類のものだ。

●宗教がものすごく存在している!

ぼくはいつも祖母が祈りを捧げているのを見ていた。まあ、彼女なりのやり方でだけどね。聖母マリアが容赦なく発破をかけられている日もあった。祖母はマリア様に対等に話しかけていて、マリア様が仕事を怠けていると思うと、かなり激しい口調になることもあったよ。でも、マリア様が祖母にたいしてだけでなく、家族全員に、さらにはプチ＝ゴアーヴの町にたいしても親切に振る舞ってくれたと見なすと、丁重に扱っていた。ぼくにとって、宗教は受動的なものではなかった。ダーは、貧しい人たちや孤児や身体の不自由な人たちを助けることもせずに、聖歌を歌ったり祈りを捧げたりして一日の大半を過ごして満足しているような小役人的な聖人はいっさい容赦しなかった。聖母マリアはプチ＝ゴアーヴの守護聖人なんだけど、毎年その祝日には、もし一年間住人の誰も全国の宝くじに当たらなかったら、ぼくたちはマリア様を罵って過ごすんだ。そして、大きなくじに当たったのが（隣町の）グラン＝ゴアーヴの人だと分かると、その罵りはいっそう攻撃的になる。逆の場合（サンプリスかシャディヨンが勝ったときは）、教会は教区民によって隅々まで掃除され、マリア像は花で埋め尽くされたね。ぼくの信仰に関する見解は単純だ。神がぼくに優しくしてくれるときは神を信じる。ぼくの同国人のほとんどにとっても同じだ。

●きみは家で祈りを捧げていた？

家にはカサニョル神父が祝別しにきた磁器製の大きなマリア像があった。プチ＝ゴアーヴで事業が繁盛していた頃、ローマに注文したものらしい（ぼくの祖父は自分で収穫したコーヒーを主にボンバス商会に卸していて、その本店はイタリアにあったんだ）。ローマへの発注を担当したのは年老いたボンバス自身だった。この像はダーの寝室の真ん中に置かれている。聖母マリアとその腕に抱かれた幼子イエスの、二人の人物がいる。祖母はマリア様に祈り、小さなイエスのほうはぼくに任せていた。そんなわけで、昔からぼくは、祖母とぼくの幼年期の信仰の思い出として、幼子イエスに祈り、大人のイエスに祈ることはけっしてないんだ。

●その先に行ったことはない？

いいや、ないと思う。幼子イエスはぼくによく似合っている。ぼくは宗教に関する正確な見解というものをまったくもっていないんだ。たまたまぼくの人生には宗教的痕跡が散りばめられているけれども、自分が宗教にどっぷり浸かっていることに気づいたのは、人生について考え、自分の本を読み返しながらだ。本当に残っているのは、祖母がぼくのすぐ横でマリア様とぶつぶつ話しているあいだ、ぼくが幼子イエスに一心に祈っていた（ぼくたちは肘が接していた）忘れがたい時代だけだ。

マリア・ゴレッティに恋して

●では、お母さんとは？

昔からぼくは、祖母とぼくの幼年期の信仰の思い出として、幼子イエスに祈り、大人のイエスに祈ることはけっしてないんだ。

ぼくたちはすでにヴォドゥ教という自分たち自身の宗教をもっていた。

後に、ぼくがポルトープランスに戻って母と一緒に暮らすようになると、自分のキリスト教世界が少し広がった。母はすでに聖クララ[*28]ととても親しい関係になっていた。パドヴァの聖アントニオ[*29]もいたかもしれないけれど、聖クララは母のお気に入りの聖女だったんだ。母は自分の霊廟に、なぜかは分からないけど、小さなマリア・ゴレッティ[*30]も加えていた。そのほか、聖ルカ、聖イヴ、聖ジェラルド、聖アンナ、聖ヨゼフも低いところにだけど、飾られていた。思春期の少年にとって、マリア・ゴレッティはすがすがしい、若い風をもたらしてくれていた。これらの聖女たちすべてが、ある種の西欧的な美意識をぼくの内に形成するのに寄与した。だから、一九七六年にモンレアルに到着すると、ぼくはまず聖クララに似た女の子たちを探したんだ。聖クララはぼくにとって完璧さそのものだったけど、おかげでぼくは反体制派の若者たちからさんざん揶揄されたね。七〇年代半ばのケベックというのは、カトリック教会がさんざんこき下ろされた時期なのに[*31]、ちょうどその頃ケベックに到着して、ケベック女性にたいして誉め言葉を言おうとしても、カトリックの聖女に譬える以上にうまい言い方が見つからない人のことを想像してほしい。最高に美しい誉め言葉を使っているつもりなのに、どうして彼女たちがそこまで腹を立てるのか、ぼくには理解できなかったよ。

ぼくはタイミングが悪かったけれど、これが二〇年早かったら、驚異的な成功を収めていただろうな。この問題でぼくが納得できなかったのは、カトリック教会の主要問題にたいしてケベックが軽薄だったことだ。彼ら（ケベックの宣教師たち）はハイチに宗教のウィルスを植えつけにやってきたんだ。最初は、いくつか技術的問題があって、ためらいがちだった。第一に、ぼくたちはすでにヴォドゥ教という自分たち自身の宗教をもっていた。第二に、これはたいしたことではないけれど、これらのとても色白の聖人たちがいる教会に入っていくのはやはり多少抵抗があった。おまけに、ぼくたちのところに届くクリスマスのイメージはすべて雪に覆われた祝祭なのに、こっちときたら熱帯地方だ。そのほかにも色々あった。細かい点には立ち入らないけど、たとえば、ぼくたちの必要性にあまり適合しているように思えないお祈りなどもね。まあいい、そうしたことすべてに目をつぶって、ローマ行きの列車に乗ったというのに、彼らは、最初に信仰の危機が訪れるやいなや、全部捨ててしまったんだ。ぼくたちに予告もせずにだぜ。その結果、ぼくは聖クララに関する価値のない誉め言葉を使って、じつに間抜けな

＊28 **聖クララ**　イタリア・アッシジの聖女
＊29 **パドヴァの聖アントニオ**　一一九五―一二三一、パドヴァの守護聖人
＊30 **マリア・ゴレッティ**　一八九〇―一九〇二、イタリアの少女、殉教者
＊31 **七〇年代半ばのケベックというのは、カトリック教会が……**　ケベックでは、六〇年代の「静かな革命」以降、急速に教会離れが進んだ

様子だったわけだ。

●聖クララは顔だけ？　身体はなかった？

顔だけだった。でも、かなり小太りだったと想像できる。顔には細い布が巻かれていたけれど、とがった小さな鼻や丸い頬、美しい音色が出てきたに違いないとても小さな赤い口、そして天のほうを向いた両眼がよく見えた。マリア・ゴレッティのほうは箪笥の奥のほうに隠れていた。彼女の眼しか見えなかったけれど、それはぼくを魅了していた。彼女はとても若かった。彼女は強姦されたんじゃないかと思う、つまり悲劇的なことが起こったんじゃないかと。彼女はアンナ、クララ、カタリナ、マリア、あるいはエリザベートとは違って苗字をもっていた。それに聖マリア・ゴレッティと呼ばれることはめったになかったので、彼女はまだ一般市民の生活の中にいるような印象だった。ぼくは地獄に墜ちることを確信しなくても、彼女のことを夢見ることができた。

聖ユダ、絶望的な大義の守護聖人

●この霊廟には女性しかいないのかな？

ぼくの義母は、絶望的な大義の守護聖人である聖ユダ[*32]しか眼中にない（多くのハイチ人が、絶望的な大義の守護聖人としての彼の戦略的役割のせいで、聖ユダに信仰を捧げている）。ともかく、聖ユダはテレビで「スパイ大作戦《ミッション・インポッシブル》」[*33]が好みの義母にあつらえ向きだ。ハイチで手入れの行き届いた小さな家に住み、ポルタイユ・レオガーヌのクリニックで准看護師として働いていた頃、義母はけっして裕福ではなかったけれど、それでも、いつもモンレアルのこの愛するユダに送金していたんだ。彼女は（一カ月に一〇〇ドルも稼いでいなかったに違いない）モンレアルの大司教区に送金していたんだと思う。彼女がモンレアルに立ち寄ったある日、いつものようにぼくが聖ユダを見に彼女を連れていくと、偶然、何気なく話してくれたんだ。ぼくはモンレアルのカトリック教会が、地球上で最貧国の一つに住む貧しい女性の血を吸っていることを知って、息が詰まりそうになった。それなのに、彼らは自分たちのもっとも重要な使命は貧しい国々を助けることだということをぼくたちに信じさせようとするんだから、厚かましいったらありゃしない。声高にはっきりと言わなければならない。何年ものあいだ、ぼくの義母も含めたハイチの貧しい女性たちがモンレアルやパリやローマの強力な宗教団体にお金（ア

*32 **聖ユダ**　聖ユダ・タダイ。キリストの十二使徒の一人。キリストを裏切ったイスカリオテのユダとは別人

*33 **「スパイ大作戦《ミッション・インポッシブル》」**　一九六六―七三年に米国で放映されたテレビ番組

何年ものあいだ、ぼくの義母も含めたハイチの貧しい女性たちがモンレアルやパリやローマの強力な宗教団体にお金を送っていたんだ。

メリカドルでだと思うけど）を送っていたんだ。ある意味で、ぼくは普遍的教会[*34]に寄付することは理解できる。しかし、ぼくが納得できないのは、イタリアやケベックやフランスの信徒たちに、彼らも第三世界からやってくるお金を受け取っていることをけっして知らせないことだ。裕福な国の子どもたちはみんな、貧しい国の子どもたちにお金か食糧の寄付を送らなければならないことを知っている。それは彼らの精神形成の一部をなしているものだ。かつて、彼らは「中国の子どもを買っていた」（すなわちケベックの子どもは中国人の子どもが物質的に生き延びることに貢献しなければならなかった）。彼らに言うのを忘れたのは、彼らは何度かそれらの国からも援助を受けていたということだ。西欧諸国のあらゆる壁に貼られた、一切れのパンを物乞いしている子どもたちの顔を見て（とくにそれらの子どもたちが瓜二つのようにそっくりに見えるとき）人が何を感じるか、あなた方には分かるまい。ぼくの義母や第三世界のほかの人もモンレアルに送金していたということを人びとに知らせることは、人間の尊厳に関わることだ。

ヴォドゥ教

●ヴォドゥ教のことに触れていたけれど、きみにとってはどうなの？　ヴォドゥ教とこれまでどんな関係を保ってきたのかな、そして今保ち続けているのは？

ヴォドゥ教について考えるとき、家によく来ていたウーガン（ヴォドゥ教の祭司）だったカジミールの馬が目に浮かぶな。カジミールは背の高い、巨大な口髭をたくわえた厳かな顔をした男だった。学校から帰ってきて、中庭にカジミールの大きな黒い馬がいるのを見ると、ダーが家の中で彼と相談しているのだと分かった。ダーは子どもたちや、とりわけ孫たちについて、状況を知りたかったんだ。家の中に入り込んで近親者たちの血を吸うためにあらゆる種類の動物に変身することのできる狼男たちから彼らを守るためにね。家の中にはいらなくても、優れた狼男なら、部屋の外側の壁に置いた小さな竹笛で、向こう側で寝ている子どもの血を全部吸い取ることもできるんだ。事態は深刻だ、といつもダーは言う。悪魔はしばしば梟の姿をしている。夜、その恐ろしい鳴き声を聞くやいなや、悪魔が獲物を追っていて、どこかで子どもが

＊34　**普遍的教会**　カトリックとプロテスタントに分裂する前のキリスト教会

悪魔はしばしば梟の姿をしている。夜、その恐ろしい鳴き声を聞くやいなや、悪魔が獲物を追っていて、どこかで子どもが危険にさらされていることを知るんだ。

危険にさらされていることを知るんだ（狼男はとても小さな子どもを好んで襲い、赤ん坊を襲うことさえしばしばだ。ハイチ人は子どもの死亡率が驚くほど高いのをこうして説明するんだ）。ぼくは、家族の伝説によると祖父がイヴ叔父さんの名づけ親になってくれるように頼んだデュフレーヌのことを覚えている。それは、デュフレーヌがロジェ伯父さんを「食べた」のではないかとみんなが疑っていたからだ。イヴ叔父さんの名づけ親になれば、闇の騎士たちの古い名誉規範からして、自分の名づけ子を襲うことはできなかったからね。それでも彼はある嵐の晩にうちにやってきて、いわゆる悪魔の一味に追われているのでドアを開けてくれ、とぼくの祖父に叫んだんだ。祖父は同僚にドアを開けず、家の中を行ったり来たりするだけだった。ぼくは温かく守ってくれるダーのお腹の下に隠れていた。家の中では、みんな黙っていた。向こう側の男がドアを叩く音と彼の悲痛な叫び、それに祖父の乾いた足音だけが聞こえていた。ぼくは、この人がおそらく道で出くわした盗賊か人殺しの一味に追われて、危険な目に遭っているのだろうと想像していた。翌朝、うちのドアの前で血まみれの彼を発見するのがとても怖かった。ところが翌朝、ドアの向こう側には誰もいなくて、血の痕跡もまったくなかったんだ。八時頃、髭を剃ったばかりのデュフレーヌが、いつものようにボンバス商会に行く前に一日の最初のコーヒーを飲みにやってきた。前夜の出来事に触れる者は誰もいなかった。彼は上機嫌の様子で、ダーに彼女のコーヒーは最高だと褒めて(「ダー、これは五つ星だ」)、帽子を頭から少し持ち上げてふたたび礼を言うと、来た道を歩き続けていった。

ぼくの幼年期の悪魔たち

●現在きみはこのような出来事にどんな眼差しを向けるのかな? 楽しそうな眼差しかな?

信じざるをえない。幼子イエスを信じているのと同じように。超自然的なものを信じるのはぼくの義務だ。でなければ、ほかの職業のほうが向いている。ぼくの感性が形成されたのは、この素晴らしい時代、魔法にどっぷりと浸かった幼年期だった。こういう出来事が本当かどうか、ぼくは議論する気はない。それらはぼくの内部に深く棲みついているんだ。昼間はそれについて楽しそうな笑みを浮かべて話すことができるけれど、夜はそういうわけにはいかないと分かっている。ぼくは子どもの頃から同じ夢を見るんだ、まったく同じ夢を少なくとも月に一回は。世界中の大都市の光も、旅行も、偉い人たちとの議論も、ぼくの作家としての社会的地位も、アイロニーのセンスも、博学な読書も、何もこの夢からぼくを守ってはくれないんだ。

超自然的なものを信じるのはぼくの義務だ。ぼくの感性が形成されたのは、この素晴らしい時代、魔法にどっぷりと浸かった幼年期だった。

●それについて話してもらえない？

ぼくはプチ＝ゴアーヴの家のヴェランダに祖母と一緒に座っている。十歳ちょっと。気がつくとすっかり夜が更けている。ぼくたちは公証人のロネが帰宅するまで待っている（彼は午前一時まではぼくの家のヴェランダの前を通ることはけっしてない）。十一時だと思っていたら、もう午前二時になっていた。突然、狼男たちの一団がやってくるのが聞こえる。彼らは山を下りて、ぼくの家の前、一〇キロほどのところまで来ている。そして五分後にはもう、その半分のところまで迫っているんだ。祖母はあわてた口調でぼくに言う。すぐ家の中に戻らなくちゃ。なんだか奇妙なことが起きているよ、とね。でも、戻る前にしなければならない仕事がたくさんある。ダーのロッキングチェア、小さな長椅子、ヴェランダの柱に凭せ掛けたルネ叔母さんの椅子（ルネ叔母さんは牛乳を一杯飲むとすぐに戻って寝るんだ）を外に出しっぱなしにはしておけないからね。それから、いくつものドアや窓を閉めなければならない。そのあいだにも、一団はぼくたちのほうに近づいてくる。右の、祖父の仕事部屋のドアを閉めるのを忘れないで、それから客間のドア、祖母のベッドの横にあるドア、それに後ろにある二つのドアも。でも、まずは、ラマール通りに面した大きなドアを閉めなくちゃ。そして最後に、ダーの寝室の窓と昔の台所の窓だ。しかし、悪魔たちはもうそこまで来ている。いつも、ドア一つか窓の一つを忘れてしまうんだ。そして突然、ドアか窓の枠の中に彼らの頭が現れるのを見ることになる。ちょうど西部劇の中で、インディアンたちが砦を攻撃するとき、必ず窓枠の中にインディアンの顔が現れるのを見るみたいにだ。ぼくは全部閉めるのが間に合ったことがけっしてない。彼らが威嚇的な様子で家の周りを回っているのが見える。すると、ぼくが世界のどこにいて、何歳になっていようと、理屈抜きの恐怖にとらえられてしまうんだ。いつも汗びっしょりになって目が覚める。

●それらの悪魔は具体的にどんな恰好をしているのかな? 外見はどんな風?

もっとも多いのは農民だ(それがララのグループと一緒にぼくがした冒険と結びついているのかどうかは分からないけれど)。そういえば、彼らも音楽を奏でるよ。彼らがやってくると、とても遠くから音楽が聞こえる(とくに太鼓の音が)。それから人びとは、それはたぶんそう遠くから聞こえてくるわけではない、と言うんだ。彼らはこだまと戯れることができるからね。音楽がとても遠くから聞こえたと思うと、一秒後にはすぐそこまで来ているんだ。彼らが到着するところはけっして見えない。突然ぼくらを取り巻いているんだ。それも怖いのだけど、ぼくの不安は何より、どこかの窓かドアを閉め忘れたのではないかという恐怖から来ているんだ。

だから、モンレアルに到着したとき、ドアも窓も一つしかない部屋に驚いた。にもかかわらず、モンレアルに住むようになっても、一四年間同じ夢を見続けた。

●きみが怖いのはそれだけ?

プチ=ゴアーヴの家には、誰もそこで休息すらしたくない部屋が一つあった。客間だ。でもそこは家の中でいちばん涼しい部屋だった。とくに夏の焼けるように暑い日中は。そこを使うのは、ぼくの叔母たちの一人、とくにニニーヌ叔母さんが、女の友だち、とりわけリゴー姉妹を招くときだけだった。ある晩、とても疲れたぼくは客間のソファで寝てしまった。すると、ぼくのほうに来るのが見えたんだ。それはとてもスタイルがよくて、いい洋服を着た、プロポーションのよい妙齢の女性だ（背丈はせいぜい三八センチというところ）。後でダーにその体験を話して、この女性がジョゼフィーヌという名で、家族はみんな、一度は彼女を見たことがあるということを知った。官能的な身体にかなり横長の顔（彼女は歳のいったベティ・ブープ[*35]に似ている）。とても優雅に腰を揺らしながら歩く。客間で寝る人たちはいつも大きな叫び声で家中の者を起こすことになるんだ。でも彼女は誰にも悪さをしたことはない。

悪魔と『詩篇』第九〇篇

●このような恐怖の前ではきみは完全に金縛りの状態のようだね?

ハイチではみんな、旧約聖書の『詩篇』第九〇篇が悪魔を遠ざけることを知っている。その効果はとても強いので、詩篇を唱えなくても、「詩篇第九〇篇」と言うだけで、取るに足りない小さな悪魔は遠ざけられるんだ。しかし、とても強くて、こちらと一緒に詩篇を唱える悪魔もいる。そんなときは困ったことになる。通常、どの家にも、家族を守るための悪魔がいるものだ。それは、デュヴァリエ政権下で、体制に反抗していることで知られたいくつかの家族が、自分たちの一人を秘密警察の部隊に入隊させていたのと同じ原理だったと思う。これはいつも、例外なく行われていたというわけじゃないけど、かなり頻繁に使われていた戦略ではある。いくつかの家族が完全に消滅してしまうのを避けるためには、必要なことだったんだ。なにしろ、彼らの一人でもデュヴァリエに抵抗すれば、デュヴァリエは家族全員と戦闘状態にあると考えたからね。一家には常に悪魔と秘密警察員が少なくとも一人ずつはいなければならなかった。

＊35　**ベティ・ブープ**　一九三〇年代米国に登場したアニメの少女キャラクター

この国にはどうしてとてつもない数の悪魔や秘密警察員がいるのか、これで説明がつくだろう。もちろん、悪魔や警察員になるのは家族を守るためだけじゃない。使命感をもっているやつは常にいる。

●善悪の区別がつけられないという状況は、当時のきみのような若者の頭脳には何等かの影響を及ぼしたに違いないね。

こうしたことはすべて、ぼくの人生にも本にも痕跡を残した。幼年期をハイチで過ごしたことによって、善悪の観念に関していくらか距離を置いて見るようになった。ぼくの本は神秘のソースに浸かっているね。自己制御できているときは、こうしたことすべてからはほど遠いと感じているのだけど。でも言っておかなければならないのは、神々がいまだに人間たちのあいだを行き来している国、悪魔が一家の最良の友だちに似ている国、悪が現存していて、大学入試の作文のテーマになるだけではない国というのがぼくは好きだ、ってことだ。ぼくがローマやギリシアの勉強をしていて、人間たちにとても近い神々たちを見ていたとき、自分の文化の中にいるような気がした。ハイチでは相変らずそうだったからね。ホメロスやウェルギリウスなどの人たちすべての作品を読むと、彼らはぼくの人生、ぼくの国、ぼくの国の人たちについて語っていると思ってしまうんだ。ハイチにはカトリック信者がいる。プロテスタント（バプテスト派、ペンテコステ派、エホバの証人、ルター派、カルヴァン派）がいる。そしてまた、アフリカから来たヴォドゥ教もある。作家にとっては快適だ。しかし、このような素材については、注意しなければいけない。使いすぎると、容易《たやす》く見かけ倒しになってしまうからね。

●きみがたとえばヴォドゥ教に想を得たページを書いたり、ある神の特徴を描いたりするとき、その方向でいくらか研究するの?

いいや、研究はしない。ぼくは何につけても、人に教えるために書いているわけじゃない。ヴォドゥ教について、ごく普通のハイチ人と同じ程度のことを知っているだけだ。それ以上でも、それ以下でもない。知っていることはすべて体験に、人生から学んだことに由来している。人を驚かせようとはまったくしない。もっとうまくやることもできただろう。ヴォドゥ教についての古典を読み直し、より経験を積んだ人たちに訊ねて、ぞっとさせるゾンビの話(あり余るほどある)を自分の周りで集めることもできただろう。でも、ぼくの頭にあったのはそういうことじゃない。生まれた時からヴォドゥやカトリック教、そしてプロテスタントの教義が染み込んだ若者の宗教的感覚の地図を描きたかったんだ。ぼくは、ジャック・ステファン・アレク

神々がいまだに人間たちのあいだを行き来している国、悪魔が一家の最良の友だちに似ている国、悪が現存していて、大学入試の作文のテーマになるだけではない国というのがぼくは好きだ。

シのような人がその途方もない才能を用いたら、『帽子のない国』のようなテーマで何を書くことができたか、かろうじて想像できる。二〇年後にある男が故郷に帰り、同国人が夢と現実を区別できないでいることを確認する（彼は人びとが死んでいるのに、まだそのことに気づいていないように感じる）。アレクシはヴォドゥについての輝かしい見せ場と人生の血まみれの断面を交互に織り交ぜたに違いない。果敢にノーベル賞を目指せる類のものだ。オリヴィエだったら、もっと穏やかなものを書いただろう。独裁者とゾンビとの奇妙な関係について独創的な随筆を挟み込みながら、きっとより深くこのテーマを掘り下げて。オリヴィエならゴンクール賞を軽蔑したりはしなかったはずだ。このぼくはといえば、この黄金のテーマを壊すためにあらゆることをした。問題はぼくが黄金を好きではないことだ。ある日、遠方の読者がこの本に出会い、一九五〇年代のごくはじめにハイチで生まれた人間の感受性を正確に把握できることを、ぼくは夢見ているんだ。

ぼくの友人たちはどうなったか……

●きみは家族についてはずいぶん話してくれた。とくに女性たちについては。友だちについてはまだ何も話していないね。きみの友だちはどうなった？　フランツ、リコ、彼らとはまだつながりがある？　彼らはきみの本に反応を示した？

いいや、彼らを完全に見失ってしまった。死んだ者も多い。何人かはずいぶん前にだ。ハイチでは平均寿命は四十何歳かだ、と読んだことがある。五十歳が近づくまでそんなことは信じないけれど、突然、子どもの頃の友だちがもうたくさんいなくなってることに気がつくんだ。フロラ・サイクロン[*36]が通り過ぎたあとプチ゠ゴアーヴに被害をもたらしたマラリアの流行、結核、栄養失調、独裁体制がこの大殺戮に大いに関係している。何年か前にぼくはフランツの近況を聞いた。彼はニューヨークで完全に麻薬中毒にかかって、取返しのつかない状態になっていた。ヴァヴァは一時期ポルトープランスにいたけれど、素行が悪くなっていた。彼女は「みずみずしさ《フレッシュール》」の一人、半ば娼婦、『乙女たちの好み』に大勢出てくる類の娘になっていた。誰かがぼくにそう言ってくれたけれど、ぼくは彼女に再会しようとはしなかった。ヴァヴァはぼくの幼年期の大きな赤い太陽だった。ぼくの初恋。十歳だったけど、人を愛するのに年齢は関係ないよね。彼女はいつも、黄色のドレスを着てぼくの背後からやってきた。それ以来、黄色のドレスはぼくのフェティッシュな色になった。

---

*36 **フロラ・サイクロン**　一九六三年十月に発生

ヴァヴァはぼくの幼年期の大きな赤い太陽だった。ぼくの初恋。十歳だったけど、人を愛するのに年齢は関係ないよね。

●最近プチ＝ゴアーヴに戻ったことは……？

うん。そして快い驚きがあった。町はそれほど不振に陥ってはいなかった。ぼくは何時間も散歩した。三〇年以上、足を踏み入れたことがなかったんだ。幼年期に知り合った人たちに出会った。そしてとくに、ぼくが描いた町は、いくつかの小さな誤りを除けば、実物に対応していることが分かったんだ。ぼくは突然、夢なのか現なのか、現実の中にいるのか小説の中にいるのか分からなくなった。まるで自分自身の小説の中を散歩しているような気がした。

●ヴァヴァがハイチの恋だとすると、セックスは北米、モンレアルにおいてだね。

言うなれば、プチ＝ゴアーヴで恋、ポルトープランスで幻想、モンレアルでセックス、だね。ヴァヴァは恋だ。ぼくがプチ＝ゴアーヴを発つ朝、彼女は自分の窓辺からぼくにキスを送ってくれた。ぼくは雷に打たれた。だからポルトープランスではぼくは思春期の少年だ。女の子たちを見はじめる。彼女たちと知り合う方法はない。人口過剰な都市なんだ。いつも誰かに見られている。こんなふうに、まったく遠慮なく。人は都市という劇場の一部になっているんだ。この町では、誰かと一瞬でも親密な時間を過ごせる可能性は皆無だ。昼間はみんな外に出ている。しかし夜になると、これらの何百万人という人びとを家に押し込めなければならない。最低でも一つの部屋に六人は。だから、結婚している人たちでさえ、難しいんだ……。

●そうだね。しかし人口が目の回るほどの速さで増えたからには、きっと……。

もちろんだ。彼らはひっきりなしに子どもをつくっている。そして、そのためには交接する方法も見つけなくちゃならない。しかしだからと言って、彼らがそんなにセックスしているわけじゃない。セックス行為には最低限のプライヴァシーが要求されるけれど、それは大ブルジョワジーにおいてしか可能じゃない。

●じゃあ、ポルトープランスでは、みんなはどうやってセックスしているの?

しているんじゃない。その話をしているんだ。毎朝、さまざまな省庁のオフィスでは、男たちが前の晩の偽の手柄を語るんだ。みんなそいつが嘘をついていることは分かっているけれど、みんなで嘘をついたら、ある意味、それが一つの真実のかたちになるんじゃないだろうか。人びとがそこで生きている、セックス上の極貧状態に関する真実だ。「食べることへの大きな関心」だけじゃなくて、しかるべき状態で、つまり、最小限のプライヴァシー（閉じられた部屋）を確保してセックスすることへの関心だってあるんだ。北米で生活している人たちは、空間がいかに大事かまったく分かっていない。ハイチでは大半の人たちはけっして一人になることなく、人生において一時間とて一人になることなく、生まれ、生活して、死んでいく。だから、夢が人びとの生活の中で大きな場所を占めるようになるんだ。もっとも取るにたりない細部、もっとも平凡な状況、もっともありふれた出来事がデフォルメされる。だからぼくは、ハイチでは夢が現実を完全に飲み込みつつあるのではないかと思うようになった。仲間が始めたストライキのことを覚えているよ。それは明らかに失敗だった。人びとは出勤し、工場街は十全の生産性をあげて動いていたし、町の中心街の店は開いていて、無関心な群衆は通りを静かに歩いていた。それなのに、友人たちは、ストライキがある意味では成功したのだとぼくに証明しようとしていたんだ。ぼくは突然議論を打ち切って、適当な口実をつくってその場を逃げ出した。物が見えていないにもほどがあるよ。今やぼくはあらゆることを疑うようになっているので、ニグロの男の創設神話ももっと注意深く分析したほうがいいだろうね。そこでもぼくは騙されたのだろうか？　結局、ぼくたちはたいしたことなかったわけだ。いったいぼくたちに何が残っているんだろう？　いやいや、それには触れたくない。ちょっとでも疑い出したら、建物全部が崩壊してしまうのが怖いからね。

●それで、モンレアルとその……可能性……があるわけだね。

モンレアルに到着して最初に見たのは、空港で抱き合っている若いカップルだった。それは果てしなくつづいた。自分はいったいどんな世界にやって来たのだろう、何がぼくを待ち受けているのだろう、と考えてしまったよ。公衆の面前でキスするなんて、当時ハイチでは想像もつかないことだったからね。ぼくはこう独り言を言った。「かわいいダニー、分かったよ」とね。ぼくはモンレアルではじめて、自分がポルトープランスではセックスに関して貧しい生活をしていたことを意識するようになった。モンレアルに降り立ったとき二十三歳だったけれど、まだかすかに童貞だった。セックスしたことはあったけれど、それはあまりに劣悪な条件でだったから、話さないほうがましだろう。誰かがこっちにやってこないかどうか耳をそばだてながら、そうでなければ、従弟のミコを見張りに立たせながらセックスするんだよ。ミコにはそのために映画の切符代を払ってやっていたのに、彼は五分ごとに契約を交渉しなおしに来て、そのたびにアイスクリームだの、ポップコーンだのを追加してくれと要求するんだ。おかげでこっちは萎えちゃうじゃないか。少なくともセックスに関しては、ポルトープランスで思春期を過ごすことは愉快じゃない。しかし、困難だからこそ、ぼくにはポルトープランスでの性交はモンレアルでのそれより刺激的に思える。結局のところ、それは当たり前だ。ポルトープランスで女の子を抱くことができたら（これはぼくの階級の話であって、富にどっぷり浸かっている連中もいたことは知っているけれど）、そこに魂を込めたからね。それはたんに、その接吻が最初《アルファ》で最後《オメガ》だっていうこと、つまり、「おまえ、もうおしまいだぜ」って言われることを知っていたからにすぎないけど。

●一種の羞恥心かな？

それも、空間が狭いという忌まわしい問題のせいだ。モンレアルでは女の子と出会ったら、彼女は自分の鍵をもっている。だから議論はすぐ、どこに行くかということになる。つまり、きみの家に行くか、ぼくのうちに来るか、という問題だ。

●あまりに簡単すぎる？

たぶんね……。

血と権力

●セクシュアリティの話をするなら、きみの文章の中に説明してもらいたい一文がある。「性行為においては、憎しみは愛情より効果的だ」とあるね。

まず、語り手は必ずしもぼくが考えていることを言っているとはかぎらないし、彼はそれをある文脈の中で言ってもいる。これはぼくに関してもっともよく起こる間違いだ。一人称の「ぼく」で書かれているため、みんなは自動的にぼくを語り手と同一視してしまうんだね。ぼくの個人的な意見を見分けるのは難しいよ。ぼくはそれを自分が望む人物の口に入れることもあれば、ときには、あまり感心できない人物の口に入れることだってあるからね。いずれにしても、ぼくが本当に考えていることなんて、何の重要性ももっていない。ぼくは自分の小説世界のすべての人物なんだ。そしてぼくが物を書くのはまさに一次元的世界が受け入れがたいからだ。ぼくはいつも、同じページの中に語り手の意見とは対立するもう一人の人物を滑り込ませるように心がけている。語り手は全てを知っているわけじゃない。読者はこの点をしばしば無視するね。読者は自分たちのほうが正しくて、語り手が間違っていると信じたがるんだ。語り手の考えとは異なる考えを主張する別の人物がいることを彼らに示すと、彼らは登場人物にこの注釈を吹き込んだのは自分たちだと思いさえする。さらに結構なことに、彼らは急いでこの人物に自己同一化するんだ。一方、ぼくのほうはこの非難された語り手のままだけど。そして、これらの読者に町中で出会うと、同じやり方で議論を続けるんだ。これって相当おかしいよね。二つの論拠を書いたのは自分だ、とぼくがいくら言っても無駄だ。彼らはこういう物事の見方(いくつもの角度から理解された世界)にはまったく無関心なままで、そんな見方はばかげて

ぼくが物を書くのはまさに一次元的世界が受け入れがたいからだ。ぼくはいつも、同じページの中に語り手の意見とは対立するもう一人の人物を滑り込ませるように心がけている。

いる、と言う。そしてある読者が、『ニグロと疲れないでセックスする方法』の件の一節に言及しながら、ぼくの臆面のない態度《シニスム》を非難するとき、ぼくは自分が同時に『コーヒーの香り』という親への優しい愛情に満ちた本の著者でもあることを忘れないでほしいと頼む。すると彼らは、『コーヒーの香り』や『帽子のない国』の中に見出せる優しさについては褒めてくれるけれど、だからといって、『ニグロと疲れないでセックスする方法』に見られる臆面のなさを非難するのをやめるわけじゃない。だから、ぼくはいつも対談相手に、引用は文脈の中に位置づけてほしいって頼むんだ。

●この確認については、了解した。しかし、わたしはこの文をきみが自分の意見として取り上げているとは言わなかったよ……。とはいえ、『ニグロと疲れないでセックスする方法』には、なぜそのような臆面のない態度が見られるのかな？

臆面のなさがセックスには興奮剤として使えるかもしれない、と『ニグロと疲れないでセックスする方法』の語り手が思ったのは、このセックス戦争、優越性の幻想、攻撃的な階層関係、人種間（白人、黒人、黄色人種、赤色人種）の対立といった雰囲気のせいだ。この小説には少しも物理的な暴力の場面はないことに気づいてほしい。すべては登場人物たちの意識の中で、とまでは言わなくても、頭の中で起きていることなんだ。暴力は主人公たちの血管の中に、ヘロインと同じやり方で注入されるんだ。そもそも、これは麻薬だ。セックスという麻薬。目的は、無邪気で、恥じらいがあって、どちらかというと知的で、少しだけフェミニストな白人の娘たちの頭をいかれさせ、欲望で我を忘れさせることだ。彼女たちは二人のニグロの家に、まるで〈売人〉のところにでも来るようにやって来る。この関係性においては、優しい愛情は排除されている。赤裸のセックス。〈愚行〉は許されない。要求に正しく応えなければ女の子たちはもう戻ってこないことを、ニグロたちは〈売人〉と同じように知っている。

●それは権力の「道具」なんだろうか?

この権力は時間がとても限られている。白人女性が満足するまでの時間だ(ぼくは相変らず本の文脈に従って話しているんだけど)。そしてこの対立はベッドの中だけで行われる。それはいかなる場合にも、権力の本当の性格とは関わりがない。自分たちの白さと純真さのイメージがニグロのうちに引き起こす幻想のほとんど破壊的な力をはっきり承知しているように見えるこれらの娘たちが、その暴力はブーメランのように自分たちのところに戻ってくることを知りながら活動しているのを見るのは、いつだって興味深いことだ。でも彼女たちはこれが好きなんだ。とにかく彼女たちは、この残忍なセックスのほうがはるかに好きなんだ。フェミニズムに取り囲まれてすでに思考力が低下してしまった大学の仲間との先の見通しのないセックスなんかよりも。そんな連中は要するに、猫を猫と呼び、まるで猫がネズミと戯れるように彼女たちと遊んでいるけれど、最後に肉片をもっていくのが彼女たちのほうだと知っているんだ。

彼女たちに少なくとも二つの権限を認めようじゃないか（ここは北米なんだから）。まず、いつでも終止符を打てる権限。二つ目に、ちょっとでも危険になれば、警察がやってきてこれらのニグロを逮捕する、と彼女たちが知っていること。そのため、常に調合（暴力と欲望）を怠ってはならず、それには究極的な手腕が必要なんだ。化学の授業で、混ぜると爆発するので混ぜないようにと習った元素を覚えているかい？　ニグロの男と白人の女が一緒というのは、もっと悪いんだ。もちろん、黒人がすべてニグロというわけではないし、ブロンドの女性がすべて白人でもないけどね。

●なぜ?

ニグロというのはその存在の奥深いところにまだ奴隷としての烙印を持ち続けている者で、白人女性は主人の肉体だからだ。

●そこからきみの本のタイトル、『主人の肉体』が出てくるわけだね。

このタイトルは、本の中身と同様に、『ニグロと疲れないでセックスする方法』より一〇倍も暴力的だと思うな。

●セクシュアリティを権力の道具と呼んだ。しかしたぶん、権力に達するための手段でもあるね。

むしろ権力に近づくための手段だ。それは『乙女たちの好み』の乙女たちに起こることだ。彼女たちは『ニグロと疲れないでセックスする方法』に登場する人物たちのハイチにおける女性版だ。物事のもう一つの側面だ。『ニグロと疲れないでセックスする方法』の男性優位論的性格を攻撃されると、ぼくは『乙女たちの好み』を読んでください、と言うんだ。彼女たちの横では、男たちはまだ思春期に達したばかりの親切な青少年だ。一方の彼女たちは過度に攻撃的だ。彼女たちの男性無視はすさまじい。彼女たちの怒りも。血に飢えた雌のトラといったところだ。十四歳の娘がいきなり「わたしはお金なんか欲しくないし、娼婦じゃない。でも、お金で買えるものを全て欲しい」と言う。もう一人の娘は、自分が略奪者だと断言する。秘密警察員、反対者、黒人、白人、黄色人種、金持ち、貧乏人、若者、障がい者、犠牲者、死刑執行人を、彼らが男でさえあれば略奪する、と。彼女はその悪魔的肉体のおかげで、もっとも恐ろしい秘密警察員も無力化することに成功する。とはいえ、その権力は、彼女よりセクシーで攻撃的な娘が現れればたちどころに奪い去られてしまうものだと知っている。その権力は彼女の肉体的現前にのみ基づいているんだ。自分がいちばん官能的であるかぎりは大丈夫。彼女に同情は無用。彼女は蟻塚の上に座っていることを知っているんだ。そして、彼女が飼い馴らすことのできたこのヒョウ（秘密警察員たちの選り抜きの肉体）はけっして完全に飼い馴らされているわけじゃなく、いつ何時、みんなが恐れている冷酷な殺人者としての顔を露わにするか知れないことも。秘密警察員は政府が存続するかぎりは自分が全能であることを知っている（この国では確かなものは何一つないが、彼には少なくともある種の確信がある）。しかし、秘密警察員の愛人であるがゆえに権力をもっている若い女性にとって、クーデタは道端のいたるところに隠れている。スタイルのいい女の子がちょっとでもいれば、脅威になるからね。

●きみはこの現象を現在でもまだ今日的だと思っている？

それは常に変わらないと思う。世代によってやや異なった形態をとるとしても。人種差別は今なお北米に存在しているし、社会的暴力についても、同じ状況があいかわらずポルトープランスでは続いている。

●では、人種が異なる者どうしのカップルの将来をどう思う？

第一に、ぼくは心理学者でも、結婚カウンセラーでもなくて、作家だ。自分の近くにあるもの、自分の心を打つものについて書いているんで、社会心理学の領域で書いているわけじゃない。ぼくの真実はまず文体の中にある。制度にも、読者にも、科学的厳密さにも釈明すべきものなしに自由に書いているので、ごく単純なテーマが的中することもある。でもそれがぼくの第一の目的ではないんだ。『ニグロと疲れないでセックスする方法』を出版したとき、モンレアルのブックフェアのあいだ、ぼくの本が異なる人種間で結婚した夫婦の真実を語っていないと言って彼らから罵られた。ぼくは彼らに答えたよ。もちろん、自分はあなた方のことを語ったわけではないし、あなた方の幸福はあなた方だけに関わるもので、ぼくにはまったく興味がなく、ぼくが語ったのはさまざまな人種の人たちが出入りするバーでナンパするやつらのことだけで、ぼくが関心をもっていたのはそれなんだ、とね。ぼくは、ニグロたちが通うこうしたバーで白人の娘たちは何に惹かれているのか知りたかったんだ。そしてある日、一人の白人の娘が興味津々な声でぼくに訊ねた。わたしたちがいないとき、ニグロたちはわたしたちのことをどう話しているのかしら、と。彼女の質問は関心を引くと思った。それだけだ。

●わたしの質問はセクシュアリティについてだけではなく、黒人と白人の関係にも関わっていた。一五年間のあいだに進展があったとは感じない?

人種差別はぼくの領域ではない。ぼくが関心を持っているのはセックスだ。セックスと人種の混ざり合いがかなり気に入っている。

●でも、もっと……。

分かった。それについてのぼくの意見を聞きたいんだね。ぼくは進展を信じていない。むしろ、たとえば人種差別のような問題が突然ぼくたちの目の前から消えて、もっと先で、あとに

ぼくは言葉遣いを隠すのではなく、排除しようとしている。文化には関心があるけれど、言葉遣いにはない。だからこそ、フランス語圏にたいしては完全に冷めているんだ。

なってからふたたび現れることだ。人びとはある日、何かに興味をもつけれど、翌日には関心の中心を変えてしまうんだ。それは直線というより円なんだ。この三〇年間、女性の事例、黒人の事例、インディアンの事例があった。すべて検討はされたけど、何も解決しなかった。むしろ、興味深くなってくるたびにテーマが変わっていった。

言葉

●きみが使う、意識的に単純な言葉遣いは、何よりもまず効果的であることを望んでいるんだろうか？

言葉遣いというのは衣服であって、ぼくにとって最高の優雅さはむしろ、人びとが服装に気づかないときにこそある。ぼくは言葉遣いを隠すのではなく、排除しようとしている。文化には関心があるけれど、言葉遣いにはない。だからこそ、フランス語圏にたいしては完全に冷めているんだ。平凡な言葉遣いさえあれば、ぼくには十分すぎるほどだ。もし音楽家が下手くそなら、ストラディヴァリウス[*37]を与えても何も変わらない。ぼくは『ニグロと疲れないでセックスする方法』を書いていた頃、英語を知らなかったことを後悔しているよ。そうでなければ英語で書いていただろう。もっとも、ぼくはそれを英語で書いたんだけどね。ともかくぼくは翻訳者のディヴィッド・ホーメルにそう言ったんだ。「ねえきみ、これを訳すのは簡単だろう。だってもう英語で書かれているんだから。単語がフランス語なだけで」とね。最初彼はそれが冗談だと思った。ところが翻訳を始めてから、ぼくに電話をかけてきて、ぼくが言ったことは正しかったと言った。彼はすぐにアメリカ風のビートを感じ取ったんだ。これは、奇妙なことに、フランス語で書かれたアメリカの本なんだ。

●ではクレオール語は？

『コーヒーの香り』はクレオール語で書かれた本だ。ぼくが発行人に原稿を送ったら、彼はぼくにかなり奇妙なことを指摘したんだ。単語はすべて分かるのに、何度か、いくつかの文の意味を理解するのに苦労したと言うんだ。ぼくはすぐに原稿を取り戻して、しまいにはそれがクレオール語の構文であることを発見した。ある意味では、クレオール語以外の言葉でプチ＝

＊37　**ストラディヴァリウス**　ヴァイオリンの名器

ゴアーヴでの幼年期について語る本を書くことなんて、現実的に不可能だったんだ。ぼくは自分の読者の大多数がフランス語でしか読まないので、それをフランス語で書いた。しかし、本全体がハイチ文化に浸っていて、クレオール語はその中枢にある。ぼくは原稿を取り戻して、フランス語でテクストを仕上げた。

●『帽子のない国』はわたしには特別なケースのように思える。

よく分かったね。この本は同時にフランス語とクレオール語で書かれているんだ。クレオール語は登場人物たちがフランス語で話しているときでも存在している。しかも、彼らの一人が、自分たちはしばらく前からクレオール語を話していると指摘している。実際には、フランス語を話すのをやめてはいなかったんだけど。本当のところ、ぼくはこの言葉の雑然とした堆積の中で自分を見失っている。さまざまな言語、さまざまな習慣、さまざまな歴史がぼくを貫通していて、どれがぼくの心を支配することになるか知るためにひっきりなしに戦いを交えているんだ。

●きみの本を見れば、フランス語だよね……。

さしあたっては。

●言葉はきみにとって道具なんだね……。

それ以上ではない……。とくにぼくは、フランス語なしには存在しえないような類の作家ではない。まあ、書くためには言葉が必要だということは認めよう。もっとも、そのこと自体が嘆かわしいことなんだが。ぼくに言わせれば、人はしばしば物事をややこしくしている。だって、もし誰かに自分の気持ちを伝えたかったら、美辞麗句よりも一つ花束を差し出すほうが効果的だろう？（たしかに、それは場合によりけりかもしれないけれど。）本に単語が書かれていなかったら、本は存在しない。もちろん、言い落しもあって、行間を読む必要のある思考もある。しかし、多くの場合、自分の気持ちを表現するためには、文章をつくることに専心しなければならない。ある言語が美しいかどうか、という考えをぼくは理解できない。そんなことは、ぼくにはどうでもいいことだ。そういうふうに自己表現しようと思えば、すべての言語は必ずや美しくもあり、醜くもあるはずだ。でも、母語はけっして醜くはなれないだろう。こういう審美的な視点を持てるほど十分な距離がないからだ。まあ、結局のところ、ぼくには分からないし、どうでもいいことだ。文学の中には、ぼくが背を向けてしまったものがある。そういう文学では、作家が物語を語るより、言葉を彫琢することのほうに多くの時間を費やしているからだ。ぼくには、そういう偏執狂的な面は、むしろ自分自身や言葉にたいする信頼の欠如を露呈しているように思えてならない。人は自分の周りにあるもので生きることができなくてはならないだろう。ちょうど、嵐のあと、無人島に辿り着いてしまったかのように。その点でもやはり、ぼくは自分が、派手な暗喩を紡ぐよりむしろ、具体的で、単純で、正確なイメージを好むアメリカ人作家のほうに近いと感じるんだ。

●クレオール性にたいしては、どんな視線を向けるのかな？

言語にはかろうじて関心があるけれど、クレオール性に心を動かされるようになることはまずないだろう。言語というのは文化だけの問題ではない。一つのことにすべてを賭けてしまう必要があるだろうか？　まあ、ぼくは自分が誠実でないことは分かっている。クレオール性というのは、かなり複雑な総体だ（言語、文化、歴史）。しかし、人は対自的にクレオールでありうるだろうか？　まず、何者かでなければいけないのだろうか？　ぼくは誰に向かって話しているのか？　誰の前で踊っているのか？　自分はあるがままの自分だ。部屋の中にたった一人でいるとは思えない。必ず誰かがいて、その人にたいして自己規定しなければならない。主人だ。文学というものは、ぼくの考えによれば、こんなふうに内密な存在を外在化し、腹にあるものを概念化しながら踊ることとは正反対のものだ。芸術は闇から光のほうに出てくるのではなく、むしろその逆だ。そして、あるときは（とても特別な場合、という意味だが）、薄暗がりから出発して、闇の中心まで入り込むことだってある。そのようなときには、狂気が奇跡的な出口として知覚されることになる。それに対して、クレオール性は、現状では、これまで隠されていたものを白日の下にさらすことを想定している。人びとは今では、以前は軽蔑するように仕向けられていたものを明るみに出したがる。それはぼくたち自身だ。少しは自分を愛さなければならないからね。もちろんだ。でも、文学は自己愛を惜しみなく授けるのには役に立たない。なのに、人びとは耳を貸さない。これはわれわれの尊厳にかかわる問題だ。われわれが誰なのか、彼らに示してやろう。われわれの根源を外気に、腹の奥底を外気にさらしてやろうじゃないか。人びとは屋根裏部屋を探し回る。老人たちのパイプをマイクに取り換える。本物の言葉の下痢が列島をとらえる。人びとは話し、書き、語る。一つの民族の歴史の全体が一世代で大安売りされることになる。われわれは自分たちを熱愛している。みんながわれわれのことを美しいと思い、文化の豊かさゆえに称賛し、試練（奴隷制あるいは暴風雨《サイクロン》）に耐える能力ゆえに尊敬してくれることを望んでいるのだ。分かった。でも、それは文学とは無関係だ。どこかを傷つけられたと感じるなら、むしろ裁判所に行ってみたまえ。しかし、問題となっているのは、数世紀来隠されてきたわれわれ自身の歴史だ。そうかもしれない。しかし、そこでもまた、優秀な弁護士なら何をすべきか知っている。ぼくたちは自己の存在を証明したいのだけど、それはぼくたちを芸術からあまりに遠いところまで連れ去ってしまうので、もう戻ってくるのは困難になってしまうだろう。それに、ぼくの考えによれば、芸術だけが植民地の被支配者の状況からぼくたちを自由にできる言語を形成するんだ。

●ハイチにはこの種の運動はある？

ある。インディヘニスモだ。それがもっとも近い。しかしそれはデュヴァリエの独裁体制に行きついた。果物の中の虫、[*38]それは大衆迎合主義《ポピュリスム》だ。

●クレオール性の作家たちが言語にたいしておこなった仕事は否定できない。

それがもっとも疑わしい面だ。クレオール語はぼくにはあまりに細工を施されすぎ、形式的すぎ、着色されすぎているように思える。もっともましな場合でも、カルペンチエルの驚異のレアリズムに近づく（そして今日では、南米やカリブの若者たちの現実生活からぼくらを完全に遠ざけてしまう、このあまりにバロック的なやり方は大失敗だったことが知られている）。最悪の場合、観光省の美しいカタログを目の前にすることになる。読者の注意があまりにも言葉に向けられてしまうんだ。それらの言葉は、とても食欲をそそり、南国風で、ジューシーだけど、何よりもまず語りたい悲劇的な歴史からぼくらを遠ざけてしまうんだ。他方で、この言語は社会的な仄めかしや歴史的な目配せ、駄洒落に満ちていて、ほとんど不透明、事実上判読不可能になってしまうほどだ。はっきりさせておくけれど、不透明性はぼくが好きな闇や暗闇とは無関係だよ。

日常は自分の能力以上のものを夢見ることを妨げる

●きみをほかのハイチやカリブの作家たちから区別するもう一つの面は、きみが日常生活、日常の事物を文学に介入させようとしている点だ。

文学はぼくにとって、常に人生と一体だった。そのことはいくら繰り返しても十分ではない。概念でも、イデオロギーでも、販売促進のための何かでもない。それは人生なんだ。人生において、人は物体の圧力で倒れる。日常の痕跡。電話、車、自転車、腕時計、タイヤ、口紅、鉛筆、等々。そしてそれらの物体が、ぼくたちの人生を語る。ぼくたちの心の奥底を言い表すのは神話や伝説だけではない。ラジオから流れる一曲の歌だって、それはできる。とくに、嫌いな歌はね。ぼくがカリブやアフリカの幾人かの作家たちの作品を読むと（たぶん英語圏の作家はそうではないだろうけど）、なんだか彼らが日常というものに怖れを抱いているように感じられるんだ。日常は倒さなければならない敵というわけだ。さしあたり、彼らは無視するだけで満足しているけどね。しかし、彼らはみんな（第三世界の作家たちのことだけど）ひっきり

＊38　**果物の中の虫**　内部にある崩壊の芽

文学はぼくにとって、常に人生と一体だった。人生において、人は物体の圧力で倒れる。そしてそれらの物体が、ぼくたちの人生を語る。

なしに旅行していて、西欧の小物類《ガジェット》、とくに携帯電話を、大いに消費している。それなのに、彼らの本の中にはそうした物体の痕跡はほとんど皆無だというのは驚くべきことだ。ポルトープランスにも、フォールドフランス[39]にも、ダカール[40]にも、アビジャン[41]にも、電話も車もバーもパソコンもないかのような印象を受ける。彼らの本の中にそうしたものが見られるのはとても稀だからね。まるで、そうしたものを引き合いに出すと、西欧的な物体を使っているから、自分たちが本物ではないという印象を与えてしまうかのようだ。だから彼らは神話や伝説のほうを向くんだ。そこには、ぼくたちの意識から隠したいと願うそういう悪魔的な物体と出会う危険はまったくないからね。でも、そのことはとてつもなく大きな嘘を作り上げることになるんだ。ぼくにとって、日常は根本的なものだ。それは、自分の能力以上のものを夢見ることを妨げるんだ。

名前が明かされ、仮面が落ちる

●そろそろ結論に入ろう。きみのすべての本の中で、話者はヴューゾという名前だけど、『帽子のない国』ではきみ自身の名前、ラフェリエールになる。これは終わりを示す方法かな?「これは一貫性のあるもので、ぼくが自分の名前を与えるのだから、これで完結だ。ぼくは署名する」と言うための方法かな?

ハイチの神話では、誰かが自分の本当の名前を明かすと、すぐ終わりになる。彼は仮面を脱いで、本当の顔を見せたんだ。呼び戻されることはない。芝居で、役者たちが化粧を落としたら終わりで、舞台に戻ることがないのと同じだね。聖なるものは飛び立ってしまった。ヴューゾというのは子ども時代、親密さをもっていた時代の人物だ。祖母がぼくのことをそう呼んでいた。母も、ぼくの青少年期にずっとこのあだ名を使っていた。ヴューは、北米のジャングル

＊39 **フォールドフランス** マルティニクの県庁所在地
＊40 **ダカール** セネガル共和国の首都
＊41 **アビジャン** コートジボワール共和国の首都

で生き延びることができるように著者が作り出した人物だ。獲物を追いかける若いトラのように生き生きした感じがするだろう？　しかし、ヴューの内部には、ヴューゾがゆっくりと歩みつづけている。それは優しさの部分だ。『アメリカ的自伝』の第一巻目にあたる『コーヒーの香り』で、語り手は「おまえの本当の名前、秘密の名前を知られてはならない。なぜなら、それを知った者はおまえを自分の奴隷にできるからだ」と言っている。最後の小説『帽子のない国』で、ヴューゾは彼の本当の名前を明かす。

●それは終わりを示す方法だね？「よし、これで芝居は終わりだ」と言うための？

そうだ。そいつは化粧を落として、これでおしまいだ。もはやふたたび舞台にのぼることはできない。

●きみはもう舞台にはのぼらないの？

とにかく、この仮面を被っては、もうのぼらない。一〇冊の本で、ぼくは自分の世界観を詳細に提示することができた。人生についてのこの長い問い。時間の中を気が狂ったように走るレース。ぼくはちょっと疲れた。少し経てば、何か計画するかもしれないけれど、それがどんなかたちかは分からない。

●何か考えがあるだろう……。

ああ、ぼくは旅行が好きで、旅日記や子どもを寝かせるための話、いくつかの歌に目を通したりしている。でも結局のところ、分からない。たしかなことは、一五年間の人生を一瞬にして奪ってしまえるようなものには、もう取り組まないだろう。

●映画はどう?

映画は『ニグロと疲れないでセックスする方法』のシナリオで、もう始めている。『乙女たちの好み』のシナリオも今書き終えたところだ。それに、監督が『甘い漂流』を仮契約した。ぼくは本を映画化するという考えが好きだ。結局のところ、ぼくはいつも自分を映画作家だと見なしてきた。職業を間違えたことに、たった今気づいたばかりだ。まさに、もう手遅れだというときになってから。いかにもぼくらしいね。できそうなことはたくさんあるけれど、計画はない。いつか、「計画はありません」と言えるようになるために、一五年間苦闘してきたんだ。計画をもたない人間。何と夢のようだろう! それがぼくだ。

一〇冊の本で、ぼくは自分の世界観を詳細に提示することができた。人生についてのこの長い問い。時間の中を気が狂ったように走るレース。

アメリカ的自伝

●この一〇巻から成る長い自伝を、出版年順ではなく、語りの順に一冊ずつ読み直してみたらどうだろう。

それは、「ぼくはポルトープランスから数キロ離れたプチ＝ゴアーヴで幼年期を過ごした」という単純な一文で始まり、「わたしは、現実の国を夢見る必要はございません」で終わるたった一冊の本だ。この二つの文のあいだに一本指でタイプされた三〇〇〇ページ近くがある。

●だから、『コーヒーの香り』で始まるわけだね……。

ハイチの小さな地方都市で祖母と一緒に生活している少年ヴューゾの話だ。この二人、ヴューゾと祖母のダーは、本当に気持ちが通じ合っている。ダーはヴェランダでロッキングチェアに座ってコーヒーを飲みながら時を過ごしている。ヴューゾは、彼女の足元に寝転んで黄色い煉瓦の隙間で仕事に励んでいる赤アリや黒アリたちを観察しながら、通りを行く人たちの些細な動きも見逃さない。ダーは彼女の家のドアの前を通る人たちにコーヒーを振る舞う。ヴューゾは十歳だ。彼は恋をしていて、熱がある。彼の頭の中ではすべてが混同されている。彼は熱のせいで恋をしているのか、それとも恋をしているから熱があるのか？　それを知るのは難しい。読者は、ダーのヴェランダが町の少し高いところにあるような印象を受ける。もしかしたら、世界の上のほうかもしれない。

抜粋

ある夏の午後二時頃、ダーはヴェランダに水を撒く。彼女は水で満たされた大きな盥《たらい》を秤皿の一方に置き、プラスチック製の小さな手桶を使い、手首を素早く動かしてヴェランダの上に水を投げつける。雑巾でより入念に隅々を拭く。煉瓦はすぐに新しいコインのようにピカピカになる。ぼくはひんやりしたヴェランダに寝そべって、煉瓦の隙間で溺れているアリの行列を見ているのが好きだ。草の切れ端でぼくは何匹か救出を試みる。アリは泳がないので、どこかに捕まるのに成功するまで、流れに連れ去られるがままだ。ぼくはこんなふうに何時間もアリを注視している。

ダーが自分のコーヒーを飲む。ぼくはアリを観察する。時間は存在しない。

●そのあとは『限りなき午後の魅惑』だね……。

プチ＝ゴアーヴにはダーしかいないわけではない。少年少女のグループもいる。ヴューゾの友だちのリコとフランツ。それにヴァヴァ。ヴューゾは彼女に恋しているのだけど、自分は彼女にあまり似合っていないと感じて、告白できずにいるんだ。グループの中でいちばんハンサムなのはフランツだ。女の子たちはみんな彼に夢中になっている。今度は、町は『コーヒーの香り』のときほど静かではない。政治的に深刻な混乱に見舞われている。正午に、まるでギロチンの刃のように夜間外出禁止令が降りる。真昼にドアを閉めなければならない。ヴューゾの想像力が燃え上がる。多くの人たちが逮捕される。とくに権力にたいして何等かの脅威となりそうな人たちが。事態は毎日少しずつ悪化していくので、ダーはヴューゾをポルトープランスの母親のもとに送り返すことを決意する。

抜粋

ぼくは朝四時から準備ができている。旅行かばんは入口のところに立てかけられている。太っちょシモンは六時頃ぼくを車で迎えにくるとダーに言っていた。ダーは一晩中寝なかった。ぼくは寝ているふりをした。ときおりぼくはシーツの端を持ち上げて、ダーが家中歩き回っているのを見る。彼女は何かぶつぶつ言っているが、ぼくは理解できない。歌なのか、お祈りなのか、それとも独り言なのか？　耳をそばだててみるが、一言も聞き取れない。ダーは、まるで昼間のように、たえずすべてのものを拭いている（家具、パン戸棚の上に置かれたコップ、聖画、小像)。やっと夜明けが来た。そして、マルキが訳もなく吠えはじめる。彼は何かに気づいているのだろうか?

——マルキ、こっちにおいで。

ぼくは犬の首をつかむ。彼は顔を舐めつくす。ダーがドア枠のところに立って、ぼくたちを見ている。ようやく太っちょシモンのトラックの唸るような音が聞こえてくる。

●こうして思春期の不安な時代に突入するわけだね……。

『乙女たちの好み』でだ……。ヴューゾは地方の小都市の平穏と別れたばかりで、油が煮えたぎるポルトープランスの釜の中に落ちる。彼はこの粗暴な世界がなかなか理解できない。そこではとくに人びとが気ちがいじみたアリのようにいつもせかせかしていて、礼儀知らずだ。フランソワ・デュヴァリエが死に、息子のジャン=クロード・デュヴァリエに交替する。ヴューゾは母親と叔母たちと一緒に生活している。彼女たちは彼のことをとても愛しているが、彼は自分の部屋に閉じ込められている。ここは罠がたくさん仕掛けられている町だ。文字通りのジャングルだ。幸いなことに、向かい側の家には魅惑的な乙女たちの一群が巣ごもりしている。ヴューゾは窓際で彼女たちを観察しながら時を過ごす。いつか向こう側、乙女たちの共同寝室に自分がいることを夢見ながら。それは、欲望と恐怖が相半ばするある週末、実際に起こるだろう。幼年期の目張りされた世界から思春期の危険に満ちた世界に移行するには、彼は通りを横切るだけでいい。

抜粋

ヴォイス・オーヴァー——ぼくは自室の窓から外を眺めている。かすかに雨が降っている。車がシューシューという音を立てながら通り過ぎていく。歩道の向こう側はミキの家だ。いつも女の子たちの笑い声や叫び声で満たされている。ミキはここに一人で住んでいるけれど、たくさんの友だちがいる。彼女の家のドアの前にはいつも二、三台の車が停まっていて、海岸や山のレストランやダンスパーティーに出かける準備が整っている。毎日だ。でもぼくは、代数の勉強をしなくてはならない。ミキしかいなければなあ……。しかし、ほら、パスカリーヌがペルシア猫のように伸びをしている。マリー＝ミシェルはちょっと気取ってる。そしてシューペットは魚屋のおかみさんみたいに俗っぽい。マリー＝エルナの蔑むような口、マリー＝フロールの引き締まったお尻。男たちはいつも同じではない。ぼくはといえば、二階にある自室の窓から動かない。ぼくは夢見ている。天国、すなわち向かい側に行く日を。そのためには死ななければならないらしい。そんなこと、まったく大したことではない。

●『主人の肉体』……。

『乙女たちの好み』が閉じられた世界（乙女たちの寝室）で繰り広げられるのと同じくらい、『主人の肉体』はポルトープランスの等身大の描写を行うために、文字通り、あらゆる意味で爆発する。物語の舞台は、主としてポルトープランスだが、その裕福な郊外であるペティヨンヴィルも含まれる。そこでは、セックス、人種、階層、歴史、政治が交錯する。

抜粋

ぼくはいつも一人で働く。孤独な虫《サナダムシ》のように。空腹のときにしか殺生はしない[*42]（これは言葉の綾だ）。楽しみのために殺すことはけっしてない。毎年夏になると、年頃のかわいいブルジョワ娘たちを大量に載せた積み荷がここ、快楽の泉に降ろされる。彼女たちは風の赴くままにバーやディスコを選ぶ。彼女たちが居を定めるのを待って、ぼくたちが登場する。彼女たちを捕まえるのは、ぎゅうぎゅう詰めの水槽から魚を取りだすのと同じくらい簡単だ。手を突っ込むだけでいい。

奇跡ともいえる釣りだ。黒《ノワール》山の山腹に周囲の顰蹙を買うように建つあれらの豪邸からやってきた、欲望の抑えられた赤い唇をした美味しいムラートの女の子たちをぼくたちがしかるべくむさぼり食うのを阻止するために、この灼熱した地帯にはもっとも残忍な警官たち

＊42　「サナダムシを飼っている」という表現は、常に空腹を抱えている状態を意味する

が配置されているのもうなずける。彼女たちはいつも、テニスラケットをもってジープでやってくる。というのも麻薬はブルジョワ娘たちを引きつけるからだ。彼女たちに（法外な値段で）コーク[*43]を押しつけ、おまけに、これらの甘美なナディーヌ、レジーヌ、ステファニー、フロランス、カリーヌから小さな鋭い叫び声を聞く権利までも得るのだ。長い脚をして、恐怖でほとんど緑色に染まった大きな目をした小悪魔的少女たちだ。

●『狂い鳥《カツオドリ》の叫び』……。

この本はハイチにおけるヴューゾの最後の晩を物語っている。彼の最良の友だちであるガスネル・レモンが秘密警察員に撃たれて死んだばかりだ。母親は、自分の息子も死の危険に晒されていることをある大佐から聞き、誰にも何も言わずに翌朝にはハイチを離れるようにと息子に頼む。本はこの果てしない夜のあいだに繰り広げられ、そこで語り手はついに権力の露わな姿を発見する。しかし、彼が本当に望んでいるのはリーザに会うことだ。彼はこの娘にけっして愛を告白できなかった。そして最後にもう一度、マイルス・ディヴィスに夢中な友だちのエゼキエル、絶望しきった天才ミュージシャンのマニュ、心が通い合った友だちのフィリップ、売春宿「海の微風」の娼婦たちなどに会うことだ……。この波乱に富んだ遍歴のあいだに、彼はある人、人間かヴォドゥ教の神に出会い、その人が彼の渡航の便宜をはかってくれるだろう。

抜粋
ぼくはだから、この新世界に立ち向かうのに独りぼっちだろう。こんなふうに、ただちに。さまざまな規範や象徴を持った世界。そらで覚えなければならない新しい町。ガイドも、神もなしに。神々はぼくに付き添ってくれない。古い世界は少しもぼくの助けにならないだろう。逆に、もしぼくが過去（ぼくがまだ生きているこの現在、しかし三〇秒もしないうちに、飛行機がハイチの土地を離れる瞬間には過去になってしまう現在）のなつかしさの中に沈みこむのではなく、熱い現在の中で生きつづけたいなら、ぼくの神々、ぼくの怪物たち、友だち、恋愛、過去の偉業、永遠の夏、熱帯の果物、空、植物界、動物界、好み、食欲、欲望、今までぼくの人生をつくってきたものをすべて忘れなければならない。しかも、モンレアルはぼくを待っているわけじゃない。

●彼は明け方に飛行機に乗り、ハイチを後にするんだね。おそらくこれを最後に……。

次の本は飛行機から降りるところから始まる。『甘い漂流』で、モンレアルでの彼の最初の一年を語ったものだ。三六六の短い文章で書かれていて、一日に一つの文章を書いたことになる。一九七六年は閏年だったからね。語り手は二十三歳だ。著者はいつも、二十三歳で故国を

＊43　**コーク**　コカ・コーラの愛称であると同時にコカインの俗称

離れたと言いたがるようになる。そこから、彼のすべての本で執拗に自分の年齢を思い起こさせるようになるんだ。故国を離れて生活している人がすべてそうであるように、彼は自分の時間を数えるだろう。守銭奴が自分のお金を数えるみたいに。彼は生き生きとした視線をもって町の中をぶらつく。しかしながら、それは観光客の視線ではない。そこに留まるために来ていることを忘れることはけっしてないのだから。一年の終わりに、彼は仕事を離れて、上司に作家になりたいと告げる。

抜粋

気狂いじみた熱帯の
独裁政権を逃れて
まだかすかに童貞の
ぼくはモンレアルに到着する。
一九七六年の盛夏のことだ。

＊

ぼくは
世界がどんなか、

他人がどうしているか、
彼らがこの地球上で
何をしているか
見に来た
行きずりの観光客ではない。
ぼくは好むと好まざるとにかかわらず
ここに留まるために来たのだ。

*

故郷を離れて
別の国に行き、
劣った状態で
すなわち保護ネットなしで
故郷に戻ることもできずに
生活することは
人間の大冒険の
究極のものであるように思える。

＊

母親の言葉ではない言葉で
すべてのことを言わなければならない。
それこそが旅というものだ。

＊

昼食の後、
ぼくは一時的な感情から
工場長に会いに行き、
ぼくは作家になるために
今すぐ工場を辞める、と
彼に言った。

●そして、それは彼の最初の本である『ニグロと疲れないでセックスする方法』を書くためだね……。

二重の意味で最初の本だ。著者にとっても語り手にとっても最初の本だからね。語り手も不思議と著者の本に似た本を書いているんだ。哲学したり、お茶を飲んだり、コーランを読んだり、ジャズを聴いたり、そしてもちろん、セックスしたりして時間を過ごしている二人のニグロの若者の話だ。

抜粋

おれは彼女の無意識とセックスしたい。それはかぎりない技巧が要求される繊細な作業だ。考えてもみたまえ。ウェストマウントの娘の無意識と交わるんだぜ！　おれは白い肉体に沿った自分の脂ぎった太腿（無価値な）を横目で見る。おれは彼女の白い胸をしっかりつかむ。白い（大理石の）腹の上にはうっすらと産毛《うぶげ》が。おれは彼女のアイデンティティと交わりたい。人種の議論を彼女の臓腑にまで推し進めたい。おまえはニグロ男か？　おまえは白人女か？　おれはおまえと交わる。おまえはおれと交わる。おまえがニグロと寝るとき、心の底で何を考えているのか、おれには分からない。おまえをおれの思い通りにしたい。

●『エロシマ』が続くんだね……。

同じセックスのテーマで、新しい材料、すなわち原子爆弾を使っている。これは日本人の女性写真家のアパートを離れようとしないニグロの若い作家の話だ。禅〈対〉ヴォドゥ教だ。

抜粋

何が起ころうとも、おれはベッドから動きはしない。日本人女性が整えてくれたロフトで目覚めることほど新鮮なことはない。おれは布団の上で眠る。部屋は明るく輝き、家具はほとんどない。

アパートは少しくぼんでいて、まるでコニャック・グラスの中に巣ごもりしているようだ。彼は本の最後で、ついに出発する。

おれは禅について何も知らない。この物語をこの夏書いた。速く、とても速く、使い古しのレミントンでたった一本の指でタイプしながら。

おれは日本について何も知らない。日本もおれのことを何も知らない。おれは〈爆弾〉が好きだ。爆発するから。

大惨事が訪れるだろう。それは確かだ。夏の素晴らしい真昼に。娘たちがいつもより輝きに満ちている、ある日。

そのあとはもう誰が誰だか分からなくなるだろう。

おれは手に一本の赤い花をもっているだろう。

●『エロシマ』のあと、『若いニグロの手の中の柘榴は武器か、それとも果物か?』がすさまじい勢いでやってくるね？

……それはアメリカ、成功、エクリチュールに関する考察で、語り手が北米で過ごしたここ二〇年間の一種の総括だ。北米で生きることはどんな点で彼の人生を変えたか、といささか懐疑的な調子で語り手は自問する。彼は、「ぼくはもうニグロの作家ではない」と宣言しながら、作家としての自分の姿勢そのものまでも問い直すんだ。

抜粋

アメリカはたった一つのことしか要求しない。成功だ。どんな代価を払っても。どんな方法でも。成功というこの語はアメリカでしか意味をもたない。それはどういう意味か？　神々があなたのことを愛している、という意味だ。すると人間たちがあなたに近づいてきて、くんくんとあなたの匂い（成功の強い匂い）を嗅ぎ、軽く触れ、最後にはあなたの周りで踊るんだ。あなたは神だ。世界の主人たちのあいだで神だ。あなたはそれ以上遠くに行くことはできないだろう。ここが頂点だ。世界の屋根。とくに、「あなたは見られていますよ」。アメリカでは、見ている者はいつも下級の者だ。次にほかの者が彼を見るようになるまでは。そしてそれはひそかで、すばやい眼差しだ（一五秒以上ではないよね、ウォーホル[*44]？）。なぜなら、アメリカでは、常に別の嗅ぐべきものがあるからだ。新しい匂いが。

●『帽子のない国』で、冒険は終わりになる……。

そう。ある意味で、旅は終わる。彼がコースを一周するには、出発点に戻るだけでいい。それが『帽子のない国』だ。帰還の書物。彼は一方の足を現実に、もう一方の足を夢の中に置きながら、不幸な出来事で完全に荒廃し、変わりはてた国を見出す。

抜粋

正午と午後二時のあいだ、通りを行き交う人びとの皮膚についたこの細かな埃。行商人の女たち、ぶらつく人びと、失業者たち、下町の生徒たち、貧乏人たちのサンダルが巻き上げるこの埃は、金色の雲のように空中を踊ってから、人びとの顔の上に静かに積もる。一種のタルカムパウダーだ。あの世、帽子のない国で生活している人びとのことを、ダーはこんなふうにぼくに描いてくれた。ぼくが今すれ違っている人たちとまったく同じだ。やせ細った身体、肉の落ちた長い指、骨ばった顔にとても大きな目、そしてとくに、ほぼ身体全体にこの細かい埃。それというのも、あの世への道は長くて埃っぽいからだ。この息苦しくさせる白い埃。

あの世。それはこっちなのか、あっちなのか？　こっちはすでにあっちではないか？　ぼくが調査しているのはこれだ。

●これらがたった一冊の本を形づくる一〇巻だね。一貫性がとてもよく分かる。
そう。ぼくが書くのに一五年かけたのはこの本『アメリカ的自伝』だ。
●考え事をしているようだね……。何かつけ加えることはある?
何もない。

＊44 **ウォーホル** 一九二八―八七、米国の画家、芸術家

ダニー、へぼダンサーでホラティウスの読者

●これらすべての質問のあとで、残っている質問は一つだけだ。それにしても、結局、この並外れて抜け目のない男はいったい何者なんだろう。この一流の悪賢いやつ、頑固なまでに自立していて、内気そうに見えながら、思いがけない大胆さも見せるやつは？　正真正銘の嘘つきなのか、それともむしろ、迫真の嘘つきなのか？

●彼は、コーヒー好きで感動的な祖母ダーの子どもで、夕べのお供で、孫であるヴューゾだろうか？

●「乙女たちの好み」や向かい側の家で繰り広げられる悪ふざけに心乱される思春期の少年だろうか？

●ポルトープランスからケベックへの慌ただしい出発の前夜、寝室で眠っているリーザをち

らっと見かけるだけで、黙ったまま彼女に恋している青年だろうか？

●ヘンリー・ミラーとコーランの二つの読書の合間に、（少し）書き、（たくさん）話し、（もっとたくさん）セックスして、モンレアルで「静かな日々」[*45]を何日か過ごす、最初の本の主人公たちである二人のハイチ人の若者のうちの一人、ヴューだろうか？

●デュヴァリエの手先によって亡命を余儀なくされたハイチのジャーナリストか、それとも、カナダで労働者、清掃人をしていて、彼に割り当てられた運命を逃れるための「たった一つのチャンス」を文学の中に見た者だろうか？　マスメディアの人物、ケベックのテレビ界に招かれるスターだろうか、それとも一家の父であり、マイアミで匿名性を保ちながら創作する作家だろうか？

●あらゆるレッテルを拒否する作家、とはいえ、彼が代わる代わるフランス語圏作家、カリブ海作家、ハイチ、ケベック、カナダ……の作家として招かれるフェアやシンポジウム、またはそのほかの文学的な集まりでそれらのレッテルをよりよく告発するために、すべて（あ

＊45　**「静かな日々」**　ミラーの小説『クリシーの静かな日々』より

るいはほとんどすべて）を受け入れる作家だろうか？

●自分の文学を人生の中につぎ込んだのでなければ、自分の文学の中に人生をつぎ込んだ作家だろうか？

●少しずつそれらのすべてだ。いくつかの爆弾発言を打ち上げる花火師であり、優しい愛情を語る語り手でもあり、聖像破壊的な挑発者でありながら、しきたりも尊重し、へぼダンサーにしてホラティウスの読者……であることも、忘れないようにしよう。

●しかし結局のところ、そんなことどうでもいい。あらゆる選択を差し控えて、ダニーをありのままに受け止めよう。気紛れでありながら厳格、純真でありながら策士、自信家でありながら傷つきやすく、脆いと同時に毅然としたダニーを。

ベルナール・マニエ

〔附〕ハイチの作家たち

（五十音順）

ジャック・ステファン・アレクシ　一九二二―六一。作家、政治家、医者。反体制の新聞「ラ・リュシュ」創刊。小説『太陽将軍』。

フェルナン・イベール　一八七三―一九二八。ハイチのブルジョワジーを描き、「ハイチ社会の画家」と呼ばれる。『ハイチ生活情景』。

ガリー・ヴィクトール　一九五八―。作家、ラジオ・テレビ・映画のシナリオライター。エセー『世界＝文学のために』。

エミール・オリヴィエ　一九四〇―二〇〇二。哲学、社会学、心理学を学び、全国ハイチ学生同盟で闘うが、デュヴァリエ政権下で亡命を余儀なくされ、フランス滞在を経てカナダ・ケベック州に移住。モンレアル大学に教職を得る。『パッサージュ』。

クリストフ・シャルル　一九五一―。多才で多産な作家。ポルトープランスにジャーナリズムの学校を設立し、シュークンという出版社ももつ。『夢の叙事詩』。

ジャン゠クロード・シャルル　一九四九―二〇〇八。詩人、小説家、シナリオライター。二十一歳でメキシコに留学、まもなく米国を経てフランスに定住。ジャーナリストになり、『ル・モンド』紙に寄稿。小説『マンハッタン・ブルース』、詩集『自由《フリー》』。

マリー・ショーヴェ　一九一六―七三。「文学的ハイチ」の唯一の女性メンバー。平等と正義を主題にした小説を書く。『愛、怒り、狂気』。

ダヴェルティージュ　一九四〇―二〇〇四。本名ヴィラール・ドゥニ。画家、詩人。六〇年代、「文学的ハイチ」のメンバー。詩集『同上』。

ルイ゠フィリップ・ダランベール　一九六二―。文学とジャーナリズムを学び、一九八六年にフランスに移住。その後も世界各国を移動しながら創作活動。詩集『移動牧畜』、小説『影が消える前に』。

エドウィッジ・ダンティカット　一九六九―。ハイチ系米国人作家。十二歳のときに、先に米国に移住していた両親に合流。『アフター・ザ・ダンス』、『愛するものたちへ、別れのとき』。

オスヴァルド・デュラン　一八四〇―一九〇六。ハイチの国民的詩人。『泣き笑い』。

ルネ・ドゥペストル　一九二六―。政治活動家。軍事政権の誕生によりパリに亡命。五九年、キューバに赴き、カストロ政権を支持するが、七八年、再びフランスへ。エセー『ネグリチュードにこんにちはとさようなら』。

リヨネル・トゥルイヨ　一九五六―。小説家、詩人。小説『二百周年』。

ジャン・プライス＝マルス　一八七六―一九六九。医者、外交官、政治家、民族誌家、作家。一八九九年、奨学金を得てパリで医学を学ぶ。帰国後、外交官として各国に滞在し、多彩な活動を展開。民族誌的エセー『おじさんはかく語りき』。

フランケチエンヌ　一九三六―。作家、音楽家、画家。デュヴァリエ政権下で多くの知識人が国外に逃れる中、ハイチに留まり創作活動を続ける。『ユルトラヴォカル』、『分裂音の鳥』。

スタンリー・ペアン　一九六六―。誕生直後に両親とともにケベックに移住。中編小説集『夢想の浜辺』。

マグロワール＝サン＝トード　一九一二―七一。シュルレアリスム詩人。『わがランプたちの対話』。

ジャン・メテリュス　一九三七―二〇一四。詩人、小説家、劇作家。一九五九年フランスに移住し、七〇年、医学博士。小説『たそがれのジャックメル』、詩集『千里眼』。

ヤニック・ラーンス　一九五三―。ハイチ作家協会の設立メンバー。ハイチの文化活動に注力。二〇一四年、『月光浴』でフェミナ賞受賞。

ジャック・ルーマン　一九〇七―四四。作家、政治活動家。米国によるハイチ占領に抵抗。一九四三年、ハイチ共産党結成。農民文学を代表。小説『朝露の統治者たち』。

エミール・ルメール　一九〇三―八八。五〇年代末、デュヴァリエ政権誕生とともに故郷のジェレミーに引きこもる。『ハイチとフランス詩集』。

（訳者作成）

訳者解説

小倉和子

本書は Dany Laferrière の *J'écris comme je vis. Entretien avec Bernard Magnier*, Genouilleux, La passe du vent, 2000 の全訳である。初版は二〇〇〇年にケベックの Lanctôt 社（Outremont）から同時出版され、さらに二〇一〇年にはモンレアルのボレアル社から再版もされているが、日本における版権の関係から La passe du vent 社版を底本とし、他の版も適宜参照した。原書のタイトルを直訳すると「ぼくは生きるように書く」だが、邦訳では『書くこと　生きること』とさせていただいたことをお断りしておく。

本書の出発点は、ダニー・ラフェリエールが一九九九年の春から秋にかけて、フランスのリヨンから南に約二〇キロのところにあるグリニーの館という作家専用のゲストハウスに滞在したとき、その滞在の最後の数日間を使って行われたベルナール・マニエとの対話である。マニエはジャーナリストだが、アクト・スュド社の『アフリカ文学』コレクションを監修したり、アングレームの混血文学フェスティヴァルを企画したりもしている人で、本書をお読みいただけば分かる通り、あくまで聞き役に徹しているものの、ダニー・ラフェリエールの著作の全容を的確に把握したうえで、彼の生い立ちに始まり、身内のこと、ハイチ社会について、移民の境遇、豊富な読書体験、作家生活、そして執筆にまつわる逸話にいたるまで、じつに多岐にわたる内容を巧みに引き出している。通常は親しい間柄で用いられる「きみ・ぼく」(tutoyer)のくだけた口調を対話開始と同時に使い、リラックスした雰囲気を作り出している。ラフェリエールのほうもそれに応えるように、読書を通じて知り合った古今東西の作家たちのことを「ぼくの旧友」などと呼びながら、ユーモアとエスプリに富む会話を自由闊達に展開している。

ダニー・ラフェリエールについては、すでに六冊の邦訳があり(いずれも藤原書店刊)、それらの「あとがき」でもだいぶ紹介されているし、そもそもこの対話自体が詳細に語ってくれている。これ以上の紹介は屋上屋を架すことになりかねないので、ごく簡単に次の点を想起するに留めたい。

一九五三年、ハイチの首都ポルトープランスに生まれるが、デュヴァリエ親子によって三〇年近く続いた独裁政権のあいだに、まず父親が亡命を余儀なくされ、次にジャーナリストになったダニー自身も命の危険を感じて、一九七六年、カナダ・ケベック州のモンレアルに移住することになる。十年近くにわたる下積み生活のあと、一九八五年に発表したデビュー作『ニグロと疲れないでセックスする方法』(立花英裕訳)がベストセラーとなるが、九〇年代はマイアミ

（米国）に滞在し、二〇〇二年からふたたびモンレアルに定住。二〇〇九年に発表した『帰還の謎』（拙訳）でモンレアル書籍大賞とフランスの五大文学賞の一つであるメディシス賞をダブル受賞。二〇一一年秋に初来日し、二〇一三年にはアカデミー・フランセーズ会員に選出されて、現在は夏の休暇を除き、主にパリで生活している。

本書に収録された対話が行われた二〇〇〇年という時期は、ちょうどラフェリエールが『アメリカ的自伝』全一〇巻を書き終えて一区切りついた頃である。厳密には、このグリニーの館に滞在しているあいだに書き上げようとしていた最終巻『狂い鳥《カツオドリ》の叫び』は、結局帰国後に執筆することになるが、この対話集が発表されたときにはすでに刊行されていた。

その一〇巻のタイトルと発表年は以下の通りである。

『ニグロと疲れないでセックスする方法』*Comment faire l'amour avec un Nègre sans se fatiguer*（一九八五年、モンレアル、VLB。一九九〇年、パリ、ジェリュ。邦訳：立花英裕訳、二〇一二年、藤原書店）

『エロシマ』*Éroshima*（一九八七年、モンレアル、VLB。邦訳：立花英裕訳、二〇一八年、藤原書店）

『コーヒーの香り』*L'Odeur du café*（一九九一年、モンレアル、VLB。二〇〇一年、パリ、セルパンタプリュム）

『乙女たちの好み』*Le Goût des jeunes filles*（一九九二年、モンレアル、VLB。二〇〇五年、パリ、グラッセ）

『若いニグロの手の中の柘榴は武器か、それとも果物か？』*Cette grenade dans la main du jeune Nègre est-elle une arme ou un fruit ?*（一九九三年、モンレアル、VLB。二〇〇二年、パリ、セルパンタプリュム）

『甘い漂流』*Chronique de la dérive douce*（一九九四年、モンレアル、VLB）改訂新版（二〇一二年、モンレアル、ボレアル。二〇一二年、パリ、グラッセ。邦訳：小倉和子訳、二〇一四年、藤原書店）

『帽子のない国』*Pays sans chapeau*（一九九六年、ウトゥルモン、ランクト。一九九九年、パリ、セルパンタプリュム）

『主人の肉体』*La Chair du maître*（一九九七年、ウトゥルモン、ランクト。二〇〇〇年、パリ、セルパンタプリュム）

『限りなき午後の魅惑』*Le Charme des après-midi sans fin*（一九九七年、ウトゥルモン、ランクト。一九九八年、パリ、セルパンタプリュム）

『狂い鳥《カツオドリ》の叫び』*Le Cri des oiseaux fous*（二〇〇〇年、ウトゥルモン、ランクト。二〇〇〇年、パリ、セルパンタプリュム）

ちなみに、これら一〇巻は、本書でラフェリエールも言っているように、一冊の書物とみなされていて、その全体のタイトルが『アメリカ的自伝』である。とはいえ、いわゆる「自伝」に必要な「自伝契約」（フィリップ・ルジュンヌの同題の著書における用語）を読者と交わしているわけではない。その意味ではむしろ「自伝的小説」であり、作中の「ぼく」はラフェリエールの「本当の人生」を映し出していることもあれば、「幻想（願望）」を示しているにすぎないこともある（その「幻想（願望）」が、作品を出版したあと、著者にとって現実になることも稀ではないのが面白い）。また、他人が「ぼく」に感染していたり、「ぼく」が同世代の全体を代弁していたりすることもあるのは、対話の中で本人が繰り返している通りである。

一〇巻中、最初の二巻だけがモンレアルで執筆され、残りの八巻はマイアミで構想された。あまりにインパクトの強いタイトルを掲げた処女作の成功で引っ張りだこになった作家が、書くことにも人気者であることにも疲れ、これから何をしようというあてもなしに、ともかくマイアミへの移住を決めたようだ。そこはハイチ系移民の大きなコミュニティーを擁し、ハイチに一人残してきた母親からも近くて、気候も温暖だ。しかし、家族とともにこのマイアミに身を落ち着けてしばらく経つと、ハイチで過ごした幼年期から青年期まで、その後のモンレアルでの生活などが沸々とよみがえり、南北アメリカ大陸を舞台にした壮大な自伝的小説を執筆する意欲が湧いてくる……。

その「アメリカ大陸」の中でもとくに主要な場所とみなされているのは、著者が祖母と幼年期を過ごしたハイチのプチ＝ゴアーヴ、母や妹と青少年期を過ごしたハイチの首都ポルトープランス、そして亡命同然で移住したモンレアルである。

プチ＝ゴアーヴを主要舞台にした作品は三巻目の『コーヒーの香り』と九巻目の『限りない午後の魅惑』、ポルトープランスを舞台にしているのは四巻目の『娘たちの好み』、七巻目の『帽子のない国』、八巻目『肉体の主人』、十巻目『狂い鳥《カツオドリ》の叫び』、そしてモンレアルが舞台になっているのは一巻目『ニグロと疲れないでセックスする方法』と六巻目『甘い漂流』である。残る二巻目の『エロシマ』はニューヨーク、モンレアル、日本が舞台であり、五巻目の『若いニグロの手の中の柘榴は武器か、それとも果物か？』は米国、モンレアル、そして一部ヨーロッパも舞台になっている。

この中にマイアミが舞台になった作品が一つもないことを不思議に思う読者も多いのではないだろうか。これについて、ラフェリエールは対話の中で次のように言っている。

「ぼくはマイアミにいる、ということはつまり、どこにもいない、ということだ。ある意味で、マイアミはとても好きだけど、それはモンレアルでも、ポルトープランスでもない。マイアミは郊外のようなものなんだ。そう、ぼくはマイアミ、すなわちポルトープランスとモンレアルの郊外に住んでいるんだ。」

しかし、おそらく、この真空地帯のようなマイアミこそが、幼年期や青少年期を過ごしたハイチ、そして成年に達してから一人で移住したモンレアルを客観視するのに必要な距離を保証し、自伝的作品の執筆を可能にしてくれたのだろう。

ラフェリエールは『アメリカ的自伝』完成後、二〇〇一年には「レシ（物語）」と銘打たれた『ぼくは疲れた』を発表し、ケベックで五〇〇〇部、フランスで二万部、ハイチで五〇〇〇部を無料配布する。いわば『自伝』の完成を祝って振る舞った「バーテンダーからのおごり」だったようだ。そして、二〇〇二年にはモンレアルに戻り、結局、その後も精力的に作家活動を続けている。中でも、以下の作品は特筆に値するだろう。

『吾輩は日本作家である』(二〇〇八年、モンレアル、ボレアル。二〇〇九年、パリ、グラッセ。邦訳：立花英裕訳、二〇一四年、藤原書店)

『帰還の謎』(二〇〇九年、モンレアル、ボレアル。二〇〇九年、パリ、グラッセ。邦訳：小倉和子訳、二〇一一年、藤原書店)

『モンゴ、みんなが君に言ってくれないすべてのこと』(二〇一五年、モンレアル、メモワール・ダンクリエ)

また、青少年の淡い恋心や死者をテーマにした青少年向け絵本(フレデリック・ノルマンダンの絵もすばらしい)も発表しており、中でも『ヴァヴァに首ったけ』(2006, Longueuil, Bagnol)は、カナダで最高の文学賞である総督文学賞を受賞している。

さらに、昨年は『猫のいるパリの自画像』が出版されている。全ページ、ラフェリエールの手書きのテクストと挿絵で構成されたパリ案内という何とも斬新な本である。また本年は『対岸へ』で前作と同じ手法を取り入れている。

ところで、ご存じの向きも多いと思うが、ケベック州は、カナダ連邦政府が英・仏二言語を公用語としているのにたいして、州レベルではフランス語のみを公用語としている唯一の州である。歴史の偶然と住民たちの熱い思いによって北米大陸の一角に残ったこのフランス語圏は、(面積こそ日本の約四倍もあるが)人口は八〇〇万人強にすぎず、毎年約二万五〇〇〇人ずつ新移民を受け入れながら、フランス語による間文化的《アンテルキュルチュレル》な社会を維持・創造していくことに多大なエネルギーを注いでいる。

一九六〇年代の「静かな革命」と呼ばれる急速な近代化以降、一九七七年にはフランス語を擁護するための強力な言語法である「フランス語憲章」も制定され、フランス語はもはや、それを母語とする人たちだけの言葉ではなく、ホスト社会が多様な出自の新移民たちと意思疎通を図っていくための重要な手段にもなっている。そのような状況の中で、八〇年代から九〇年代にかけてフランス語による文学、とりわけ「移民文学」が活況を呈するようになる。ダニー・ラフェリエールが作家としてデビューしたのはまさしくそうした時期であり、作家たちがさまざまな事情により後にしてきた国や、ケベックに移住してきてからの経験等を語った作品が、州政府、メディア、文学界、大学等の研究組織の後押しもあり、多数発表される。

その後、移民作家や亡命作家の中にはそのようなレッテルを貼られてゲットーに閉じ込められることに抵抗を示し（ラフェリエールもその一人）、単に一人の「作家」として扱われることを望む者も現れ始める。同時に、彼らの多様性に刺激されて、生粋のケベック作家たちも元気を取り戻し、若い作家たちも大勢活躍しはじめている。今から二〇年前に、本対話の中でラフェリエールが「ケベック文学は今いちばんダイナミックな文学で、近いうち、二〇年以内に、世界的な舞台で爆発するだろう」と予告していたことは、現在、見事に実現していると言える。

「ハイチ作家」、「ケベック作家」、「カナダ作家」、「カリブ海作家」、「クレオール作家」、「混交の作家」「移民作家」、「亡命作家」、「エスニック作家」、「ポストコロニアル作家」、「黒人作家」、「フランス語圏作家」……などと無数のレッテルを貼られてきたラフェリエールは、そうした分類から自由になり、一人の「作家」になるためには読者の意表をつかなければならないと考えたのだろう。日本文学に関する豊富な読書体験があるとはいえ、一度も日本を訪れたことがない時期から、『吾輩は日本作家である』などというタイトルの作品を発表してきた。

そして、二〇一三年には、さらなる転身を図ることになる。アカデミー・フランセーズで、四〇ある椅子のうち、エクトール・ビアンショッティが座っていた二番目の椅子が作家の死去により空席になると、そこに立候補するのである。ビアンショッティはアルゼンチン生まれのイタリア系作家で、この席にはこれまでモンテスキューやデュマ・フィスも座っていたことがあった。デュマ・フィスの祖父はサンドマング（フランス植民地時代のハイチの名称）生まれのムラートで、フランス革命時に将軍として活躍した人だから、この席はハイチやアメリカ大陸にもゆかりのあるものだったことになる。

一六三五年、ルイ十三世治下で宰相をつとめたリシュリュー枢機卿によって創設されたこの伝統あるアカデミーは、以来、「フランス語に確かな規則を与え、純化し、雄弁にして、芸術や科学全般を扱える豊かな言葉にする」という任務を負って辞書を編纂するとともに、年間約六〇の文学賞を授与して芸術全般の助成や振興に携わってきた。保守的な色彩の強い集団だが、だからこそいっそう、開かれたイメージを演出する必要にも迫られている。そこに登場したのがラフェリエールだった。

「あらゆる種類の編入に頑固に抵抗するぼくの精神は（ヨーロッパ的洗練より）アメリカ的卑俗さを選ぶ」と断言し、いわゆる「フランス語圏」の動きからは距離をとってきたラフェリエールにはあまり似つかわしくない挑戦のようにも見えたが、会員による投票の結果、他の五名の候補者を押しのけて、初回の投票で過半数を獲得し、難なく選出された。カナダ人としても、ケベック人としても、ハイチ人としても初めてのことだ。カレール・ダンコース終身事務局長は、「フランス語の作家はフランスの作家です」といって彼を歓迎し、ハイチもカナダもケベックも、自分たちの同胞がフランス語世界における権威ある組織の会員になったことを心から喜んだ。

本人は、「アカデミーの習慣をひっかき回すつもりはありません」と控えめに語る一方で（*Le Devoir*, le 12 décembre 2013）、「ハイチとケベックの味わい深い言葉からいくつかの語をアカデミーの辞書にもたらしたい」（*Libération*, 12 décembre 2013）と密かな野望も述べている。人柄の魅力も相俟って、今やケベックだけでなく、フランスでも断然人気の作家だ。「ぼくにとって書くことは、おそろしく苦しい制約の中で絶対的な自由を行使することなんだ」という、一歩間違えれば陳腐な紋切型にしか聞こえない言葉も、ラフェリエールの口から発せられると不思議な説得力をもって響く。

＊　　＊

なお、原書は小見出しのみであったが、日本の読者への便宜のため、大きく四つの章に分けた。また、関連地図、「ハイチの作家たち」、「ダニー・ラフェリエールの家族」、略年譜も同様に訳者が作成したものである。

ダニー・ラフェリエールの人と作品の魅力を、円熟の域に達した作家みずからが語る本書の刊行は、かねてよりの懸案だった。今回も、本書の刊行に理解を示してくださった藤原書店社長の藤原良雄氏と、何度も協議を重ねたうえで細かい編集作業にたずさわり、ご教示くださった山﨑優子さんに心よりお礼を申し述べたい。国境の概念が薄らぎ、人の移動が活発になった結果、世界ではふたたび国境を閉ざそうとする不安な動きが感じられる。一人の作家の人生を通して、生きること、書くこと、読むこと、他者と共存することの意味をあらためて考えるきっかけになることを切に願う。

二〇一九年八月

ダニー・ラフェリエールの家族

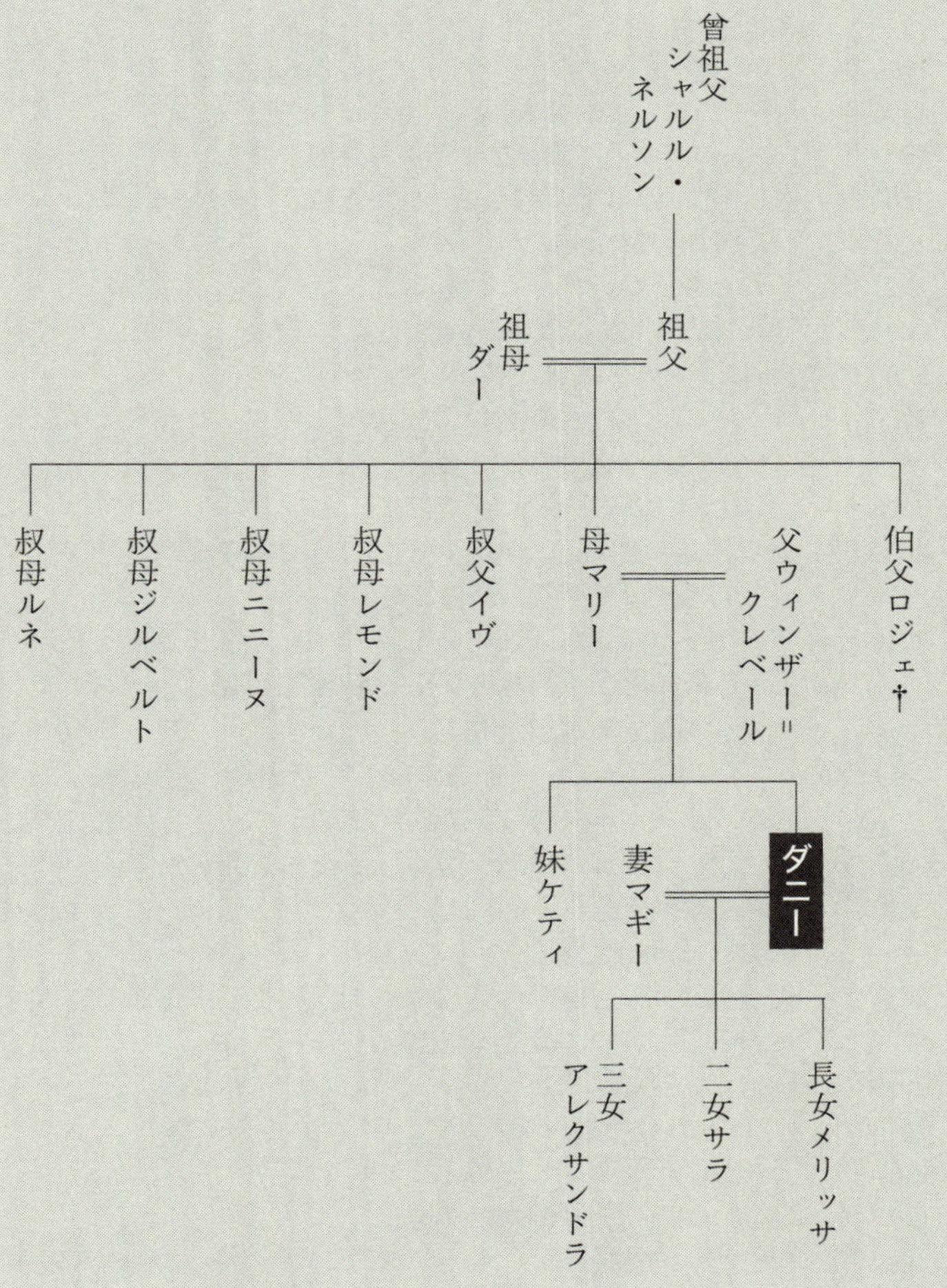

1992年　『乙女たちの好み』発表。
1993年　『若いニグロの手の中の柘榴は武器か、それとも果物か？』発表。
1994年　『甘い漂流』発表。
1996年　『帽子のない国』発表。
1997年　『主人の肉体』、『限りなき午後の魅惑』発表。
2000年　『狂い鳥《カツオドリ》の叫び』、『書くこと　生きること』発表。
2001年　『ぼくは疲れた』発表。
2002年　ふたたびモンレアルに定住。
2004年　映画『一夜にしてアメリカを征服する方法』発表。
2005年　『古いフォードに乗っていた80年代』発表。
2006年　『南へ』（ルノドー賞候補）、児童書『ヴァヴァに首ったけ』（カナダ総督文学賞受賞）発表。
2008年　『吾輩は日本作家である』発表。
2009年　児童書『万霊節』、『帰還の謎』（モンレアル書籍大賞とメディシス賞をダブル受賞）発表。
2010年　ポルトープランス滞在中の1月12日、ハイチ地震を経験。3か月後に『ハイチ震災日記』を緊急出版。『カタストロフの時代を生きる技術』発表。
2011年　『ハイチ震災日記』、『帰還の謎』邦訳出版。初来日。『無為というほとんど失われた技法』発表。
2012年　『ニグロと疲れないでセックスする方法』邦訳出版。
2013年　『パジャマ姿の作家の日記』発表。アカデミー・フランセーズ会員に選出される。
2014年　児童書『ヴァヴァの薄紫色のキス』発表。『吾輩は日本作家である』、『甘い漂流』邦訳出版。
2015年　『モンゴ、みんなが君に言ってくれないすべてのこと』発表。
2016年　『アメリカの神話』発表。
2017年　母死去。
2018年　『猫のいるパリの自画像』発表。
2019年　『対岸へ』発表。

（訳者作成）

ダニー・ラフェリエール略年譜

1953年　4月13日、ポルトープランスに誕生（父ウィンザー・クレベール・ラフェリエール、母マリー・ネルソン）。

1954年　妹誕生。

1957年　フランソワ・デュヴァリエ政権誕生。ダニーはプチ＝ゴアーヴの祖母（通称ダー）のもとに送られる。

1964年　ポルトープランスの母親のもとに戻る。

1964～72年　中等教育を聖心修道士たちが経営する学校で受ける。

1971年　フランソワ・デュヴァリエ死亡。息子のジャン＝クロードが政権を継ぐ。

1972年　日刊紙「ヌヴェリスト」に絵画に関するコラムを発表し始める。

1973年　「ヌヴェリスト」紙、「プチ・サムディ・ソワール」紙に執筆する他、ラジオ・ハイチ＝アンテールにも出演。

1976年　政局混乱。「プチ・サムディ・ソワール」紙は政権から睨まれ、同僚ガスネル・レモンが秘密警察員に暗殺される。ダニーも身の危険を感じ、あわただしくハイチを出国し、モンレアルに到着。

1979年　ハイチに半年間帰国。ニューヨークで働いていたマギーと出会う。

1980年　長女メリッサ誕生。

1982年　妻と娘がモンレアルに合流。

1984年　ニューヨークに亡命中の父死去。

1985年　処女作『ニグロと疲れないでセックスする方法』出版。

1986年　ジャン＝クロード・デュヴァリエがフランスに亡命。独裁政権の終焉。

1987年　ハイチは民主化を織り込んだ新憲法を制定。『エロシマ』発表。

1989年　『ニグロと疲れないでセックスする方法』映画化。

1990年　家族とともにフロリダ州マイアミに移住、執筆活動に専念。

1991年　『コーヒーの香り』（カリブのカルベ賞受賞）発表。

著者紹介

ダニー・ラフェリエール（Dany Laferrière）

1953年，ハイチ・ポルトープランス生まれ。小説家。4歳の時に父親の政治亡命に伴い，危険を感じた母親によってプチ＝ゴアーヴの祖母の家に送られる。彼にとっての「最初の亡命」であり，創作の原点と後に回想。若くしてジャーナリズムの世界に入るも，23歳の時に同僚が独裁政権に殺害されたため，カナダ・モンレアルに移住。1985年，処女作である『ニグロと疲れないでセックスする方法』（邦訳藤原書店刊）で話題を呼ぶ（89年に映画化。邦題『間違いだらけの恋愛講座』）。90年代はマイアミで創作活動。2002年より再びモンレアル在住。『エロシマ』（87年。邦訳藤原書店），『コーヒーの香り』（91年），『甘い漂流』（94年。邦訳藤原書店），『終わりなき午後の魅惑』（97年），『吾輩は日本作家である』（08年。邦訳藤原書店），『帰還の謎』（09年，モンレアルの書籍大賞，フランスのメディシス賞受賞。邦訳藤原書店）など作品多数。2010年にはハイチ地震に遭遇した体験を綴る『ハイチ震災日記』（邦訳藤原書店）を発表した。その他，映画制作，ジャーナリズム，テレビでも活躍している。2013年12月よりアカデミー・フランセーズ会員。

訳者紹介

小倉和子（おぐら・かずこ）

1957 年生。東京大学大学院博士課程単位取得退学。パリ第 10 大学文学博士。現在，立教大学異文化コミュニケーション学部教授，日本ケベック学会顧問。現代フランス文学・フランス語圏文学専攻。著書に『フランス現代詩の風景』（立教大学出版会），『遠くて近いケベック』（御茶の水書房，共編著），訳書にデュビィ，ペロー編『「女の歴史」を批判する』，コルバン『感性の歴史家 アラン・コルバン』，サンド『モープラ』，ラフェリエール『帰還の謎』『甘い漂流』（以上藤原書店）他。

書《か》くこと　生《い》きること　ベルナール・マニエとの対話《たいわ》

2019年 10月10日　初版第 1 刷発行©

訳　者　小倉和子

発行者　藤原良雄

発行所　株式会社 藤原書店

〒 162-0041　東京都新宿区早稲田鶴巻町 523

電　話　03（5272）0301

FAX　03（5272）0450

振　替　00160 - 4 - 17013

info@fujiwara-shoten.co.jp

印刷・製本　中央精版印刷

落丁本・乱丁本はお取替えいたします

定価はカバーに表示してあります

Printed in Japan

ISBN978-4-86578-234-9

ある亡命作家の帰郷

帰還の謎

D・ラフェリエール
小倉和子訳

独裁政権に追われ、故郷ハイチも家族も失い異郷ニューヨークで独り亡くなった父。同じように亡命を強いられた私が、面影も思い出も持たぬ父の魂とともに故郷に還る……。詩と散文が自在に混じりあい織り上げられた、まったく新しい小説（ロマン）。

仏・メディシス賞受賞作

四六上製　四〇〇頁　**三六〇〇円**
（二〇一一年九月刊）
◇978-4-89434-823-3
L'ÉNIGME DU RETOUR　Dany LAFERRIÈRE

二〇一〇年一月一二日、ハイチ大地震

ハイチ震災日記

（私のまわりのすべてが揺れる）

D・ラフェリエール
立花英裕訳

首都ポルトープランスで、死者三〇万超の災害の只中に立ち会った作家が、ひとつひとつ手帳に書き留めた、震災前／後に引き裂かれた時間の中を生きるハイチの人々の苦難、悲しみ、祈り、そして人間と人間の温かい交流と、独自の歴史への誇りに根ざした未来へのまなざし。

四六上製　二三二頁　**二二〇〇円**
（二〇一一年九月刊）
◇978-4-89434-822-6
TOUT BOUGE AUTOUR DE MOI　Dany LAFERRIÈRE

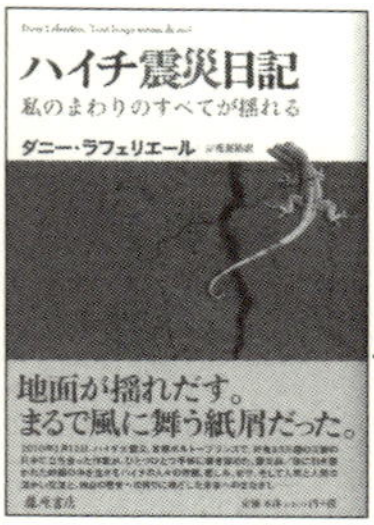

「おれはアメリカが欲しい。」衝撃のデビュー作！

ニグロと疲れないでセックスする方法

D・ラフェリエール
立花英裕訳

モントリオール在住の「すけこましニグロ」のタイプライターが音楽・文学・セックスの星雲から叩き出す言葉の渦が、白人と黒人の布置を鮮やかに転覆する。デビュー作にしてベストセラー、待望の邦訳。

四六上製　二四〇頁　**一六〇〇円**
（二〇一二年一二月刊）
◇978-4-89434-888-2
COMMENT FAIRE L'AMOUR AVEC UN NÈGRE SANS SE FATIGUER　Dany LAFERRIÈRE

「世界文学」の旗手による必読の一冊！

吾輩は日本作家である

D・ラフェリエール
立花英裕訳

編集者に督促され、訪れたこともない国名を掲げた新作の構想を口走った「私」のもとに、次々と引き寄せられる「日本」との関わり——国籍や文学ジャンルを越境し、しなやかでユーモアあふれる箴言に満ちた作品で読者を魅了する著者の話題作。

四六上製　二八八頁　**二四〇〇円**
（二〇一四年八月刊）
◇978-4-89434-982-7
JE SUIS UN ÉCRIVAIN JAPONAIS　Dany LAFERRIÈRE

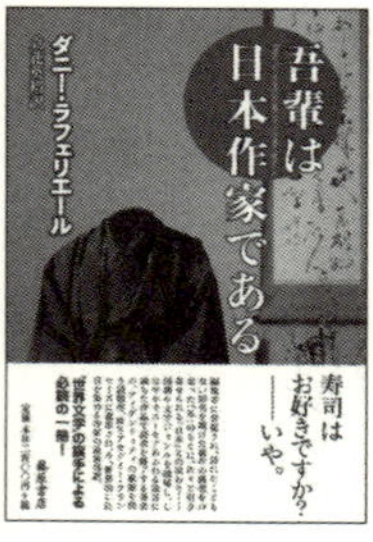

新しい町に到着したばかりの人へ

甘い漂流

D・ラフェリエール
小倉和子訳

一九七六年、夏。オリンピックに沸くカナダ・モントリオールに、母国ハイチの秘密警察から逃れて到着した、二十三歳の黒人青年。熱帯で育まれた亡命ジャーナリストの目に映る〝新しい町〟の光と闇――芭蕉をこよなく愛する作家が、一瞬の鮮烈なイメージを俳句のように切り取る。

四六上製　三二八頁　二八〇〇円
（二〇一四年八月刊）
◇978-4-89434-985-8

CHRONIQUE DE LA DÉRIVE DOUCE　Dany LAFERRIÈRE

交錯する性と死。もっとも古い神話。

エロシマ

D・ラフェリエール
立花英裕訳

「原爆が炸裂した朝、一組の若い男女が広島の街で愛し合っている」――文化混淆の街モントリオールを舞台にした日本女性と黒人男性との同棲生活。人種、エロス、そして死を鮮烈にスケッチする、俳句的ポエジー。破天荒な話題作を続々と発表し、アカデミー・フランセーズ会員にも選ばれたハイチ出身のケベック在住作家による邦訳最新刊。

四六上製　二〇〇頁　一八〇〇円
（二〇一八年七月刊）
◇978-4-86578-182-3

EROSHIMA　Dany LAFERRIÈRE

先鋭的作家が「剽窃とは何か」を徹底追究

警察調書

（剽窃と世界文学）

M・ダリュセック
高頭麻子訳

デビュー作『めす豚ものがたり』で、「サガン以来の大型新人」として世界に名を馳せた著者は、なぜ過去二回も、理不尽で苛酷な「剽窃」の告発を受けたのか？　古今東西の文学者の創作生命を脅かした剽窃の糾弾を追跡し、創造行為の根幹にかかわる諸事象を「剽窃」というプリズムから照射する。

四六上製　四九六頁　四二〇〇円
（二〇一三年七月刊）
◇978-4-89434-927-8

RAPPORT DE POLICE　Marie DARRIEUSSECQ

女には、待つという力がある。病的なまでに。

待つ女

M・ダリュセック
高頭麻子訳

野望の都ハリウッドでコンラッド『闇の奥』の映画化を計画する黒人俳優と彼を追う白人女優。二人の恋の行方は？　デビュー作『めす豚ものがたり』で世界を驚愕させた著者が放つ、最も美しく、最も輝かしく、最も胸を刺す恋愛小説。仏8大文学賞の中の最高賞「文学賞の中の文学賞」に輝いた著者の最新・最高傑作。

四六上製　二七二頁　二四〇〇円
（二〇一六年九月刊）
◇978-4-86578-088-8

IL FAUT BEAUCOUP AIMER LES HOMMES　Marie DARRIEUSSECQ